PAS D'HONNEUR CHEZ LES VOLEURS

LES MYSTÈRES DE MOLLY SUTTON

TOME IX

NELL GODDIN

PREMIÈRE PARTIE

❧   I   ❧

2007

Bernard Petit savait parfaitement qu'il n'avait pas beaucoup d'amis et que sa famille le méprisait en grande partie. Il ne se berçait pas non plus d'illusions quant à sa popularité auprès des personnes avec lesquelles il avait fait des affaires au fil des ans, dans diverses transactions d'importation qui n'étaient pas tout à fait illégales, la plupart du temps. Mais Bernard ne découvrit que lors d'une soirée de novembre particulièrement froide et sans étoiles à quel point cette animosité était profonde.

Après avoir savouré un dîner passable de jarret d'agneau et de lentilles que la cuisinière avait préparé et fait réchauffer, Bernard s'essuya la bouche et s'éloigna de la table pour se tenir devant l'une des fenêtres du salon qui allait du sol au plafond. Il contempla le jardin, ses yeux parcourant distraitement le territoire familier.

Cette affaire sur laquelle il travaillait ne se passait pas bien. Ce maudit Stéphane Burnette ne reconnaissait pas une bonne opportunité même quand elle lui sautait au visage. Bernard serra les poings, se remémorant la réunion de la semaine dernière avec

Burnette, pendant laquelle l'autre homme avait émis des murmures si approbateurs pendant que Bernard parlait qu'il semblait certain que Burnette était prêt à signer sur la ligne pointillée. Mais non, la petite belette s'était dérobée au dernier moment, et Bernard s'était retrouvé sans l'investissement qu'il avait non seulement espéré, mais qu'il croyait pratiquement dans le sac, comme diraient les chasseurs.

Bernard avait l'estomac vaguement barbouillé, et il se frotta le ventre tout en regardant dehors. Bergerac était en pleine vague de froid inhabituelle. Grâce à un projecteur qu'il avait installé pour des raisons de sécurité, il pouvait voir le tulipier taillé en têtard et dénudé au fond du jardin, ainsi que la silhouette d'un vieil if que son voisin lui demandait continuellement d'abattre.

Il ne l'avait certainement pas abattu et n'avait aucune intention de le faire, même s'il n'avait lui-même aucun attachement particulier pour cet arbre. Bernard n'avait pas pour habitude d'acquiescer simplement parce qu'une personne s'était mis en tête de lui demander une faveur. Il attendait, toujours, de voir ce qu'il pourrait en tirer, la bienveillance générale n'étant pas exactement un atout précieux à ses yeux.

Avec une expression aigre, il dériva de la fenêtre vers son bureau. Alaina, son ex-femme, l'avait utilisé comme salle de couture et il avait toujours un papier peint extrêmement féminin : des bouquets roses de roses et de pivoines, des rubans tourbillonnants, et ce qui ressemblait à des fées perchées parmi tous ces froufrous. Il se fit une note mentale, pour la centième fois, d'engager un décorateur pour arranger les choses de manière plus appropriée pour un homme célibataire vivant seul. Ce n'était pas que Bernard fût un procrastinateur, loin de là, mais la dépense finissait toujours par l'arrêter.

Il s'assit lourdement dans son fauteuil, à son bureau, face à une fenêtre qui donnait sur la rue. Il était plus de dix heures, et il faisait assez froid pour que personne ne se promène juste pour le plaisir. Il vit un homme en manteau sombre se dépêcher de traverser la rue ; personne que Bernard ne reconnaissait.

— Les choses ne vont pas bien, marmonna-t-il pour lui-même, posant ses coudes sur son bureau au lieu d'ouvrir le dossier qu'il avait eu l'intention d'examiner. Il faut que je fasse un changement. Mais quel genre de changement, je n'en ai aucune idée.

Bernard Petit éprouvait, pour une fois dans sa vie, une once de désir pour une vie meilleure que celle qu'il avait menée jusqu'alors. On ne pouvait pas vraiment dire qu'il affrontait ses démons, ou qu'il faisait un bilan complet de lui-même. Mais il eut, dans son dernier souffle, au moins un moment où il réalisa que sa vie était plutôt vide, accompagné d'un éclair de désir pour quelque chose de mieux.

L'instant d'après, tout n'était que ténèbres, et Bernard s'effondra sur son bureau, l'arrière de son crâne fracassé par quelqu'un qu'il n'avait pas entendu entrer dans sa maison, tellement absorbé qu'il était dans ces premiers pas de réflexion, cette faible aspiration à une vie avec plus de sens.

❦   2   ❦

À une table d'angle du Café de la Place, Ben mordit dans un coin de son croissant et se pencha en arrière sur sa chaise pour regarder Molly.

— Eh bien, est-ce une sorte de question piège ? Tu es aussi belle que toujours. Si tu as changé quelque chose, je ne vois pas quoi.

Il sourit, cachant son inquiétude d'avoir peut-être réussi à l'insulter.

Mais Molly, Dieu merci, n'était pas si facile à vexer. Elle secoua la tête d'un côté puis de l'autre, avant d'ébouriffer ses cheveux avec ses mains, les boucles rousses rebondissant et jaillissant dans l'air.

— Je suis allée chez le coiffeur ! D'habitude, je ne fais pas de folies pour les coupes de cheveux, parce que franchement, à quoi bon, ça repousse en deux secondes et je n'ai jamais réussi à les coiffer de toute façon.

Ben examina ses cheveux, puis tendit la main pour replacer une mèche rebelle derrière l'une des oreilles de Molly.

— C'est magnifique. Comme toujours.

Molly rejeta la tête en arrière et rit. La sincérité de Ben était sans doute l'un de ses charmes, mais elle l'amusait aussi.

— Eh bien, la coiffeuse a fait des dégradés et tout ça, et je me sens tout à fait glamour ce matin. Dommage qu'on ne prenne pas notre petit-déjeuner sur les Champs-Élysées. Mais bon, qu'est-ce qu'on a de prévu ? Ça fait une éternité qu'on n'a pas eu une bonne affaire à se mettre sous la dent.

— Hélas, une pénurie de meurtres à Castillac, dit Ben en sirotant son café.

— Dommage, dit Molly, tout aussi pince-sans-rire. On devrait peut-être planifier notre mariage, si on n'a rien d'urgent ? C'est dans quelques semaines, après tout.

Ben prit une profonde inspiration. Il était déterminé à épouser son expatriée bostonienne, mais la planification du mariage en elle-même le remplissait d'une sorte d'appréhension.

— Molly, je ne veux pas te donner la mauvaise impression... tu sais que j'ai hâte d'être ton mari presque depuis que je t'ai rencontrée.

Molly rayonna.

— Mais les mariages—

— Simon ! s'écria Molly, se levant à moitié de sa chaise et faisant signe à quelqu'un.

Simon Valette, un client récent, entrait par la porte avec ses deux filles. Toujours élégant, il portait une veste décontractée très bien coupée avec une écharpe en soie. Il rendit son salut à Molly et échangea quelques mots avec Pascal, le séduisant serveur, avant de s'approcher de la table de Molly et Ben.

— Bonjour Molly, Ben, dit-il, et les trois échangèrent des bises.

— Tu te joins à nous ? proposa Molly.

— Oh non, on doit filer ! On est juste passés prendre Élise... sa mère est clouée au lit avec la grippe et on est chargés de l'accompagner pour les trois pâtés de maisons jusqu'à l'école.

— Elle pourrait y aller toute seule, dit Chloë. Les adultes

pensent toujours que les enfants sont si impuissants, mais ce n'est pas vrai.

Gisèle posa une main sur l'épaule de sa petite sœur et sourit timidement à Molly.

— J'aimerais que vous puissiez toutes les deux faire l'école buissonnière avec moi aujourd'hui, leur dit-elle.

— Molly ! dit Simon. J'ai déjà assez de mal à les faire sortir sans ta mauvaise influence !

— Comment va Camille ? demanda Ben.

Simon haussa les épaules.

— Tu sais comment c'est. Pour certaines personnes, la vie est un combat.

Chloë s'était éloignée et suivait Pascal comme son ombre tandis qu'il apportait le petit-déjeuner à un groupe de six personnes assises près de la fenêtre. La jeune Élise apparut et Simon lui fit signe.

— En avant ! dit-il avec un clin d'œil, et Molly et Ben le regardèrent partir avec les trois filles qui le suivaient à la queue leu leu.

— Je me demande s'il s'ennuie à Castillac, dit Ben.

— Pourquoi ? On trouve assez à faire, il me semble. Je suis juste contente que les filles aient l'air d'aller bien. Je m'inquiète pour elles.

— Je sais. Je suis content qu'elles t'aient, même si tu ne les vois pas très souvent. Et si Simon avait fait une erreur en déménageant sa famille en province ? Je sais qu'il l'a fait en essayant d'aider... mais pense à ce qu'ils ont abandonné ! Un poste important à Paris avec sans doute un énorme salaire, ainsi qu'un appartement très chic et un tas d'amis branchés. Toute une vie de luxe, laissée derrière eux. Je ne peux m'empêcher de me demander... est-ce qu'il le regrette ?

Molly haussa les épaules.

— Qui sait ? Bon, alors pour le mariage...

Ben afficha son visage le plus agréable et tapota du bout des doigts le bord de sa chaise. Molly n'était pas dupe une seconde, mais elle appréciait son inconfort de la manière dont les amoureux le font parfois quand ils savent qu'après les taquineries, un grand bonheur les attend.

✻   3   ✻

Avec un soupir, Sarah Berteau quitta sa maison, située dans une ruelle sombre de Bergerac, et se dirigea vers celle de Monsieur Petit, comme elle le faisait quatre matins par semaine depuis quelques mois. Il faisait froid et ensoleillé, et elle enfila une paire de gants en marchant, bien qu'il ne lui fallût que cinq minutes pour rejoindre la rue bien plus agréable où se trouvait la maison des Petit.

Elle n'avait commencé à travailler pour Petit que lorsque son mari Anthony avait perdu son emploi. Sarah ne détestait pas travailler – du moins, en principe. Cependant, travailler pour Monsieur Petit n'avait pas été une partie de plaisir, et elle n'avait aucune raison d'être optimiste quant à l'amélioration de la situation – ou de son humeur.

Les rues étaient pleines de gens qui se pressaient pour aller travailler ou faire des courses. Ils plissaient les yeux face au soleil, les épaules voûtées contre le froid. En passant devant une pâtisserie, elle s'arrêta, tentée, mais décida de continuer jusqu'à chez Petit et d'en finir avec le travail. Au moins, il n'exigeait pas qu'elle passe un certain nombre d'heures dans sa maison ; elle devait simplement effectuer les tâches assignées, après quoi elle était libre de partir... même si elle avait appris qu'il ne tolérait pas le moindre raccourci.

Tandis qu'elle cherchait sa clé, Sarah n'eut aucun pressentiment que quelque chose n'allait pas. En se dirigeant vers la cuisine, elle ne jeta pas un seul coup d'œil vers le bureau et ne vit pas le corps de Petit affalé sur son bureau.

Il n'avait pas débarrassé sa vaisselle de la table de la salle à manger, ce qui était inhabituel. La maison semblait plutôt froide et elle garda son manteau en apportant son assiette et son verre de vin à l'évier de la cuisine.

Oh là là, pensa-t-elle en voyant une fenêtre ouverte. Aurais-je pu la laisser ouverte hier ? L'endroit avait vraiment besoin d'être aéré, mais je suis surprise que Monsieur Petit ne l'ait pas fermée plus tard, il fait terriblement froid ici.

Sarah alla à la fenêtre et la ferma. Elle prit un tablier, quelques chiffons et un plumeau dans le placard et, étant une femme de ménage méthodique, suivit son schéma habituel en commençant par un bout du rez-de-chaussée et en époussetant chaque pièce à tour de rôle.

Le salon était déjà presque impeccable, mais elle l'épousseta quand même.

Puis elle passa au couloir et au bureau de Monsieur Petit.

Elle resta un moment sur le pas de la porte. Elle ouvrit la bouche pour lui dire quelque chose, même s'il était évident qu'il n'était pas en état de répondre. Une flaque de sang s'étalait sur le sol sous sa chaise et Sarah pensa immédiatement à la façon dont il faudrait traiter la tache, et le plus vite possible.

Elle referma la bouche. C'était la sensation la plus étrange, de voir son employeur avec le crâne défoncé, manifestement assassiné ; ses yeux savaient ce qu'ils voyaient, mais son cerveau refusait d'en tirer un quelconque sens.

Et puis, tout d'un coup, tous ses sens se synchronisèrent, et Sarah Berteau – pour la première fois de sa vie – poussa un cri terrifié.

Je ne sais pas pourquoi je crie, pensa-t-elle en reprenant rapidement son souffle pour crier encore. À moins que celui qui lui a fracassé le crâne ne soit encore dans la maison ?

Elle se tut brusquement. Retenant son souffle, elle scruta le couloir dans les deux sens, l'oreille aux aguets.

Allons, se dit-elle. Ils seront partis depuis longtemps maintenant. Ce n'est pas comme si cela venait de se produire, n'importe qui peut le voir. Elle retourna vers Monsieur Petit et l'examina, s'assurant qu'il était bien mort même si elle ne faisait que pousser le zèle trop loin, puis elle sortit son téléphone portable et appela la gendarmerie d'un air détaché.

— Allô, bonjour, dit-elle, c'est Sarah Berteau. Je suis chez mon employeur, Bernard Petit, rue Lafayette. Je souhaite faire un signalement... il est mort... oui, j'en suis tout à fait certaine... non, je ne suis pas médecin, mais j'ai des yeux... très bien, envoyez qui vous voulez, je ne fais que le signalement... oui... d'accord, je vais rester ici et les faire entrer.

Agacée, elle remit son téléphone dans la poche de son tablier. Elle ne savait pas trop quoi faire ensuite. Continuer à nettoyer comme si de rien n'était ? Ce n'était pas comme si Monsieur Petit allait s'en soucier d'une manière ou d'une autre. Elle traversa le salon et arrangea soigneusement les coussins décoratifs sur le canapé, un détail auquel Monsieur Petit tenait particulièrement.

Sarah ne l'avait jamais apprécié. C'était désagréable de travailler pour lui : difficile à satisfaire, ingrat, méprisant. Mais néanmoins, elle n'éprouvait aucune joie ni aucun soulagement face à sa mort, et elle arpentait la maison, nerveuse et encore un peu effrayée, même après avoir courageusement vérifié toute la maison de haut en bas et n'avoir trouvé personne d'autre.

Enfin, on frappa à la porte d'entrée et elle trotta pour aller ouvrir.

— Qui que ce soit, ils sont partis depuis longtemps, dit-elle, réalisant en posant les yeux sur le gendarme que ce qui l'inquiétait, c'était de savoir si elle avait laissé cette fenêtre ouverte la veille – avait-elle, en substance, fourni un moyen facile d'entrer dans la maison à un meurtrier pour faire son sale boulot.

❧

Molly s'affairait chez elle, à La Baraque, sirotant une troisième tasse de café et attendant que son amie et femme de ménage Constance arrive. Constance était en retard, mais leur travail n'était pas urgent et Molly ne s'en souciait pas.

Quand elle entendit un moteur vrombir, Molly regarda dehors pour voir Constance faire un signe d'adieu à son petit ami, Thomas, alors qu'il sortait de l'allée en trombe sur une nouvelle moto. La jeune femme se retourna et courut vers la porte de Molly.

— Bonjour Molly, dit-elle, essoufflée, en se précipitant à l'intérieur dès que Molly ouvrit la porte, et en l'embrassant sur les deux joues. Il fait un froid de canard dehors !

— En effet, dit Molly. C'est une nouvelle moto que Thomas conduit ?

— Oui, dit Constance avec un grand sourire. Il a eu une promotion, tu peux y croire ?

Molly n'y croyait pas vraiment, en fait, sachant que les antécédents professionnels de Thomas étaient un peu douteux.

— Contente de l'entendre, dit-elle.

— Et ton travail à toi, dit Constance. Je veux dire tes deux jobs. Tu as quelqu'un qui vient pour Noël – est-ce qu'il y a des habitués, quelqu'un d'intéressant ? Et aussi, qu'en est-il de l'activité de détective ? Toi et Ben, vous avez des missions en cours ?

— J'ai bien peur que non, dit Molly.

Elle était assez heureuse de gérer simplement l'activité de gîte à La Baraque ; maintenant que les rénovations étaient plus ou moins terminées, elle en tirait un revenu décent, et les allées et venues des clients rendaient la vie plutôt intéressante. Mais pour certaines personnes, « assez heureuse » ne suffisait pas tout à fait, du moins pas tout le temps. Molly regrettait l'excitation et le défi que représentait la résolution d'affaires difficiles ; nettoyer les gîtes avant l'arrivée des clients n'était évidemment pas aussi palpitant, bien que satisfaisant à sa manière.

— Dommage, dit Constance, qui comprenait parfaitement. Mais hé, quelqu'un pourrait se faire tuer n'importe quel jour !

— Super ? dit Molly en riant. Bon, alors j'ai déjà nettoyé le pigeonnier et l'annexe. Il ne nous reste plus que le cottage, et le salon ici aurait besoin d'un coup d'aspirateur. Qu'est-ce que tu veux attaquer en premier ?

— Si on mettait quelques bûches de plus dans le poêle ? Il fait un froid glacial ici. Et on pourrait peut-être prendre un café avant de commencer ? J'ai hâte d'entendre tous les détails sur les préparatifs du mariage.

Molly haussa les épaules.

— Sers-toi, je viens d'en faire une cafetière fraîche. Quant aux préparatifs du mariage... on en est à zéro pour l'instant.

— Quoi ? Pas de thème, pas de lieu, rien du tout ?

— Exactement, dit Molly en ouvrant le frigo pour prendre la crème. C'est drôle, ou peut-être pas si drôle vu que j'ai déjà été mariée une fois,... je ne suis tout simplement pas très investie dans le mariage en lui-même cette fois-ci. Je veux que ce soit amusant, évidemment, et que ça ait du sens − je ne dis pas que je suis totalement blasée ou cynique, rien de tout ça. Mais je ne me soucie pas vraiment des détails. Tant qu'on a de la bonne nourriture, de bonnes boissons et tous nos amis, c'est tout ce qui compte.

— Comme tu es spirituellement évoluée, dit Constance en fronçant exagérément les sourcils. Je vois que je vais devoir te remettre les idées en place pour que tu comprennes que tu organises un *mariage*, bon sang, et que les attentes sont élevées. Tu n'as pas le droit de nous décevoir avec une fête bâclée, Molly Sutton ! Et au fait, ça vient de me traverser l'esprit − tu vas changer ton nom pour Dufort ?

Molly fit une pause, surprise de n'y avoir jamais pensé.

— Je... je ne sais pas. Je suppose que j'en parlerai à Ben. Je n'ai pas changé mon nom quand j'ai épousé Donny. Ce n'est pas quelque chose auquel j'ai beaucoup réfléchi.

— Oh, tu es tellement moderne. Et je ne dis pas ça dans le bon sens du terme.

Molly rit. Elle commençait à avoir faim et était sur le point de proposer de préparer un bon petit-déjeuner avant de se mettre au travail, quand son portable vibra. Elle prit son téléphone et regarda l'écran, un message de son ami proche Lawrence :

Bernard Petit retrouvé mort chez lui. N'était-il pas un client de Ben ?

Molly fixa les mots. Un petit frisson très agréable se répandait dans son corps à la perspective d'une nouvelle affaire, même si, comme d'habitude, ce n'était pour l'instant qu'une affaire potentielle. Elle envoya rapidement un message à Ben pour l'informer. Elle se souvenait que Petit avait des enfants adultes – peut-être que Ben pourrait obtenir quelque chose d'eux ?

— Molly ? dit Constance.

— Ce n'est rien. Enfin, ça *pourrait* être quelque chose. Dis-moi plutôt : quel contact Lawrence a-t-il pour tout apprendre avant moi ? Ça me rend folle depuis des années.

Constance se contenta de sourire.

— Alors quelqu'un s'est fait descendre ? J'espère que ce n'est personne qu'on aime ?

— Tu es très désinvolte à propos du meurtre, Constance.

— C'est l'hôpital qui se moque de la charité. Alors, qui est-ce ?

— Bernard Petit, de Bergerac. Mais, pour autant qu'on sache, il ne s'est pas fait descendre, comme tu le dis si élégamment. Selon Lawrence, il a été retrouvé mort chez lui. Probablement de causes naturelles.

— Je ne le connaissais pas. Mais j'en ai entendu parler. Parce que les gens adorent parler des gens qu'ils n'aiment pas.

— C'est bien vrai, dit Molly. Bon, on s'y met ?

Elles rassemblèrent seaux et serpillière, plumeaux et pelles à poussière, et se rendirent au cottage.

— Doux Jésus ! s'exclama Constance.

— Tu es subitement devenue croyante ?

— Il gèle ici, Molls. Si quelqu'un doit arriver aujourd'hui, tu ferais mieux d'augmenter le chauffage !

— Ouais, ouais, dit Molly, qui avait une aversion constitutionnelle pour les dépenses en chauffage.

Alors qu'elle réglait le thermostat, son portable vibra à nouveau, un autre message de Lawrence.

Crâne fracassé

— Oh ! dit Molly, et elle montra l'écran à Constance.

— Là, on parle ! dit Constance. Je ne vais même pas me sentir un peu mal. Tout le monde — et je dis bien *tout le monde* — pensait que c'était un énorme connard. On récolte ce qu'on sème !

Molly fit une pause un instant, puis secoua la tête.

— Je crois que je vois ce que tu veux dire. Même si, peut-être, pendant que tu souhaites la mort des gens, tu pourrais en même temps offrir une prière pour leur âme.

— Bernard Petit n'avait pas d'âme. Tu as écouté un mot de ce que j'ai dit ?

Molly lança un chiffon à Constance.

— Tu veux bien nettoyer la salle de bain ? Je vais faire la poussière. Comme d'habitude, il y a genre trois centimètres de poussière à cause de ces murs en pierre.

Constance disparut dans la salle de bain et Molly l'entendit pulvériser du nettoyant partout.

— D'où viennent-ils ? cria Constance.

— De Virginie. Et de New York.

— Ah !

— Un jour, Constance, on fera un voyage là-bas ensemble. Même si je crains que ça ne soit jamais à la hauteur de tes attentes.

— Tu plaisantes ? New York ? Bien sûr que si. Sainte Marie, mère de Dieu !

Molly passa la tête dans la salle de bain.

— Quoi ?

— Regarde ce que tes invités ont laissé derrière eux, dit Constance en pointant le placard sous le lavabo.

Posée à côté d'une bouteille de nettoyant pour sol se trouvait une grosse liasse de billets. Molly la saisit et retira l'élastique.

— Des billets de cinquante, dit-elle, les yeux écarquillés. Il doit y avoir quelques milliers d'euros ici. Qu'est-ce que ça peut bien être ?

Constance bavait presque.

— Si, euh, si tu ne sais pas quoi en faire, dit-elle en tapotant l'épaule de Molly. J'ai quelques idées. Et tu sais, quand il s'agit d'idées, les miennes sont super-ultra-bonnes.

Molly feuilleta les billets pour s'assurer que ceux de cinquante n'étaient pas seulement aux extrémités de la liasse. Non, il semblait que ce soit des cinquante de part en part.

Curieux.

Les Donald avaient été les derniers à séjourner dans le cottage, ils étaient partis seulement la veille. C'était un couple discret, peu enclin à bavarder.

— Les Donald ? dit Molly, incrédule.

— Ces deux petites souris ? Eh bien, ça prouve bien qu'on ne connaît jamais vraiment les gens.

— C'est bien vrai, dit Molly. On ne sait jamais.

❧ 4 ☙

Ben n'avait pas perdu de temps après avoir entendu Molly parler de Petit. Il était en visite chez son ami Rémy à sa ferme biologique, qui profitait du temps froid pour se détendre un peu. Rémy lui fit un signe d'adieu depuis le pas de la porte tandis que Ben filait sur la route sinueuse en direction de Bergerac, essayant de se rappeler tout ce qu'il pouvait sur les Petit.

L'affaire pour laquelle Petit l'avait engagé s'était terminée de manière peu concluante. Petit prétendait que quelqu'un lui volait des choses, et Ben avait dûment installé des caméras vidéo et renforcé la sécurité globale, mais n'avait jamais trouvé le coupable.

Ben n'était pas tout à fait sûr qu'il y *ait* un coupable. Tout d'abord, les objets manquants étaient un peu étranges : des taies d'oreiller et des embauchoirs, pas vraiment le genre de choses qui font briller les yeux des cambrioleurs. Ben avait donc supposé que celui qui faisait ça essayait de taper sur les nerfs de Petit, de le manipuler psychologiquement, de le faire se sentir persécuté — tout cela semblait plus ou moins fonctionner, même si, à la connaissance de Ben, il n'y avait plus eu de vols, ce qui semblait satisfaire suffisamment Petit (qui continuait cependant à se plaindre – souvent – de l'échec de Ben à identifier le voleur, alors qu'il avait payé les honoraires sans rechigner). Ben avait noté dans le dossier qu'il était possible que Petit ait inventé toute l'histoire, bien qu'il n'ait aucune preuve ni aucune motivation pour que Petit fasse une telle chose.

Les enfants de Petit étaient adultes, tous deux à l'université, un fils et une fille. Petit n'en avait pas parlé chaleureusement et Ben pensait que les relations étaient tendues. Pareil pour l'ex-femme ; le divorce était assez récent, si Ben se souvenait bien.

La maison des Petit n'était pas tout à fait grandiose, mais presque, une solide maison de classe moyenne supérieure, couleur terre cuite avec un toit en ardoise. Elle avait trois étages avec un jardin à l'arrière, dans l'une des plus belles rues de Bergerac. Petit avait-il laissé une quelconque succession ? Y avait-il un testament ? Les enfants devaient-ils tout partager ? Et qu'en était-il des associés ? Dans quel domaine travaillait-il ? Ben ne s'en souvenait pas vraiment, si Petit le lui avait déjà dit. Ben savait que Petit était un emmerdeur agaçant... peut-être était-il pire que ça, peut-être avait-il finalement arnaqué la mauvaise personne. Si souvent, pensait Ben, tout se résumait à l'argent. Il supposait que quoi qu'il soit arrivé à Bernard Petit, l'argent en serait la plus grande cause.

Voyant une voiture de police bleue et blanche devant la maison de Petit, Ben se gara plus bas dans la rue et marcha la tête baissée et les mains enfoncées dans ses poches, le vent glacial déchirant la rue et lui faisant mal au visage. Il vit aussi une camionnette blanche et fut content d'être arrivé avant que le corps ne soit emporté.

Bien sûr, Ben Dufort était un simple citoyen, n'étant plus chef de la gendarmerie de Castillac depuis des années. Mais il était bon ami avec presque tous les flics qui travaillaient dans la région, Bergerac ne faisant pas exception.

— Bonjour, Enzo, dit-il avec un sourire, quand l'officier ouvrit la porte.

— Ben ! dit Enzo, en lui faisant signe d'entrer. Comment ça va ? Tu te pointes à chaque meurtre dans un rayon de deux cents kilomètres, hein ?

Ben haussa les épaules et demanda des nouvelles de la femme et des enfants d'Enzo.

— Ils vont super bien, dit Enzo. Je te montrerais bien quelques photos mais tu sais comme il est tatillon...

Il fit un signe de tête sur le côté, pour indiquer où se trouvait son patron, juste au moment où celui-ci tournait au coin.

— Ah, Benjamin ! dit Léo Lagasse, un homme costaud qui était détective à Bergerac depuis une éternité.

Les deux amis se firent la bise.

— Ça fait une éternité que je ne t'ai pas vu. Qu'est-ce que tu as fait à part renifler autour des meurtres qui ne te concernent pas ?

Il sourit largement, montrant une dent grise sur le côté. La peau de son visage avait des taches rouges, roses et blanches, lui donnant un aspect coloré mais pas très sain.

— Petit était mon client il n'y a pas longtemps. Je pensais que je pourrais peut-être me rendre utile.

Hm hm. Bien sûr.

Lagasse sourit, pas dupe une seule seconde.

— Paie-moi le déjeuner et je pourrais te lâcher quelques miettes. Mais ça doit être à La Grenouille. Je meurs de faim, dit-il, en tapotant son ventre avec une expression désolée bien qu'il ne soit que neuf heures du matin.

Ben acquiesça.

— Je vais appeler pour une réservation. Je peux voir le corps ?

— Bien sûr. Les réservations sont aussi rares que les dents de poule, je n'ai pas besoin de te le dire. Leur sauce espagnole classique est sublime. Tu l'as goûtée ? C'est le genre de plat dont tu rêves après. Et je ne parle pas de rêves de dyspepsie.

— Je n'y ai mangé qu'une seule fois, en fait. Il y a des années.

Lagasse parut choqué.

— Qui *es*-tu ? As-tu oublié qu'un excellent repas est le plus grand accomplissement auquel l'homme puisse aspirer ? Le summum de l'existence humaine ?

— J'ai été occupé, dit Ben avec un petit sourire narquois.

Lagasse se contenta de secouer la tête.

— C'est par là, dit-il en pointant le couloir. C'est pas beau à voir.

Ben prit une profonde inspiration pour se préparer, n'ayant jamais développé l'insensibilité de certains dans les forces de l'ordre, qui pouvaient arriver sur la scène d'un meurtre ou d'un terrible accident et prendre toute la chose avec sang-froid. Pour Ben, la douleur du défunt et de ses amis et parents était trop proche et ne pouvait être repoussée. Cette tendance – certains pourraient l'appeler sentimentale, mais elle ne l'était pas – à la fois l'entravait et l'aidait dans son travail d'enquête.

Il tourna au coin du bureau, ses yeux allant directement vers Petit et sa pauvre tête. Le sang avait éclaboussé le papier peint toile de Jouy élaboré, et Ben vit immédiatement le lourd cendrier en verre sur le sol, probablement l'arme du crime. Il s'accroupit pour regarder d'une perspective différente, en prenant soin de ne pas entrer dans la pièce. En reculant, il retourna vers Lagasse près de la porte d'entrée.

— J'attends la police scientifique, ils prendront des photos avant qu'on ne touche à quoi que ce soit. Tu as vu le cendrier ?

— Impossible de le rater. Avec un peu de chance, vous aurez de bonnes empreintes.

— Je ne m'attends pas à avoir de la chance. Jamais. Ça fait moins de déceptions. Maintenant La Grenouille ? Ça ne déçoit jamais. C'est peut-être cette qualité qui met la touche finale à sa perfection, la fiabilité absolue de ses plaisirs. On ne peut pas en dire autant de la plupart des choses, j'en ai peur. Certainement pas de la plupart des gens.

Dufort haussa les épaules, se sentant un peu impatient face au bavardage de Lagasse.

— Petit a deux enfants, adultes. Je pourrais avoir leurs coordonnées mais pas sur moi. Il y a aussi une ex-femme qui ne vit pas dans la région. Elle voyage beaucoup, selon Petit.

— D'après ce que je sais de lui, tout le monde autour de lui voulait garder ses distances autant que possible. Donc ce n'est pas surprenant que sa famille ne vive pas à proximité.

— Ah, c'est un monde différent aujourd'hui, dit Dufort. Les gens sont tellement plus mobiles qu'avant. Je n'en tirerais pas nécessairement de conclusions.

Lagasse leva ses sourcils broussailleux très haut.

— Oh, tu n'en tirerais pas de conclusions, hein ? Tu vas commencer à me dire ce que je dois penser de quoi, dans ma propre enquête ?

Ben n'était pas sûr si son ami plaisantait.

— Je réfléchis juste à voix haute, Léo, ne monte pas sur tes grands chevaux.

Lagasse éclata d'un rire tonitruant, faisant sursauter Enzo.

— Bon, vieux débris, je veux que tu dégages avant que les techniciens n'arrivent. Pas besoin que quelqu'un ronchonne parce que j'ai laissé des civils entrer sur la scène de crime.

— Tu as récupéré la vidéo des caméras ?

— Oh, tu es au courant pour les caméras, hein ? Eh bien, quelqu'un les a démolies aussi soigneusement que la tête de Petit.

— C'est dommage. N'importe quel jour convient pour ce déjeuner ? Les réservations sont vraiment si difficiles à obtenir ?

— Très. Aussi rares que des bites de licorne. Fais-moi juste savoir dès que tu peux en avoir une, j'y serai.

Ben rit, fit un signe de tête à Enzo et sortit dans la rue.

Ce n'était pas du tout l'heure du déjeuner, mais il connaissait un endroit près de la cathédrale qui vendait les caramels au beurre salé les plus délicieux. Il pensait que ce serait peut-être la chose parfaite à mâcher tout en passant en revue les maigres faits de l'affaire Petit, dans l'espoir de trouver quelques idées sur qui avait assassiné cet homme désagréable... et comment il pourrait se faire embaucher pour résoudre le crime.

❧

L'HEURE de l'apéritif trouva Ben et Molly à La Baraque. Molly en était à son deuxième kir, Ben buvait de la bière, et ils grignotaient des chips et des cacahuètes salées tout en discutant du nouveau meurtre.

— Donc, si Petit s'est fait fracasser le crâne avec un cendrier en verre, peut-on supposer que le cendrier appartenait à Petit et que le meurtrier l'a simplement ramassé une fois sur place ?

— Je pense que c'est une hypothèse raisonnable.

— Le cendrier était-il vraiment l'arme du crime ?

— Ça en avait l'air. Il était par terre près du corps, et la blessure a sans aucun doute été causée par quelque chose de lourd, pas par un poing. Je suppose que le tueur aurait pu emporter l'arme avec lui – ou avec elle – mais je devrais pouvoir le savoir de Léo quand je l'emmènerai déjeuner. C'est le genre d'information qu'il se délectera de me faire attendre pour me tourmenter, mais il finira par me le dire.

— D'accord, bien. Alors... est-il possible que le meurtre n'ait pas été prémédité ? Qui va tuer quelqu'un sans apporter d'arme ? Ou choisit d'apporter un cendrier ? Aucune de ces options ne semble très probable.

— Comme tu aimes me le rappeler, « improbable » ne veut pas dire « impossible ».

Molly lui adressa un sourire narquois mais acquiesça. Ils sirotèrent leurs boissons. Ben mangea une autre poignée de chips.

— Je dirais, reprit-il, qu'il y a de bonnes chances que ce n'était pas prémédité – quelqu'un lui rendait visite, il y a eu une dispute qui a très mal tourné – sauf que Petit était assis à son bureau, dos au couloir. Si la tension était si forte, penses-tu qu'il aurait fait ça, tourné le dos à l'autre personne, se mettant dans une position aussi vulnérable ? Il semble que si quelqu'un était chez toi, tellement en colère qu'il était sur le point de te tuer, tu voudrais lui faire face.

— Peut-être que le meurtrier n'était pas en colère.

— Hum, fit Ben, qui était souvent surpris par la façon dont Molly parvenait à s'empêcher de faire le genre de suppositions que les autres faisaient sans s'en rendre compte. Je suppose que quand on voit quelqu'un dans l'état où était Petit – ce n'était pas beau à voir, je peux te le dire – on se demande comment une personne pourrait faire ça sans être dans une rage aveugle.

Molly haussa les épaules.

— C'est possible. Mais ça pourrait aussi être, je ne sais pas, quelqu'un qui faisait simplement attention à frapper assez fort pour accomplir sa tâche. Ça pourrait même être un meurtre sur commande, sans aucun lien avec Petit, pour autant qu'on sache.

— Je doute que Castillac grouille de tueurs à gages.

— On ne sait jamais, dit Molly. Parle-moi de ses enfants. Qui, quoi, où – tout ce que tu sais.

— Malheureusement, pas grand-chose. Leurs noms sont Franck et Laurine. Petit ne les soupçonnait pas pour les vols pour lesquels il m'avait engagé. Franck, je crois, vit à Bordeaux et va à l'université là-bas. Laurine... j'ai dû vérifier mes notes... elle vit à Paris, travaille dans l'industrie de la mode. Bookeuse pour une agence de mannequins.

— Ils viennent à Bergerac ?

— Je suppose que oui, mais si Lagasse leur avait parlé, il ne me l'a pas dit.

— Parle-moi de Lagasse. Je n'en ai qu'une vague idée. Un peu gourmet ?

— Très. Il a un vrai talent d'enquêteur – il est comme toi de ce point de vue. Il peut observer le comportement humain sans sentiment, sans sauter aux conclusions. Il aurait probablement pu atteindre un poste important, être à Paris, un très gros bonnet.

Molly attendit.

— Et pourquoi ne l'a-t-il pas fait ? dit-elle finalement, impatiente.

— Il est... disons qu'on pourrait dire que c'est un homme gouverné par ses appétits. Ses appétits démesurés. Il adore la nourriture, comme tous les Français, bien sûr. Mais chez lui, c'est un peu extrême. Il a la réputation de faire passer le plaisir d'un repas avant presque tout le reste. Parfois, au cours d'une enquête, il faut être souple, être prêt à se contenter d'un jambon-beurre pour le déjeuner parce que quelque chose qu'on fait exige de la rapidité. Mais Léo – il ne fera pas ces concessions. Et puis il y a la question des femmes.

— Ah ! Voilà que l'histoire devient intéressante !

Ben sourit.

— Il a eu plus d'aventures que le détective moyen, je vais m'en tenir à ça. Et il ne fait pas particulièrement attention à éviter de fréquenter les épouses de personnes qui pourraient lui compliquer la vie.

Molly hocha la tête.

— J'ai hâte de le rencontrer, dit-elle, avec une lueur dans les yeux.

Ben rit.

— Pas ton genre, je ne pense pas – même si vous avez des points communs, il y a ça. Mais j'ai remarqué que ton goût en matière d'hommes se porte plutôt vers un type plus calme, plus réfléchi, pas tellement l'âme de la fête.

Molly se pencha vers Ben et l'embrassa, goûtant le sel sur ses lèvres. C'était vrai que le mariage en lui-même n'occupait pas beaucoup son attention, mais Ben comme mari ? C'était une idée qu'elle pouvait soutenir avec enthousiasme.

— Tu penses qu'on devrait reporter le mariage, au cas où on serait engagés pour le meurtre de Petit ?

Ben l'embrassa en retour, sans se presser et avec amour.

— Je ne pense pas, dit-il. Le 5 décembre, je vais t'épouser, Molly Sutton, et peu m'importe si nous avons un meurtrier caché dans le cottage et rien que des miettes de chips à servir à nos invités.

Elle sourit si fort qu'elle eut l'impression que son visage allait se fendre, elle le serra fort dans ses bras, puis se leva pour regarder dans le réfrigérateur et voir ce qu'il y avait pour le dîner.

❦ 5 ❦

Paul-Henri, jeune officier de la gendarmerie de Castillac, rangea son téléphone dans la poche avant de sa veste et poussa un profond soupir. Ninette de l'épicerie avait appelé pour dire que Malcolm Barstow avait encore volé à l'étalage. Pour Paul-Henri, cela signifiait fouiller tout le village à la recherche du garçon, qui était passé maître dans l'art de se cacher quand il s'y mettait, ainsi qu'expliquer à la chef, relativement nouvelle à Castillac, la situation compliquée qu'était la famille Barstow. Sans oublier d'apaiser Ninette, qui au téléphone avait semblé à bout de nerfs.

Il alla aux toilettes pour vérifier son uniforme avant de sortir : tous les boutons étaient bien astiqués et solidement cousus ; aucune peluche, tache ou aucun poil d'animal errant ne souillait le tissu ; ses cheveux étaient soigneusement peignés et il n'avait rien entre les dents. Satisfait, il quitta le poste et se rendit d'abord à l'épicerie pour obtenir toute l'histoire de Ninette.

— C'est tout simplement ridicule ! lâcha-t-elle, avant même qu'il ne franchisse la porte. Excusez-moi, bonjour Paul-Henri. Je perds mes bonnes manières quand il s'agit de ces Barstow ! Ils sont une honte pour notre village, je vous le dis !

— Calmez-vous, s'il vous plaît, Ninette. Dites-moi exactement ce qui s'est passé.

— Il est venu il y a à peine une heure. Et vous savez aussi bien que moi comment ça se passe, Paul-Henri ! Le garçon se faufile dans cette allée et dans une autre, les mains dans les poches. Il me lance un sourire radieux, vous savez, comme si de rien n'était.

Ninette croisa les bras avec emphase et Paul-Henri attendit patiemment la suite de l'histoire.

— Et puis Madame Tessier est entrée pour acheter de l'eau minérale. Elle veut toujours du Perrier en bouteilles de verre, vous savez, jamais en plastique. Et elle s'est mise à parler...

— Comme le fait Madame Tessier, dit Paul-Henri à voix basse.

— Et elle me racontait l'histoire des Valette et comment Camille ne sort presque plus de chez elle, et bref, pendant que nous avions cette conversation, Malcolm a réussi à se faufiler derrière elle et avant que je puisse dire un mot, il était sorti et avait disparu ! Les poches *pleines à craquer !* Je suis sortie en courant pour le poursuivre mais il était introuvable. Comme un fantôme quand il le veut, celui-là. Le maudit petit voleur !

Paul-Henri prit une profonde inspiration.

— Pouvez-vous me dire ce qui a été volé ?

— Bien sûr que non ! Je viens de vous le dire, il s'est glissé dehors comme une anguille, et je n'ai eu aucune chance de l'arrêter et de voir ce qu'il y avait dans ses poches ! Il a même bousculé Madame Tessier, comme si elle n'était qu'un meuble sur son chemin.

— Donc vous ne pouvez pas me signaler une seule chose qui manque ? Est-il possible que le garçon ait eu les poches pleines avant d'entrer dans le magasin ?

— Vous savez bien que non ! De quel côté êtes-vous, Paul-Henri ? Je suppose que je dois parler à la chef Charlot, alors.

Elle le foudroya du regard. Pendant un instant, Paul-Henri pensa qu'elle était sur le point de le gifler.

— Allons, allons, Ninette, sérieusement, ma chère, s'énerver comme ça n'est pas bon pour votre santé. Bien sûr que nous, à la gendarmerie, prenons chaque vol au sérieux, mais dans ce cas, j'ai bien peur que vous ne fassiez plus une supposition sur un vol que de présenter des preuves que—

— Oh, je vois. Je vois de quel côté vous êtes. Juste parce que le père de ce garçon ne vaut rien et que la famille n'a jamais un sou, vous avez pitié de lui. Je ne suis pas insensible, je comprends. Honnêtement, je comprends. Mais que dire de *ma* famille, Paul-Henri ? Que dire des sous que nous nous efforçons de gagner nous-mêmes — sommes-nous simplement censés ouvrir la caisse quand les Barstow passent, et les laisser se servir ?

Paul-Henri était généralement plutôt doué avec les femmes bouleversées ; il savait quoi dire pour les apaiser et comment leur faire croire qu'il était de leur côté, ce qui était le cas. Mais ce matin-là, il n'était pas dans son assiette, pour une raison quelconque, et les émotions de Ninette menaçaient de le submerger complètement. Après quelques tentatives supplémentaires et vaines pour la calmer, il décida que la meilleure chose à faire était de prendre congé.

— Très bien, merci, dit-il. Je suis content que vous ayez appelé pour le signaler, et je vais parler de la situation à la chef et aussi rendre visite à la famille Barstow.

Il était sur le point de dire qu'il voulait entendre la version de Malcolm, mais il s'arrêta sagement.

D'ailleurs, il était vrai que Malcolm était un voleur, tout le monde à Castillac le savait. Et sans doute la famille de Ninette, qui possédait l'épicerie, souffrait le plus de ses actes criminels.

— Au revoir, dit-il en se tournant vers la porte, et sentant avec gratitude l'air froid sur son visage une fois qu'il fut de nouveau libre.

MALCOLM, pendant ce temps, faisait face à son propre lot de problèmes. Il avait facilement esquivé Ninette et était arrivé à la misérable maison des Barstow, qu'ils louaient à un résident de Bergerac qui était un propriétaire plutôt négligent. Les réparations n'étaient pas faites en temps voulu, voire pas du tout, mais d'un autre côté (heureusement pour les Barstow), le propriétaire était si désorganisé qu'il ne réalisait pas toujours quand ils avaient du retard dans le paiement du loyer mensuel.

Madame Barstow était affalée sur une chaise dans la cuisine, devant le feu. Sa santé était mauvaise et elle passait de plus en plus de temps sur cette chaise, le ménage remis à plus tard, les repas non préparés, les bains non pris, les yeux fermés ou dans le vague, à fixer les braises.

— Regarde ce que j'ai eu, lui dit Malcolm avec un grand sourire, en sortant ses mains de ses poches. Tu adores ça !

Il tendit de petites boîtes ovales d'anchois en conserve.

— Je n'ai pas pris de salade mais je peux aller en chercher cet après-midi. Tu pourrais faire cette vinaigrette, tu sais, avec le parmesan et la pâte d'anchois, celle qu'on aime tant.

Mme Barstow essaya de sourire mais le sourire passa brièvement sur son visage et s'éteignit.

— On est en plein mois de décembre, dit-elle. Il n'y a pas de bonne salade à cette période de l'année. Tu voudrais bien cuisiner ce soir, mon fils ? Ton petit frère et ta petite sœur ont un bon repas à l'école, mais tout le monde a faim le soir quand il fait si sombre et froid. Et je... je ne pense vraiment pas pouvoir y arriver aujourd'hui.

Malcolm la regarda avec inquiétude. Il l'avait déjà vue déprimée, même désespérée, mais peut-être jamais aussi mal. Il soupçonnait que son humeur s'était effondrée parce que son père avait été libéré de prison et était à la maison depuis plusieurs semaines. Madame Barstow se plaignait terriblement quand il était absent, mais son retour – il avait été en prison plusieurs fois - n'était néanmoins jamais vraiment un coup de pouce pour son moral.

— Bien sûr, je peux cuisiner, dit Malcolm. J'ai pris une boîte de tomates donc je peux faire une sauce. Et un morceau de fromage dur à râper dessus, je pense qu'on a des pâtes...

— Tu es un bon garçon, murmura sa mère, reportant son regard sur le feu et remontant une couverture mangée aux mites jusqu'à son menton.

Malcolm l'observa encore un instant.

— Est-ce que cet imbécile d'Alfie te cause des problèmes ?

— Non. Ton père lui a dit qu'il pouvait dormir sur le canapé pendant quelques jours, c'est tout.

— Il faut qu'il dégage, dit Malcolm en serrant les poings.

— Surveille ton langage.

Malcolm rit. Puis il enroula étroitement son écharpe autour de son cou et sortit de nouveau, devinant à juste titre qu'un gendarme ou un autre allait passer à la maison, et qu'il serait prudent d'être ailleurs pour le moment. Il prenait soin de ne pas trop voler au même endroit à la fois et comptait sur la faible valeur des larcins pour faire de lui une priorité mineure.

Ce qui aurait pu être une meilleure stratégie dans une grande ville, où les gendarmes avaient bien d'autres choses à faire. À Castillac, en ce matin de décembre, Paul-Henri n'avait absolument rien d'autre à faire que de se concentrer sur lui et les accusations de Ninette ; de plus, il ressentait le besoin de redorer son blason auprès de la chef en procédant à une arrestation, ce qui réchauffait toujours le cœur glacial de cette dernière.

ꙮ   6   ꙮ

Ce n'était peut-être pas tout à fait régulier, Ben le reconnaissait, mais néanmoins, il avait fouillé dans ses dossiers et trouvé le numéro de portable du fils de Bernard Petit, Franck, et l'avait immédiatement appelé. Sans doute son ami Léo Lagasse n'approuverait-il pas que Ben parle à la famille de sa nouvelle affaire de meurtre, mais tout meurtre dans un rayon de cent kilomètres, Ben et Molly le considéraient comme de bonne guerre.

Il attendait Franck dans un café isolé à la périphérie de Bergerac, un endroit plutôt sinistre où le gourmet Lagasse ne mettrait jamais les pieds. Inutile de chercher les ennuis, après tout. Ben avait appelé Franck quelques mois plus tôt, lorsqu'il essayait de découvrir qui volait son père, et il se souvenait de lui comme étant de bonne nature, ce qui avait surpris Ben après l'aigreur de son père.

On ne savait jamais comment ça se passerait avec les enfants – ils allaient souvent à droite là où leurs parents allaient à gauche : les enfants d'alcooliques finissaient par être abstinents, et les enfants de personnes vraiment agaçantes parvenaient, d'une manière ou d'une autre, à être plutôt charmants.

— Bonjour, Monsieur, vous êtes Ben Dufort ? demanda un jeune homme en regardant Ben avec une expression ouverte et amicale alors qu'il se levait d'une table à l'intérieur du café.

— C'est moi, dit Ben en serrant la main de l'autre homme. Je suis ravi de vous rencontrer. Je suis content que vous ayez pu venir à Bergerac si rapidement. Je suis vraiment désolé pour votre père. Bien sûr, la mort est presque toujours un choc, mais dans un cas comme celui-ci...

Il s'interrompit avant de divaguer davantage.

— En tout cas, toutes mes condoléances.

— Merci, dit Franck. Et s'il vous plaît, soyons francs. Mon père était... un homme difficile. Je ne sais pas depuis combien de temps vous le connaissiez, mais d'une certaine façon, même si son meurtre est choquant, ce n'est pas une énorme surprise.

— Vraiment ? dit Ben. Vous voulez dire... vous pensez qu'il avait des ennemis ?

— Cela vous étonne ?

Franck rit d'incrédulité.

Ben réfléchit avant de parler.

— En fait, oui, ça m'étonne. Je ne dis pas qu'il était un homme facile. Mais le degré... la sauvagerie de sa mort... ce n'est pas quelque chose qui arrive à des gens qui sont simplement... agaçants. Ou pour le dire autrement : c'est une chose d'avoir des ennemis, et c'en est une autre d'avoir des ennemis qui vont réellement vous tuer.

La bouche de Franck se serra puis se détendit quand il vit la serveuse s'approcher.

— Bonjour, Mademoiselle, dit-il en lui souriant. Je voudrais un café noir. Et si vous avez des pâtisseries, choisissez-en une pour moi, si ça ne vous dérange pas ?

La serveuse, une petite jeune femme avec trop de dents, avait l'air de penser que rien ne la rendrait plus heureuse que de choisir la pâtisserie de Franck. Ben commanda également un café, ainsi qu'un croissant, même s'il savait qu'il ne serait pas aussi bon que ceux de la pâtisserie Bujold à Castillac.

— J'apprécie votre franchise, dit Ben. Et je vais suivre votre exemple. Je vous ai appelé parce que, comme vous le savez, ma partenaire et moi avons une entreprise d'investigation privée qui réussit bien. Très bien, devrais-je dire. Et nous aimerions vous proposer nos services, si à un moment donné vous souhaitez plus de soutien que celui de la gendarmerie de Bergerac.

Franck hocha la tête.

— Avez-vous une raison de penser que les forces de Bergerac ne sont pas à la hauteur ?

— Oh, je ne dirais pas ça, dit Ben. Du moins pas publiquement, ajouta-t-il avec un petit sourire.

Franck hocha la tête et sourit en retour, puis tendit le cou pour voir ce que faisait la serveuse.

— Peut-être voudriez-vous me parler de certains de ces ennemis que votre père avait ? demanda Ben.

Franck se pencha en arrière sur sa chaise et jeta à nouveau un coup d'œil à la serveuse qui rougit et détourna le regard. Ce n'était pas un homme particulièrement beau, mais Ben remarqua qu'il avait une sorte de magnétisme auquel les gens, y compris lui-même, réagissaient.

—Je ne pense pas... pour vous engager, pas à ce stade, dit Franck avec un autre sourire. Voyons ce que les détectives locaux peuvent faire. Vous devez comprendre, ce n'est pas que je ne veuille pas voir l'assassin de mon père arrêté. Quiconque est capable d'un tel acte... bien sûr, devrait être arrêté et tout le poids de la justice appliqué. Mais je vis avec un budget d'étudiant, vous comprenez, Monsieur Dufort...

— Je comprends, dit Ben en cachant sa frustration, et Franck lui sourit.

Ben pensa que l'homme souriait beaucoup pour quelqu'un dont le père venait d'être assassiné. Cela pouvait simplement être une habitude. Ou une réticence à étaler ses propres sentiments devant quelqu'un qu'il venait de rencontrer. Certainement compréhensible.

Ils bavardèrent de sport, de la météo et de la mère de Franck, qui était actuellement en Inde et n'avait pas prévu de revenir.

— Les funérailles auront-elles lieu ici à Bergerac ? demanda Ben.

— Des funérailles ? Oh, je ne pense pas qu'il y ait de funérailles, dit Franck. Même si je suppose que je devrais en parler à ma sœur.

Ben pencha la tête, intrigué.

— Comme je l'ai dit, personne ne l'aimait, dit Franck. Je veux dire, *personne*. C'était un homme misérable et râleur qui prenait plaisir à mettre les autres mal à l'aise. Alors pourquoi se donner la peine et dépenser de l'argent pour organiser un spectacle pour son départ, alors que tous ceux qui le connaissaient sont probablement content qu'il soit mort ? Et j'ajouterai librement, Monsieur Dufort, que cela m'inclut. Je sais que ça peut sembler terrible. Bon, j'*exagère*. Ce n'est pas que je sois *content*, plutôt... soulagé, je suppose ? Ma vie est ailleurs maintenant, j'étudie pour devenir chimiste. Je n'avais pas vu mon père depuis plus d'un an et je n'avais pas prévu de venir à Bergerac. Et croyez-moi, il ne se précipitait pas non plus pour me rendre visite à Bordeaux. Nous n'étions tout simplement pas une famille proche. Ça arrive.

Ben hocha la tête. Il ressentit alors un pincement de désir pour sa propre famille, et eut un flash d'une soirée enneigée dans le salon de La Baraque avec Molly et son propre petit fils ou sa fille, regardant la neige tomber, tous heureux d'être simplement ensemble.

Il se frotta les yeux et regarda si la serveuse arrivait avec leurs commandes.

— Est-ce pareil pour votre sœur, diriez-vous ? demanda-t-il.

— Oh bien sûr. Laurine a quitté la ville aussi vite que possible. Elle est partie de la maison à seize ans et n'a jamais regardé en arrière.

— Et votre mère ? Êtes-vous proche d'elle ?

Franck rit. C'était un rire mélodieux et contagieux, et Ben se surprit à se joindre à lui bien qu'il n'eût aucune idée de ce qui était drôle.

— Alaina, pour la plupart du temps, avait d'autres chats à fouetter que d'être parent. Elle était beaucoup plus jeune que notre père, a eu deux bébés coup sur coup, puis a réalisé qu'elle avait fait une grosse erreur. Qui sait comment il a réussi à la convaincre de l'épouser en premier lieu ? Il était terrible avec elle. Pas la mère la plus attentive, c'est vrai. Mais elle a essayé, à sa manière. Elle n'était pas la pire mère, loin de là, dit Franck.

C'était rafraîchissant d'entendre quelqu'un parler de ses parents inadéquats sans aucun auto-apitoiement. Franck semblait certainement être retombé sur ses pieds, d'une manière ou d'une autre.

— Est-ce que vous pensez que Laurine sera contente d'apprendre la mort de votre père ? Lui avez-vous parlé ?

— Je ne l'ai pas fait, et je la laisserai parler pour elle-même. Peut-être que cela semble cruel de ma part, mais à mon avis, il a eu une assez bonne mort, tout bien considéré. Il avait soixante-douze ans, donc il a eu une assez belle vie. Il était vivant, et puis il ne l'est plus. Il n'a probablement même pas su ce qui l'a frappé. C'est bien mieux que d'avoir une maladie longue et douloureuse, vous ne trouvez pas ?

— Je vois ce que vous voulez dire.

— Le meurtre est macabre, sans aucun doute. Ça ferait une histoire sensationnelle à raconter lors des dîners – ou du moins, si le résultat de l'enquête était un minimum intéressant. Mais le meurtrier s'avérera probablement être quelqu'un d'ennuyeux, un des associés louches de mon père se vengeant d'avoir été écarté d'une affaire, ou arnaqué, ou quelque chose comme ça. Mon père n'avait pas exactement la réputation d'être scrupuleux dans ses affaires, disons.

— Et ce ne serait pas une fin satisfaisante à l'histoire ?

Franck était sur le point de répondre mais s'arrêta et regarda Ben.

— Vous pensez que je suis horrible. Dites-moi, comment étaient vos parents ? Ou est-ce qu'ils sont toujours en vie ?

— Ma mère est décédée il y a huit ans. Mon père a déménagé à Toulouse pour vivre avec son frère après cela.

— Vous laissant derrière ?

— Ce n'était pas comme ça. Je veux dire, oui, techniquement, je suis resté à Castillac et il est parti, mais c'était la meilleure chose pour lui. Pas de rancœur entre nous.

— Et à quelle fréquence le voyez-vous ?

Pas très souvent, pensa Ben.

— Nous parlons au téléphone. Il a un peu de démence, donc... nous avons tendance à avoir la même conversation encore et encore.

— C'est difficile, dit Franck, avec une expression de préoccupation.

— Voilà, dit la serveuse, en posant leurs cafés et en prenant deux assiettes de son plateau. J'ai pensé que vous aimeriez un croissant aux amandes. C'est une spécialité de la maison, dit-elle timidement à Franck, qui la remercia sincèrement.

Je n'arrive vraiment pas à me faire une opinion sur cet homme, pensait Ben. Est-il la personne la plus décente et franche sur Terre ? Il semble l'être. Pourtant quelque chose ne colle pas tout à fait... est-ce simplement que je n'arrive pas à croire que le fils de Bernard Petit puisse être digne de confiance ? Il regarda Franck mordre dans son croissant aux amandes puis faire un clin d'œil à la serveuse. Elle gloussa et retourna en sautillant derrière le comptoir.

— Eh bien, dit Ben, se disant qu'il allait tenter une dernière fois. Si à un moment donné vous n'êtes pas satisfait du travail que font les flics de Bergerac, n'hésitez pas à m'appeler. Ma partenaire, Molly Sutton, est une détective très talentueuse – elle a vraiment le don de penser aux situations de manière inattendue.

— Vous tenez à elle, dit Franck en hochant la tête.

Ben fut surpris. Était-ce si évident ? Si peu professionnel ?

— Euh, nous sommes fiancés et nous allons nous marier plus tard dans le mois. Elle est douée à ce point-là, dit Ben avec un sourire, essayant de sauver la situation, mais craignant d'avoir peut-être torpillé leurs chances d'être engagés avec cette seule phrase maladroite. Bon, c'était très agréable de vous rencontrer. Vous avez mon numéro si vous changez d'avis.

Après le départ de Ben, Franck resta assis avec une sorte de sourire privé sur le visage, et attendit que la serveuse s'approche, ce qu'elle fit immédiatement.

‍ ❧   7   ☙

Ben était déjà assis et avait pris un moment, en étant seul, pour apprécier la blancheur immaculée de la nappe, l'arrangement complexe des couverts étincelants, et l'agitation prometteuse qu'il pouvait entendre derrière la porte de la cuisine. Voulant rester dans les bonnes grâces de Léo Lagasse, Ben avait fait jouer ses relations pour obtenir une réservation très convoitée à La Grenouille, le seul restaurant deux étoiles Michelin de la région.

Il était vrai que la fin novembre n'était généralement pas une période très fréquentée au restaurant – trop tôt avant Noël pour les touristes – mais néanmoins, le délai d'attente pour une réservation était toujours de plus d'un mois. Ben n'y avait mangé qu'une seule fois auparavant, il y a de nombreuses années. Souhaitant impressionner une femme dont il était sérieusement épris, il l'avait surprise avec un dîner à La Grenouille ; elle avait semblé assez contente sur le moment et avait mangé de bon appétit... mais l'avait quitté quelques semaines plus tard. En se remémorant cette soirée et ses conséquences, il se dit que toute conclusion superstitieuse sur les pouvoirs du restaurant était manifestement ridicule.

Il ne croyait évidemment pas aux superstitions, étant un homme intelligent et éduqué. Mais néanmoins, un léger nuage planait au-dessus de lui pendant qu'il attendait l'arrivée de Léo.

Le plan était que Ben reste en contact avec Franck tandis que Molly contacterait Laurine. Entre eux deux — s'il n'y avait pas d'arrestation rapide — ils espéraient que l'un ou l'autre voudrait que Dufort/Sutton Investigations traduise en justice le meurtrier de leur père. Ce n'était pas qu'ils avaient un besoin urgent de fonds, du moins pas à ce moment précis ; l'activité des gîtes marchait si bien qu'ils avaient un petit coussin financier. Mais la réputation était primordiale, et que penseraient les gens si un homme local était assassiné et que Dufort/Sutton Investigations ne jouait aucun rôle dans la découverte du coupable ?

En attendant, Ben espérait que la bonne nourriture et le bon vin délieraient la langue de Léo sur l'état actuel des activités du détective.

— Mon ami ! tonna Léo, tandis que l'hôtesse le conduisait à la table de Ben. Quel honneur tu me fais. Quand nous avons parlé de déjeuner, je n'avais aucune idée que tu viserais si haut ! Et je t'aime encore plus pour ça.

— Tu as mentionné le restaurant par son nom, espèce de vieux maître chanteur, dit Ben avec un sourire narquois.

— Peut-être, peut-être. Mais tu as écouté ! Et je frémis en pensant à ce que tu as dû faire pour obtenir une réservation dans un délai si court.

Léo s'inclina en avant, bien qu'il fût déjà coincé dans sa chaise.

— Le confit de canard ! J'ai fait une prière ce matin pour qu'il soit au menu. Sublime, je te le dis ! Et sinon, le repas sera certainement spectaculaire de toute façon. J'ai hâte de voir ce que le chef nous réserve.

Ben appréciait un repas deux étoiles autant que le Français moyen, mais il réfléchissait déjà à la manière de faire parler son ami des choses qui comptaient vraiment. Comme il savait que Léo n'était pas dupe de ses intentions, il entra directement dans le vif du sujet.

— Alors, mon ami... commença-t-il.

— Je sais, je sais, tu veux savoir ce qui se passe avec Petit. Non, non, ne prends pas la peine de protester.

Il agita la main en l'air, les yeux fixés sur la porte de la cuisine.

— Où est le serveur, bon sang ? On pourrait mourir de soif et de faim.

À peine avait-il prononcé ces mots qu'un homme d'âge mûr en chemise et pantalon noirs avec un tablier blanc sortit de la cuisine en poussant un chariot. Il plaça une petite verrine devant Lagasse puis devant Dufort.

— Les compliments du chef, dit-il, avant de s'éclipser vers la cuisine.

— Ah, dit Léo, plongeant déjà une petite cuillère dans la verrine et examinant la mousse de concombre brillante parsemée de minuscules morceaux de ciboulette.

— Peut-être que ça me rend puéril, mais j'adore les compliments du chef, dit Ben.

— Nous les adorons tous, dit Léo généreusement, les yeux fermés alors qu'il savourait la bouchée, incapable d'identifier exactement ce que c'était.

Il était considéré comme impoli de parler travail à table, encore plus à une table aussi glorieuse que celle de La Grenouille. Mais il s'agissait d'un meurtre, après tout, pas d'une affaire commerciale, et donc une fois leurs verrines raclées jusqu'à la dernière miette, Ben donna un léger coup de coude à Léo.

— Bien, alors... dit-il, espérant que Léo comprendrait le message.

— Eh bien, je vais te dire, Benjamin, jusqu'à présent je n'en sais pas plus que toi. Petit était un abruti colossal sans amis, ou du moins nous à la gendarmerie de Bergerac n'avons pas réussi à en trouver. Ses voisins le détestaient, les commerçants rapportent qu'il était radin et enclin à rapporter des articles souillés en exigeant un remboursement intégral. Les gens donnent l'impression qu'il faisait tout son possible pour être désagréable, voire cruel.

— C'était mon expérience avec lui. Nous avons déjeuné à Castillac un jour – au Café de la Place, tu connais ? Pas un endroit chic, mais le cassoulet y est magnifique. Bref, pendant le déjeuner, Petit a allumé un cigare. À l'intérieur, et en plein milieu du repas. Et c'était une marque de cigare particulièrement nauséabonde – il soufflait intentionnellement des nuages de fumée vers la table voisine, où une mère était assise avec ses enfants. Ils sont partis immédiatement, à la grande satisfaction de Petit. Je voulais me lever et partir, mais bien sûr, c'était un client...

— Ça correspond au profil que je suis en train d'établir. Un homme tout à fait désagréable, c'est certain. Et pourtant...

Léo tambourinait du bout des doigts sur la table, impatient de voir le menu.

Une jeune femme apparut et leur donna les grands menus, imprimés sur du papier épais à l'ancienne.

— Ah oui ! dit Léo, se pourléchant les babines en commençant à lire.

Ben désespérait de le ramener au sujet.

Le serveur vint prendre leurs commandes : Léo commanda le confit de canard et Ben, un steak Diane. En un clin d'œil, le serveur réapparut avec une boîte à pain métallique à trappe coulissante. Il ouvrit la trappe pour montrer le contenu à Léo, qui désigna un petit pain aux graines et une petite brioche, que le serveur plaça délicatement avec des pinces sur l'assiette à pain de Léo. Ben choisit une tranche croustillante qu'il devina être au levain.

—Tu disais ? dit Ben.

— Ah oui. Eh bien, seulement ceci : ce serait la chose la plus évidente de conclure que Petit a été assassiné par un membre de la légion de gens qui le détestaient. Mais c'est facile, et la mauvaise piste à suivre, du moins à ce stade précoce. Je ne sais pas si tu as entendu – eh bien, tu dois l'avoir entendu, étant quelque peu un charognard, si tu me pardonnes l'expression – il y a eu une série de meurtres en Gironde au cours de l'année dernière. Tous des gens fortunés. Les grosses légumes fonctionnent selon l'hypothèse que c'est l'œuvre du crime organisé. D'autres groupes avec le même mode opératoire ont été arrêtés dans le nord de la France – ce sont des Grecs, ces criminels, qui nous attaquent de tous les côtés.

Ben pensait qu'il était très peu probable qu'un groupe de Grecs ait choisi Bernard Petit comme moyen de s'enrichir.

— Peut-être, dit Ben. Ces Grecs ont-ils été vus quelque part dans les environs ? À Périgueux, par exemple ?

Léo haussa les épaules en mastiquant son petit pain.

— Ça semble juste... un peu improbable, tu ne trouves pas ? Un syndicat du crime choisissant Bernard Petit au hasard ? Ou bien laisse-t-il un héritage beaucoup plus important que je ne le pensais ?

— On n'a pas trouvé de testament, dit Léo.

— Intéressant. Les deux enfants sont-ils venus à Bergerac ?

— Le fils, Franck. Je ne me souviens pas pour la fille, machin-chose, elle ne pouvait pas quitter son travail tout de suite. Franck n'a pas réussi à mettre la main sur le testament. Ou du moins, c'est ce qu'il dit.

— Tu ne lui fais pas confiance ?

Léo éclata de rire.

— Je suis inspecteur de police. On ne fait confiance à personne, tu le sais bien, dit-il en saisissant son couteau à beurre et en s'attaquant au pot de beurre avec une certaine férocité.

$\text{❦}\quad 8 \quad\text{❦}$

Trois locataires devaient arriver à La Baraque dans l'après-midi, tous un jour plus tôt que d'habitude, et Molly était prête à les accueillir. Le gîte et le pigeonnier étaient impeccables, avec des bouteilles de vin offertes et des mots de bienvenue contenant des recommandations de restaurants et des numéros d'urgence utiles. Sortant d'une semaine désormais rare sans hôtes, elle et Constance avaient pu tout nettoyer à temps, ce qui était une bonne chose, car Molly concentrait maintenant la plupart de son attention sur le meurtre de Bernard Petit.

Même si elle se souvenait des impressions de Ben à son sujet, elle n'avait pas rencontré Petit, ce qu'elle regrettait maintenant qu'il était mort. Ce n'était pas qu'elle ne faisait pas confiance à Ben, mais bien sûr, il était toujours préférable de juger par soi-même. L'une des principales raisons pour lesquelles Molly aimait tant le travail de détective était de comprendre les gens, de saisir ce qui les poussait à agir comme ils le faisaient. Et Petit était certainement un excellent spécimen à cet égard.

— Allez, Bobo, allons jeter un dernier coup d'œil au gîte, dit-elle, et Bobo acquiesça presque, étant une chienne très intelligente.

Elles sortirent par les portes-fenêtres près de la cuisine, Molly frissonna car elle avait oublié de mettre un manteau. Bobo fila à travers la cour et bondit dans les airs, sa réaction habituelle au froid.

Le chauffage du gîte avait eu des ratés et Molly voulait s'assurer qu'il faisait assez chaud pour l'arrivée des hôtes. Elle poussa le thermostat de quelques degrés, vérifia les pièces une dernière fois au cas où elle et Constance auraient oublié de vider une poubelle ou laissé traîner un chiffon – tout en laissant défiler dans son esprit les histoires que Ben lui avait racontées sur Petit avant de penser aux nouveaux locataires.

Un couple de Richmond, en Virginie, venait pour la semaine : Peggy et Wilson Tanner. Mariés depuis plus de cinquante ans, sans enfants, Peggy était allergique au pollen. Pas de souci à ce sujet en cette saison. Et une femme célibataire de New York, Daisy McPherson, avait demandé le pigeonnier, bien qu'il puisse accueillir trois personnes si l'on comptait le canapé. Comme il n'y avait pas d'autres réservations, Molly avait été heureuse de le lui accorder.

Lorsqu'elle et Bobo atteignirent le pigeonnier, le chat roux flânait près de la porte.

— Quel mauvais coup tu prépares ? demanda Molly, toujours méfiante pour ses chevilles en présence de l'animal au mauvais caractère.

Le chat roux frotta sa tête contre le cadre de la porte et leva un regard doux vers Molly.

— Je ne suis pas dupe, marmonna-t-elle en entrant dans le pigeonnier pour jeter un coup d'œil.

Trouvant tout en ordre, elle rentra chez elle pour déjeuner. Bobo gambadait à côté d'elle et Molly leva les yeux vers le ciel gris, se demandant s'il allait encore neiger. Son portable vibra dans la poche de son pantalon. Un texto de Ben :

Le numéro de portable de Laurine est le 06 86 55 90 13 bonne chance

Hm, pensa-t-elle en rentrant chez elle et en allant se placer dos au poêle à bois. J'ai bien quatre heures avant l'arrivée des locataires. C'est largement suffisant....

Molly composa le numéro, puis croisa les doigts.

— Allô ?

— Bonjour, Mademoiselle Petit, je m'appelle Molly Sutton, je vis à Castillac, juste au nord de Bergerac. Tout d'abord, laissez-moi vous dire à quel point je suis désolée pour votre père.

Molly entendit ce qui ressemblait à un reniflement dédaigneux à l'autre bout de la ligne.

— Mon partenaire a travaillé avec votre père il y a plusieurs mois – Ben Dufort ? Je ne sais pas si votre père vous en a parlé ?... Non ?... Eh bien, je ne veux pas m'imposer dans ce qui est certainement une période très difficile pour votre famille, mais je voulais vous faire savoir que les enquêteurs Dufort/Sutton sont disponibles pour vous aider de toutes les façons possibles, si vous le souhaitez—

— Oh, je le souhaiterais *vraiment*, l'interrompit Laurine. Je ne connais que trop bien l'incompétence des gendarmes locaux.

— Je n'irais pas jusque-là, dit Molly en souriant intérieurement. Évidemment, trouver le meurtrier de votre père ne changera pas ce qui s'est passé, mais j'espère que cela vous apporterait une certaine mesure de—

— Oh, *s'il vous plaît.*

Laurine rit.

— Ce n'est pas comme si j'étais en deuil. Désolée de vous décevoir, mais je ne suis pas vraiment du genre à faire semblant quand il s'agit d'émotions. Je préfère... vous êtes américaine, je peux le dire à votre accent... exactement comme le dit l'expression en anglais, j'aime dire les choses telles qu'elles sont.

Molly ne put s'empêcher de se demander quelles prononciations avaient trahi son pays d'origine, mais elle s'en tint à l'essentiel.

— Devrions-nous nous rencontrer, alors ? Êtes-vous déjà à

Bergerac ? Je n'ai pas encore entendu parler de plans pour les funérailles.

Une fois de plus, Molly entendit un reniflement.

— Je doute qu'il y ait des funérailles, dit Laurine. Je vis à Paris. Je ne sais pas encore si je vais faire tout le chemin jusque là-bas — je suis follement occupée en ce moment, vous n'imaginez pas, je travaille du matin au soir avec une bande de cinglés.

Molly hésita. Elle voulait conclure l'affaire mais ne voulait pas paraître trop insistante.

— Il a fait très froid et neigeux ces derniers temps, dit-elle, pensant que parler de la météo lui donnerait un peu de temps. C'est très sympa dans le coin, pour un petit séjour détente, peut-être ? J'ai de la place ici à La Baraque, dans un gîte, si une escapade rurale vous tente. Non que je veuille insinuer que gérer la situation de votre père soit comme des vacances.

— Ce n'est pas exactement mon premier choix pour des vacances, dit Laurine. Je travaille dans la mode. Sans vouloir vous offenser, vraiment — votre coin du monde n'est tout simplement pas ma tasse de thé. Mon habitat préféré, ce sont les grandes villes, pas... les trous perdus.

— Je comprends.

Un court silence.

— Eh bien, voudriez-vous en dire plus sur... vos réflexions concernant ce qui s'est passé, et comment vous pensez que mon partenaire et moi pourrions vous aider ?

— Je suis sur le point de partir. Il y a un shooting à l'autre bout de la ville, je ne sais pas pourquoi ce photographe en particulier doit choisir des endroits aussi reculés, c'est comme s'il essayait absolument de compliquer la vie de tout le monde. Pas le temps de parler. Je vais juste dire ceci — en ce qui concerne le fait de vous engager, c'est mon frère Franck que vous devez convaincre. Je suppose que nous paierions vos honoraires sur la succession de mon père, donc il devra être consulté et accepter l'arrangement. Mais je doute fort que cela se produise, parce que — Lolly, c'est votre nom ? Parce que, Lolly, mon frère et moi ne nous entendons pas. Donc s'il a vent de quoi que ce soit que *je* pourrais vouloir faire, il torpillera l'idée juste pour le principe. Vous comprenez ?

— Oui, je crois que je comprends, dit Molly. Franck est ici. Ben l'a rencontré hier, mais je ne sais pas ce qu'ils—

— Soyez prudente, dit Laurine dans un murmure rauque, comme si Franck se trouvait dans la pièce d'à côté. Je vous appellerai quand je pourrai.

Et elle raccrocha.

Eh bien, pensa Molly. *Eh bien, eh bien, eh bien.*

APRÈS AVOIR PARLÉ à Molly au téléphone, Laurine Petit était restée quelques instants à la fenêtre de son appartement, contemplant la vue peu attrayante de la terrasse de l'immeuble voisin, encombrée de meubles et de quelques plantes mortes. Elle tapota son menton du bout des doigts, pensive.

Puis elle s'assit à son ordinateur, envoya quelques e-mails pour réorganiser son travail et trouver des remplaçants, et acheta un billet de TGV pour Libourne, la gare la plus proche de Bergerac. Si Franck était là-bas, elle ferait mieux d'y être aussi. De plus, si ces détectives fouinaient dans les parages, raison de plus pour elle d'aller surveiller la situation. Laurine n'avait aucune idée de l'héritage que son père avait laissé, mais il devait bien valoir quelque chose, raisonna-t-elle. La maison à elle seule rapporterait une jolie somme, et comme elle était bien située, elle ne devrait pas être trop difficile à vendre.

Bien sûr, son père n'avait jamais été connu pour ses succès fulgurants en affaires, et il était impossible de savoir quelles dettes il pouvait avoir. Tout cela finirait par se régler. Mais ce règlement n'allait pas se faire à huis clos, avec son frère aux commandes. Pas si Laurine pouvait l'en empêcher.

MOLLY ENVOYA un texto à Ben, mais il était toujours en plein déjeuner de trois heures à La Grenouille, le veinard. Elle finit par passer une poignée d'heures frénétiques à nettoyer sa salle de bain et à éliminer presque tous les poils de chien et de chat du salon, tout en grignotant du pâté sur un bout de baguette rassis.

Laurine insinuait-elle que son frère était en quelque sorte dangereux, qu'il aurait même pu avoir quelque chose à faire avec le meurtre de son père ? Cela semblait être le cas, bien que Molly ait aussi l'impression que Laurine était du genre à chercher les embrouilles, et elle ne prenait donc pas ses déclarations pour argent comptant, loin de là.

L'accusation pouvait simplement être le fruit d'une rivalité fraternelle devenue incontrôlable, sans aucun fondement réel.

Ou Laurine pouvait l'avoir menée en bateau.

Ils avaient besoin de jeter un œil au testament de Petit, même si Molly supposait qu'avec la rigidité des lois françaises sur l'héritage, la succession serait très probablement divisée entre les enfants.

La tête de Molly tournait avec toutes ces possibilités, qui semblaient se multiplier plus elle repensait à leur conversation. Elle était tellement distraite qu'elle faillit manquer l'arrivée de Daisy McPherson, qui frappait à la porte d'entrée de La Baraque, Christophe étant déjà reparti dans son taxi.

— Bonjour ! dit Molly en ouvrant la porte et en retirant ses gants en caoutchouc, ses cheveux roux formant un nuage ébouriffé après ses efforts de nettoyage. Je suis désolée de ne pas avoir répondu plus vite, j'étais à l'étage, et dans cette maison hétéroclite, il faut parfois un moment pour aller d'un endroit à l'autre. Bienvenue, Daisy !

Daisy était petite et menue, et habillée un peu comme un elfe, pensa Molly. Elle portait des collants vert foncé et des chaussures en cuir sans semelles qui remontaient légèrement aux orteils. Son manteau de laine avait une capuche volumineuse, que Daisy repoussa une fois à l'intérieur. Ses épais cheveux blonds étaient tressés en une longue natte dans son dos.

— Bonjour, dit-elle doucement en regardant Molly de ses grands yeux gris.

— On va faire le tour jusqu'au pigeonnier ? Je pense que vous allez l'adorer, bavarda Molly. Le maçon qui a fait la rénovation – il n'est malheureusement plus parmi nous – était si talentueux. Les minuscules fenêtres qu'il a installées... eh bien, vous verrez par vous-même. C'est tout simplement magique, selon mon opinion totalement biaisée.

Daisy hocha la tête. Elle se pencha pour caresser Bobo, qui rôdait à côté d'elle en espérant attirer l'attention, et Molly se détendit un peu, toujours rassurée quand quelqu'un aimait les chiens. Elle commença à parler de toutes les raisons pour lesquelles elle était heureuse de prendre des vacances de New York, et de son immense appréciation pour les qualités magiques de la France, un sujet que Molly était toujours prête à aborder.

Une demi-heure s'écoula avant que Molly ne prenne le sac de Daisy et qu'elles ne se dirigent à nouveau vers l'extérieur pour marcher jusqu'au pigeonnier, juste au moment où Christophe arrivait en trombe dans l'allée avec les Tanner.

— Oh ! dit Molly. Voici nos autres locataires. Venez, je vais vous présenter, dit Molly.

Elle ne regarda pas en direction de Daisy et manqua donc l'expression fugace de panique sur le visage de la jeune femme.

— Bonjour, Peggy et Wilson ! s'écria Molly, tandis que le couple descendait du taxi.

Ils lui sourirent radieusement. Peggy s'accrocha au bras de Wilson et pendant un instant, on aurait dit qu'ils allaient tous les deux s'effondrer sur le sol.

— Oh ! Tout va bien ? dit Molly, se précipitant à leurs côtés et leur offrant son bras.

— Ça va, ça va, dit Wilson, avec un charmant accent du sud.

On est juste vieux, vous savez. On ne réalise pas à quel point il est difficile de voyager quand on est jeune.

— Ces longs vols sont un véritable calvaire, acquiesça Molly. Pourquoi n'entrez-vous pas ? Je vais vous servir un verre, et Christophe va porter vos bagages au cottage.

— Pas de problème, accepta Christophe, ouvrant le coffre et sortant leurs bagages relativement petits.

— Peggy et Wilson Tanner, je vous présente Daisy McPherson, dit Molly. Vous restez tous les trois pour deux semaines, et j'espère que nous aurons tous l'occasion d'apprendre à nous connaître un peu. Même si, bien sûr, certains invités recherchent l'intimité, et c'est tout à fait normal aussi.

Molly avait constaté que dire ces choses explicitement aidait à mettre les invités à l'aise.

Daisy leur serra gravement la main à tous les deux.

— Elle séjournera dans le pigeonnier, qui est en fait un ancien colombier que j'ai fait rénover en gîte. La Baraque était pleine de bâtiments en ruine quand je l'ai achetée – mes amis de chez moi pensaient que j'étais folle, franchement, et je leur ai donné raison plus d'une fois. Mais j'ai pu les rénover lentement, un par un, et maintenant l'ensemble peut accueillir seize personnes. Même s'il n'a jamais été complètement plein, même en été.

Alors qu'ils entraient, les Tanner posèrent des questions sur la gestion de l'endroit et sur ce que cela faisait d'être expatriée dans un petit village. Molly les fit rire en évoquant certaines de ses erreurs du début, tout en mettant une bouilloire pour le thé et en servant à ses hôtes des verres de Perrier frais.

Elle adorait son activité de gîtes, vraiment – rencontrer de nouvelles personnes et découvrir leurs vies et leurs personnalités était infiniment divertissant, et elle savourait ces nouveaux clients autant que les autres.

Mais toujours, au fond de son esprit, tourbillonnaient des pensées sur Bernard Petit, son fils et sa fille, et le cendrier qui l'avait tué. Tant de questions et tant à apprendre, si seulement elle et Ben pouvaient se faufiler dans l'enquête.

$\maltese$ *9* $\maltese$

Le lendemain matin était un samedi, jour de marché, et Molly conduisit la Citroën jusqu'au village car il faisait trop froid pour son scooter adoré. Fin novembre, le marché n'était pas l'endroit joyeux et convivial qu'il était pendant les mois plus chauds ; les clients voulaient faire leurs achats rapidement et se dépêcher. Les conversations étaient plus courtes et il y avait nettement moins de plaisanteries, surtout pendant cette dernière vague de froid inhabituelle.

Mais si Molly adorait le marché estival presque plus que tout, elle appréciait également celui d'hiver. L'église semblait austère sous le ciel gris, et la pierre calcaire dorée des maisons ne brillait pas, mais néanmoins, les branches nues des platanes taillés étaient saisissantes, et peut-être que ce matin-là, la température n'était pas tout à fait aussi glaciale qu'elle l'avait été.

D'abord, il y avait Manette, la bonne amie de Molly qui vendait des légumes, les meilleurs du département. Elles se dirent bonjour et se firent la bise. Pendant qu'elles bavardaient à propos du temps, Molly parcourait l'étalage du regard, se sentant peu inspirée pour le dîner.

— De l'aubergine, dit Manette, qui avait toujours de bonnes

suggestions. Elles sont importées bien sûr à cette période de l'année, mais si tu te sens ambitieuse, tu pourrais en fumer une sur le grill et te croire en Iran.

— C'est ce qu'on veut ? rit Molly.

— Au moins il y fait chaud, dit Manette, les joues rosies par le froid. Alors, tu es sur l'affaire Petit ?

— Je suis toujours stupéfaite de la vitesse à laquelle les nouvelles se répandent ici.

— Eh, comme dans tous les petits villages. Et tu dois admettre que les potins à Castillac sont de haute qualité. Ça vaut mieux que la télé, si tu veux mon avis. Le meurtre reste une chose rare, même si peut-être pas aussi rare qu'avant que tu ne nous honores de ta présence, taquina Manette. Les gens de Castillac ne le connaissaient pas vraiment, donc tu vas probablement devoir élargir ton champ d'investigation plus que d'habitude. Ne sous-estime jamais Madame Tessier quand il s'agit d'informations.

— Je sais. C'est mon atout en réserve.

— Ton quoi ?

Bien que Molly vive en France depuis plusieurs années, parfois une expression idiomatique surgissait qui la laissait perplexe.

— C'est une expression du poker, dit-elle, incertaine d'avoir le bon mot pour « poker ».

Manette se contenta de hausser les épaules.

— Et pour accompagner l'aubergine, je ferais quelque chose avec ces beaux citrons. Bio, et regarde-moi cette couleur !

— Magnifique, acquiesça Molly. Je viens de voir une recette de scones au citron et à la ricotta, faits avec de la farine d'amande.

— Tu en prends six ?

Molly prit ses citrons et son aubergine, paya et fit un signe d'au revoir. Elle acheta des saucisses, quelques côtelettes d'agneau en guise de petit plaisir, et un pot de miel de forêt.

Ce ne serait pas une mauvaise journée pour passer voir Angela Langevin, pour parler des fleurs pour le mariage. Elle devrait y aller. Mais Molly se sentait... peu encline. Parfois, elle était réticente à faire la chose suivante sur la liste, même quand c'était quelque chose qu'elle voulait faire.

Elle décida que le seul remède était un détour par la pâtisserie Bujold et la merveille glorieuse d'un croissant aux amandes, le meilleur de la Dordogne et probablement de toute la France. Le marché n'avait pas été bondé, et en marchant vers la boutique, les rues étaient vides. Molly regardait autour d'elle les bâtiments, les pavés, chaque petit détail comme si elle venait d'arriver à Castillac – elle ne se lassait jamais d'absorber chaque détail, observant l'apparence de toute chose ce jour-là et comment les choses avaient pu changer depuis la veille.

Edmond Nugent, propriétaire de la pâtisserie Bujold et un homme ayant un béguin de longue date pour Molly, rayonna quand elle entra dans le magasin au tintement d'une petite cloche.

— Bonjour, ma magnifique Molly ! dit-il, en grimpant presque par-dessus le comptoir dans son enthousiasme pour lui faire la bise.

— Bonjour, Edmond. Tu es un vrai haricot blanc ce matin.

— Un quoi ? Quelle est cette expression ? Vous les Américains êtes vraiment étranges, je te le dis.

Molly rit.

— Un haricot blanc. Aucune idée d'où vient cette expression, mais peut-être y a-t-il quelque chose de similaire en français ? Pour dire, euh, « plein d'énergie », je suppose. Avec un peu d'espièglerie en plus.

— Je te salue avec enthousiasme uniquement à cause de ta beauté, ma chère, dit Edmond, le visage rougissant. Je sais que je peux compter sur ta venue les samedis, à un moment ou à un autre. Laisse-moi voir si je peux deviner ce dont tu as envie aujourd'hui.

C'était l'un des tours de passe-passe d'Edmond, dire aux gens quelle pâtisserie était le désir de leur cœur selon le jour.

— Prends mes mains, dit-il, sur un ton de médium.

Molly tendit ses mains froides par-dessus le comptoir et les mit dans celles d'Edmond.

— Ciel ! s'écria-t-il. Tu es faite de glace ! La première chose à faire est une tasse de bon café, fort et noir. À moins que tu ne préfères un chocolat ?

— Café, dit Molly. Et un—

— Un croissant aux amandes ! dit Edmond, victorieux.

— Comment as-tu deviné ? J'y pensais justement en venant ici.

— Honnêtement ? Soit j'ai de grands pouvoirs de divination, soit ton adoration pour le croissant aux amandes m'est bien connue. Je ne pense pas que je puisse me tromper avec ce choix. Et ça va si bien avec le café, tu ne trouves pas ?

— Tu sais bien que si, dit Molly, la bouche salivant à cette perspective. Je vais m'asseoir et en profiter ici même. Tu peux prendre une courte pause et bavarder ?

— Bernard Petit, j'ai raison ?

Molly rit.

— En effet. Tu le connaissais ?

— Non. Même si j'ai entendu d'autres en parler. C'est drôle comme être derrière ce comptoir fait penser à certaines personnes que je suis sourd et aveugle. Tu ne croirais pas les choses que je vois et entends. Vraiment pas.

— Ça ressemble à une conversation que nous devons avoir à un moment donné, dit Molly avec un sourire. Les gens sont étranges, n'est-ce pas ?

— Pas nous. Tout le monde sauf nous, dit Edmond, et il envoya un baiser en l'air en direction de Molly.

— Tu connaissais l'un des enfants de Petit ?

— J'ai bien peur que non. Beaucoup de gens à Bergerac ne viennent jamais à Castillac, même pas dans ma boutique, aussi incroyable que cela puisse paraître. Donc je n'ai jamais eu le plaisir de vendre mes croissants aux amandes à qui que ce soit de la famille Petit, du moins pas à ma connaissance. Une vraie tragédie, n'est-ce pas ? Cela dit, de toutes les façons de finir ses jours, se prendre un cendrier sur la tête ne me semble pas être la pire. Qu'en penses-tu ?

Molly pencha la tête.

— Je suppose que non. Même si je suis plutôt concentrée sur la personne qui a ramassé le cendrier que sur ce que Monsieur Petit en a pensé.

— Je suis choqué de t'entendre dire cela, Molly ! J'ai toujours cru que ta capacité d'empathie était exemplaire.

Molly réprima un soupir. Parfois, Edmond pouvait être fatiguant, et jamais plus que lorsqu'elle voulait parler d'une affaire et qu'il insistait pour suivre des pistes de conversation improductives dans tous les sens. Elle finit son café et son croissant, le félicitant abondamment pour leur délicieux goût. Après avoir choisi du pain et des viennoiseries pour ses hôtes, Molly repartit dans le froid.

Sans perdre de temps, elle se dirigea directement chez Madame Tessier et frappa à la porte, mais la vieille dame ne répondit pas et Molly retourna à La Baraque, momentanément à court d'idées sur ce qu'elle devait faire ensuite.

UNE FOIS À BERGERAC, Laurine s'installa dans sa chambre d'hôtel – pas exactement luxueuse, mais que pouvait-elle espérer si loin de Paris ? Elle n'appela pas son frère. Après avoir bu deux verres de Perrier du mini-bar, elle sortit son portable et composa le numéro que Molly lui avait donné.

— Oui, Dufort/Sutton Investigations, dit une voix masculine.

— Oh ! Vous devez être le partenaire de Lolly ?

Ben fut momentanément confus.

— Vous voulez dire Molly ? Molly Sutton ? Oui, je suis son partenaire. À qui ai-je l'honneur ? Puis-je vous aider ?

— J'espère que vous le pourrez, ronronna Laurine, qui aimait beaucoup les hommes et était plutôt contente que Ben ait répondu.

Ils convinrent de se retrouver dans un café à côté de la cathédrale de Bergerac ; Ben poussa sa vieille Renault sur les routes étroites et sinueuses de Castillac pour s'assurer d'arriver à l'heure.

Il trouva Laurine déjà assise au café, avec un expresso. Elle était mince comme un fil, ses cheveux châtains tirés en un chignon bas. Elle n'était pas explicitement belle, mais Ben pouvait dire qu'elle était élégante, d'une manière parisienne. Ses vêtements étaient sans doute à la mode mais lui semblaient un peu étranges : son chemisier avait des trous découpés à des endroits aléatoires, ce que Ben trouvait peut-être un peu inadapté pour le froid de décembre, même avec un manteau par-dessus.

Ils se serrèrent la main et se présentèrent. Laurine se détourna légèrement de lui et le regarda, montrant son meilleur profil comme si Ben était le photographe d'une séance photo.

— J'étais tellement désolé d'apprendre pour votre père, commença-t-il.

— Vous ne l'étiez *pas*, dit Laurine, et elle rit d'un rire rauque. Maintenant, si nous voulons nous entendre ne serait-ce qu'un peu, vous allez devoir être plus direct avec moi. Les platitudes sont si ennuyeuses. Ne pensez pas que juste parce que vous êtes beau garçon, vous aurez un laissez-passer. Je ne suis pas si facile.

Elle baissa les yeux puis le regarda du coin de l'œil avec un sourire malicieux.

Oh Mon Dieu, pensa Ben.

—Je n'étais pas malhonnête, dit-il. Ce n'est jamais un moment de joie quand une personne est assassinée. Peu importe qui est cette personne. N'êtes-vous pas d'accord que c'est le summum de l'égoïsme pour un meurtrier de décider qu'il ou elle a le droit de déterminer quand une autre personne meurt ? Parce que quatre-vingt-dix-neuf virgule neuf pour cent du temps, Mademoiselle Petit, le motif est égoïste. On ne nous appelle pratiquement jamais pour trouver des tueurs qui ont choisi leurs victimes selon des motifs miséricordieux.

— Peut-être que sa mort est miséricordieuse pour *moi*. Et s'il vous plaît, appelez-moi Laurine. Si vous avez parlé à qui que ce soit qui le connaissait, vous savez que mon père était désagréable, dominateur et blessant. Famille, amis, employés, partenaires commerciaux – peu importait. Il était horrible avec nous tous. Bernard Petit était l'une de ces personnes sans laquelle le monde se porte mieux.

Elle allait continuer mais rit en voyant l'expression surprise de Ben.

— Oh, je vois, je suppose que ça me fait paraître coupable, n'est-ce pas ?

Elle rit de nouveau.

— Est-ce que cela signifie que nous allons passer beaucoup de temps ensemble, pendant que vous essayez de me prendre dans une toile de mensonges ?

Elle rit de son rire rauque, s'amusant plus qu'elle ne l'avait fait depuis des mois.

— Ne pas aimer votre père ne vous place pas automatiquement sur la liste des suspects. Molly et moi essayons de travailler avec un peu plus de finesse que cela. Sans parler du fait que le nombre d'enfants qui n'apprécient pas leur père est plutôt élevé, je suppose.

— Et vous, Benjamin ? Votre père est-il un homme décent, comme vous ? Vous entendez-vous bien ?

Ben fit une pause, souhaitant fumer pour pouvoir s'occuper en allumant une cigarette pendant qu'il réfléchissait à ce qu'il allait dire.

— Je pense que nous pouvons laisser mon propre père en dehors de cela, dit-il finalement.

— Oh, vous n'êtes pas drôle, dit Laurine, en lui tapant gentiment sur le bras. Alors je vais juste devoir inventer le monstre le plus horrible dans votre passé, dont le dévouement à infliger douleur et souffrance à tous les membres de sa famille – surtout à son fils – a poussé ce fils à entrer dans les forces de l'ordre, afin qu'il puisse mettre des monstres similaires derrière les barreaux où est leur place.

— Quelle interprétation, dit Ben. Vous avez passé du temps en thérapie, je suppose ?

— Freudienne classique, dit Laurine. Trois fois par semaine, allongée sur le divan avec mon analyste assis derrière moi. Je ne peux que le recommander vivement.

Vous auriez peut-être dû arrêter un peu plus tôt, pensa Ben, se mordant l'intérieur de la joue pour s'empêcher de sourire. Il devait recentrer cette conversation.

— Je peux dire que vous ne seriez pas automatiquement mise sur une quelconque liste de suspects. Mais bien sûr, nous demandons à toutes les personnes liées à l'affaire, même de façon tangentielle, où elles étaient et ce qu'elles faisaient au moment où le meurtre a été commis.

— L'heureux événement s'est produit mardi, c'est bien ça ?

— Oui.

— Eh bien, je n'ai aucun souci à me faire de ce côté-là. Je n'ai même pas été prévenue avant plusieurs jours – je suppose que mon numéro de téléphone n'était pas dans les favoris de mon père. En tout cas, j'ai travaillé sans arrêt et j'ai un grand nombre de personnes qui peuvent attester que j'étais à Paris toute la semaine et la semaine d'avant. Je n'ai pas mis les pieds à Bergerac depuis... au moins un an ou deux.

Ben prit une profonde inspiration.

— Je comprends que votre relation avec votre père n'était pas bonne...

Laurine renifla avec dédain.

— ... pourtant, vous avez dit au téléphone que vous seriez inté-ressée par nos services—

— Oui, je le suis. Même s'il y a un petit accroc potentiel... serait-il possible de faire imputer vos honoraires sur la succes-sion ? Je gagne bien ma vie, mais les dépenses à Paris, vous comprenez...

— Je pense que cela devrait être possible.

— Et mon frère doit-il donner son accord ?

— Je... je vais devoir me renseigner. Pourquoi ne pas régler les détails une fois que vous aurez vu le testament et que vous aurez une idée de la fortune de votre père ? Ce n'est pas que... excusez-moi, je ne voulais pas paraître grossier.

— Vous êtes l'homme le plus drôle. Est-ce que je ne me fais pas bien comprendre quand je dis que mon père était quelqu'un que je haïssais ? Oui. *Haïssais.* Il a tourmenté ma pauvre mère jusqu'à ce qu'elle soit forcée de partir, étant une personne douce et rêveuse, pas de taille contre lui. Il a fait de la vie de Franck et de la mienne un enfer. On ne pouvait *jamais* lui plaire. Il fallait marcher sur des œufs à chaque instant, car n'importe quoi pouvait le mettre hors de lui : des peluches sur son pull, une fourchette dans le compartiment des cuillères d'un tiroir de cuisine. N'importe quoi.

Laurine tenait le bord de la table du bout des doigts et se mordillait la lèvre inférieure, les yeux fixés sur Ben.

— Vous vous demandez probablement pourquoi je me soucie de savoir qui l'a tué ? C'est très simple. Et égoïste, pour rester dans le thème du jour. Je veux tout son argent. Je n'ai aucune idée de combien il y a, mais je n'ai pas l'intention de le partager. Je pense qu'il est possible que mon frère ait tué mon père – et soit dit en passant, il avait plusieurs très bonnes raisons de le faire, et je ne peux pas dire que j'en sois désolée. Si Franck est condamné, j'ai cru comprendre qu'il perdra tout droit sur la succession. Je sais que vous n'êtes pas avocat, mais pouvez-vous me confirmer que c'est bien le cas ? Même si je peux vous donner l'impression contraire, je n'ai aucune animosité particulière envers mon frère, donc si une condamnation n'avait pas cet effet, alors notre accord est annulé et je retournerai simplement à Paris.

Ben se retourna pour faire signe à la serveuse, souhaitant pouvoir demander un cognac plutôt qu'un café. Il avait eu beaucoup d'affaires étranges au fil des années et avait vu des comportements fous quand il était chef de la gendarmerie de Castillac, mais Laurine Petit remportait la palme.

— Je crois pouvoir affirmer en toute sécurité que votre frère n'hériterait pas de votre père s'il l'avait effectivement tué, dit Ben.

— Eh bien, c'est un soulagement ! dit Laurine, en finissant son expresso et en souriant avec coquetterie à Ben.

— Comme vous semblez le savoir, il existe des dispositions qui rendent difficile, mais pas impossible, de déshériter sa progéniture. L'une des exceptions est si l'enfant a causé des dommages corporels.

— Le meurtre semblerait suffire.

— En effet. Avez-vous du temps maintenant, pour que nous puissions commencer ?

Ben sortit de la poche de sa veste un bloc-notes et un crayon.

— Oh non, je suis absolument épuisée par ce voyage en train. Je sais que le TGV est censé être si merveilleux, et je suppose qu'il l'est. Mais quand même, ce sont des heures à rester assise sans Internet et j'ai besoin de retourner dans ma chambre d'hôtel pour m'occuper de quelques affaires. Et si on se voyait ce soir ? L'hôtel a un bar qui a l'air correct. Retrouvons-nous pour boire un verre à dix-huit heures trente, et dînons après. Vous faites la réservation ?

— Je ne peux pas ce soir, mais plus tard dans la semaine, ça marche. Voulez-vous qu'on se retrouve plus tôt, disons juste après le déjeuner ? demanda-t-il, devinant qu'elle dirait probablement non.

— Oh, vous n'êtes pas assez enthousiaste à l'idée de me voir, dit-elle en faisant semblant de bouder. Je vais rencontrer Franck, alors. Peut-être que je pourrai recueillir des preuves pour vous. Je serai pratiquement une enquêtrice moi-même ! Vous serez tellement content que vous ne voudrez plus l'aide de Lolly, dit Laurine en rejetant la tête en arrière et en riant.

Oh là là, pensa Ben.

Ce soir-là, Molly s'assura que ses invités avaient des plans pour le dîner et ne manquaient de rien, puis demanda à Ben s'il voulait aller dîner Chez Papa.

— Tu es sûre que tu ne veux pas aller ailleurs ? Ou on pourrait simplement rester à la maison et faire des omelettes, dit-il en posant ses avant-bras sur ses épaules et en se penchant pour l'embrasser.

— Ça serait amusant. Et délicieux, dit Molly. Mais je n'ai pas vu Lawrence depuis une éternité, et je pensais qu'on pourrait entendre quelques potins croustillants... c'est généralement si bondé le samedi soir, il pourrait y avoir des gens qui connaissaient Petit.

— Tu es une vraie bourreau de travail, tu le sais ça ? dit-il en lui ébouriffant les cheveux.

— Je sais. Enfin, pas vraiment. C'est juste que... cette affaire me semble un peu étrange. Tu vois ce que je veux dire ? Laurine nous sert son frère sur un plateau d'argent, ce qui... si elle est si sûre qu'il est coupable, pourquoi ne pas simplement le dire à Léo Lagasse ? Pourquoi prendre la peine de nous engager ?

Ben avait ses soupçons à ce sujet mais ne voulait pas les

partager avec Molly – du moins pas encore. La discrétion est la meilleure partie de la valeur, croyait-il, peut-être naïvement.

Ils ne s'habillèrent pas chic, Chez Papa n'étant pas ce genre d'endroit, et arrivèrent juste avant dix-neuf heures au bistrot, les lumières extérieures drapées dans un arbre grêle ne manquant jamais de remonter le moral de Molly.

— Bonsoir ! s'écrièrent trois ou quatre amis lorsque Molly et Ben entrèrent.

Ils passèrent quelques instants à longer le bar, faisant des bises et échangeant des salutations, avant de s'installer sur des tabourets près du bout.

— Où est Frances ? demanda Molly au barman, leur vieil ami Nico.

Nico secoua la tête.

— Encore une date limite. Elle s'est tuée à la tâche ces derniers temps.

— Ces Américains et leurs habitudes de travail folles ! dit Ben.

— Je sais, dit Nico. Et quand Frances travaille sur un jingle, elle se balade en fredonnant tout le temps. C'est assez pour rendre quiconque fou.

— Frances fait ça, marmonna Molly entre ses dents, mais avec affection, car Frances était sa plus ancienne et plus chère amie. Alors, où est Lawrence ? Je comptais le voir ce soir.

Nico haussa les épaules.

— Vous venez de rater Lapin et Anne-Marie. Ils sont passés boire un verre mais sont partis à une fête.

— Une fête ? dit Molly. Hm.

Nico haussa à nouveau les épaules.

— Comme d'habitude ?

Ben et Molly acquiescèrent, se sentant tous deux un peu dégonflés que tant de leurs amis aient quelque chose de mieux à faire.

— Alors, quoi de neuf, Nico ?

— Pas grand-chose. Ninette est passée, hors d'elle à cause de Malcolm Barstow.

— Oh non, il vole encore dans les magasins ?

Molly avait un faible pour le jeune délinquant.

— Encore ? Il vole toujours, dit Nico. C'est comme respirer pour lui.

— Mais cette famille – ces petits frères et sœurs...

Un homme faisait signe à Nico pour attirer son attention et il interrompit la conversation. Molly se retourna sur son tabouret, cherchant quelqu'un à qui parler, mais ne vit personne d'abordable.

— Eh bien, ça ne s'avère pas être le nid de potins que j'espérais, dit-elle à Ben. Je n'ai même pas pu trouver Madame Tessier aujourd'hui.

Mais avant qu'elle n'ait bu la moitié de son kir, Lawrence fit son entrée, vêtu d'un costume en laine magnifiquement coupé, gris avec un motif Prince-de-Galles bleu clair.

— Ma chère, dit-il à Molly en lui faisant la bise.

— Tu m'as terriblement manqué, dit-elle.

— Pareil ici. Et je ne m'attends pas à te voir beaucoup plus maintenant, puisque nous avons un autre cadavre dont il faut s'inquiéter. Je jure que tu n'as pas eu une bonne influence sur la région, ma chère. Le taux de mortalité a considérablement augmenté.

Molly parut consternée.

—Je plaisante !

Lawrence lui donna un baiser supplémentaire sur la joue, puis continua jusqu'à ce qu'elle rie.

— Avez-vous réussi à vous faire engager par les principaux protagonistes existants ?

— Cette partie a été facile pour une fois, dit Ben. Du moins, nous le pensons. Pas de contrat signé pour l'instant, donc nous ne devrions pas vendre la peau de l'ours avant de l'avoir tué.

— Eh bien, c'est une bonne nouvelle. Un coup à la tête plutôt simple d'un homme profondément impopulaire. Le genre de chose que Dufort/Sutton peut résoudre en un après-midi tranquille.

— Tu es trop gentil, dit Molly en lui adressant un sourire narquois.

Nico plaça un Negroni devant Lawrence sans qu'on le lui demande.

— Je me demandais, dit Molly, si par hasard tu connaissais l'un des Petit ? Ou Sarah Berteau, la femme qui tenait la maison pour Monsieur Petit ?

— Les Petit, non.

Lawrence pencha la tête pour réfléchir.

— Et Sarah Berteau... le nom me dit quelque chose, mais je ne pense pas. À quoi ressemble-t-elle ?

— Nous ne savons pas encore, dit Ben. Nous venons d'être engagés aujourd'hui, donc nous n'avons fait aucun entretien.

— Est-elle suspecte ?

Ben secoua la tête tandis que Molly s'empressait de dire que bien sûr, tout le monde était suspect jusqu'à ce qu'ils aient des preuves pour les exclure.

— Même moi ? dit Lawrence d'un ton sec.

— Surtout toi, dit Molly.

— Je pense que Cécile Meyer pourrait la connaître, dit Nico, s'appuyant sur le bar et faisant un signe de tête en direction de Cécile. Elle parlait du meurtre tout à l'heure. Comment Sarah reste chez elle avec toutes les portes verrouillées, inquiète que le meurtrier vienne s'en prendre à elle ensuite.

— Les gens peuvent réagir étrangement au traumatisme, dit Ben.

Molly se leva et alla à la table de Cécile.

— Excusez-moi de vous déranger, dit-elle, mais j'ai entendu dire que vous êtes amie avec Sarah Berteau ? Je peux vous demander si vous lui avez parlé récemment ? Je suis Molly Sutton, de Dufort/Sutton Investigations. Nous travaillons sur l'affaire Petit.

Cécile parut surprise quand Molly commença à parler et son expression méfiante ne s'estompa pas au fur et à mesure que Molly parlait.

— Oui, c'est mon amie. Mais elle ne veut pas être mêlée à quoi que ce soit. Vous pouvez comprendre, voir quelque chose comme ça, ça bouleverse votre... votre perception du monde, on pourrait dire.

— Oui, je comprends tout à fait. C'est traumatisant, sans aucun doute. Peut-être qu'elle se sentirait un peu mieux si elle aidait à l'arrestation du tueur ?

— Ce n'est pas à vous de décider ce qui aidera Sarah à se sentir mieux.

Molly fut prise au dépourvu mais ne le montra pas.

— Bien sûr que non. Je ne voulais pas insinuer... si vous pouviez simplement transmettre à Sarah que nous aimerions lui parler ?

— Je ne ferai rien de tel. Vous n'avez jamais entendu parler de vie privée, vous autres ? Vous, les Américains, vous voulez juste faire irruption et tout mettre sens dessus dessous et fouiner partout comme si vous étiez chez vous. Laissez-la tranquille. Elle n'a rien fait de mal. Les gendarmes sont déjà assez pénibles et maintenant vous voulez l'embêter aussi ?

Molly savait quand battre en retraite.

— D'accord, merci pour votre temps. Et encore une fois, je suis désolée d'avoir interrompu votre soirée.

Cécile parut un tout petit peu apaisée par ces excuses mais tourna la tête et ne répondit pas. Molly retourna à son tabouret.

— Je peux deviner d'ici que ça ne s'est pas bien passé, dit Lawrence.

— En effet, dit Molly. Les gens sont étranges. Si Cécile voulait qu'on laisse Sarah tranquille, elle s'y est prise de la pire façon.

Maintenant, je suis désespérée de lui parler, et en fait, je vais frapper à la porte de Sarah dès demain matin.

— Ta fiancée est contrariante, dit Nico à Ben.

— Tu m'en diras tant. Ta femme est la même, répondit Ben.

De la cuisine arriva un plateau de frites chaudes et un autre débordant d'artichauts accompagnés d'une sauce au beurre à l'ail.

— Depuis quand mange-t-on des artichauts en décembre ? demanda Molly.

— Depuis qu'on a fait une erreur sur notre bon de commande. Ils viennent du Maroc et sont plutôt savoureux, alors servez-vous et aidez-nous à écouler l'énorme tas qu'on a dans la chambre froide.

— J'adore les artichauts, dit Molly. Maintenant, ce qu'il nous faut vraiment, c'est trouver des gens qui connaissaient les Petit. Nico ? Tu as déjà croisé la famille ? Les enfants sont de jeunes adultes maintenant, l'un à l'université à Bordeaux, et l'autre, la fille, travaille à Paris. Je crois qu'elle est l'aînée mais je n'en suis pas certaine.

Nico secoua la tête.

— Beaucoup de Bergeracois considèrent Castillac comme un village peu sophistiqué. Socialement parlant, il y a un peu de mélange entre les villes, mais pas énormément. Vous allez avoir du pain sur la planche pour découvrir quoi que ce soit sur eux à Castillac.

Lawrence partit discuter avec un autre ami, Nico servait des boissons à l'autre bout du bar, et Molly et Ben eurent un moment pour parler seuls.

— Franck semblait être un type plutôt franc, dit Ben.

— Peut-on être franc *et* meurtrier ? chuchota Molly.

— C'est possible. En tout cas, il a promis d'envoyer des informations de contact pour qu'on puisse vérifier son alibi. Il dit qu'il avait pris quelques jours à Biarritz, avant les examens.

— La plage ? En décembre ?

Ben haussa les épaules.

— Il en faut pour tous les goûts. À mon avis – et je sais, je ne peux rien juger si tôt – Laurine veut l'argent, et elle est prête à inventer une histoire pour l'obtenir. Je serais stupéfait si Franck s'avérait avoir tué son père. Il est juste... trop gentil.

— Penses-tu vraiment que quelqu'un puisse être trop gentil pour commettre un meurtre ? demanda Lawrence, apparaissant derrière l'épaule de Ben. Trop sensible, peut-être. Ou trop effrayé. Mais « gentil » ? Je ne sais pas. Je pense avoir connu pas mal de gens gentils qui étaient capables d'actes épouvantables d'une sorte ou d'une autre.

— Juste parce qu'il a une bonne personnalité et que tu l'as apprécié... dit Molly.

— Attends et tu verras, dit Ben. Passe quelques heures avec lui et tu verras ce que tu en penses.

—Je le ferai.

Elle pivota sur son tabouret.

— La vie est presque parfaite en ce moment, n'est-ce pas ? Des artichauts, une affaire nouvelle et intéressante, des hôtes agréables au gîte...

— Et un mariage, dit Nico, qui était revenu à sa place devant eux.

— C'est vrai, dit Molly, rougissant d'avoir oublié ce petit détail dans sa liste.

Il faut absolument qu'on règle cette histoire des Petit pour que je puisse vraiment y consacrer du temps, se dit-elle en prenant la main de Ben dans la sienne et en la serrant.

Ce dimanche-là, Simon Valette se leva, prit un café et se rendit directement au bâtiment annexe en ruine à côté de la maison, sur lequel il travaillait depuis leur premier jour à Castillac. Il faisait plus doux, alors il ne s'habilla pas chaudement, sachant que le transport des lourdes pierres le ferait transpirer rapidement. Ces derniers temps, la routine du dimanche voulait que les filles aillent seules au village, à la pâtisserie Bujold, où elles choisissaient, après maintes discussions et jugements solennels, des pâtisseries pour chaque membre de la famille. À leur retour, tous les Valette s'attablaient pour un petit-déjeuner tranquille.

Simon pensait que le pire était passé, et que sa famille s'adaptait enfin à la vie à Castillac, en se faisant des amis et en s'habituant au village. Quitter Paris et laisser derrière eux leur vie glamour n'avait pas été facile – et plusieurs tragédies les avaient frappés une fois arrivés à Castillac. Mais maintenant, sa femme Camille semblait aller mieux, les filles s'épanouissaient à l'école du village, et lui continuait à trouver le travail physique de réparation de la vieille demeure profondément gratifiant.

Il fit un signe de la main aux filles lorsqu'elles partirent, souriant et se demandant quelle excentricité elles pourraient bien rapporter cette fois – par le passé, elles avaient choisi un gâteau de mariage que quelqu'un avait refusé de récupérer après l'annulation de dernière minute d'un mariage, une autre fois toutes les pâtisseries avaient un glaçage orange en l'honneur du Halloween américain.

Une fois échauffé, Simon retira ses gants. Les pierres lui écorchaient les mains, mais il préférait de loin les manipuler à mains nues ; il aimait sentir leur surface, leur température. C'était un homme assez chanceux pour avoir trouvé une activité qui le satisfaisait pleinement. Après avoir empilé des pierres pendant vingt minutes supplémentaires, il décida de rentrer se laver les mains avant le retour des filles. Il ramassa son manteau qu'il avait enlevé, ainsi que ses gants, et entra par la porte d'entrée.

— Camille ! appela-t-il en haut des escaliers. Les filles vont revenir d'une minute à l'autre. Tu veux que je t'apporte un café ?

Camille dormait généralement tard, et Simon avait l'habitude de lui apporter son café au lit.

Pas de réponse.

Simon était un homme sensible qui ne négligeait pas ses intuitions. Et son instinct, à cet instant, lui disait que le silence dans la maison n'était pas dû au sommeil de Camille.

Quelque chose n'allait pas.

Il monta les marches quatre à quatre et poussa la porte de la chambre. Camille n'était pas dans le lit. Le regard affolé, il courut à la salle de bain, une grande pièce avec une baignoire en porcelaine surdimensionnée que Camille avait recarrelée avec les carreaux les plus à la mode, comme si ses amies parisiennes chics allaient débarquer d'une minute à l'autre pour l'admirer.

Simon trouva sa femme affalée sur le sol, ignominieusement à côté des toilettes, la tête penchée sur sa poitrine.

— Camille ! cria-t-il.

S'accroupissant à côté d'elle, il prit son poignet inerte et chercha son pouls – ne sentant rien, il posa ses doigts sur son cou.

— Oh Camille, qu'est-ce que tu as fait ?

DEUXIÈME PARTIE

❧ 12 ☙

C'était un dimanche matin paisible à La Baraque, le poêle à bois ronflait doucement.

Molly avait préparé une cafetière de café corsé et elle était retournée au lit, où elle et Ben discutaient de ce qu'ils allaient préparer pour le petit-déjeuner.

— Je n'arrive pas à y croire, mais je pense que je ne t'ai jamais fait de gaufres, dit Molly, se redressant soudain et manquant de renverser le café de Ben, qui reposait sur sa poitrine.

— J'ai mangé des gaufres à Bruxelles, il y a de nombreuses années. Mais jamais une gaufre américaine. Comment est-elle servie ?

— Eh bien, la meilleure façon de les servir est celle de ma tante de Virginie – pas sucrées, mais avec de la viande hachée de poulet par-dessus. Tellement bon, oh mon Dieu, dit Molly, se laissant retomber sur le lit en gémissant. Mais je n'ai pas de restes de poulet, donc ça devra attendre une autre fois. J'ai cependant un peu de sirop d'érable du Vermont caché quelque part. Donne-moi une minute pour chercher le gaufrier et je m'y mets tout de suite. Après le petit-déjeuner, j'ai prévu de rendre visite à Sarah Berteau. J'espère qu'elle ne va pas à l'église.

Ben sourit et finit son café.

— Tu es toujours pleine de surprises, Molly. Je pensais qu'à l'instant où tu ouvrirais les yeux, tu voudrais te jeter sur l'affaire Petit à bras-le-corps, sans t'arrêter pour quelque chose d'aussi banal que le petit-déjeuner.

Molly sourit.

— Eh bien, je sais. Et j'ai hâte, en fait. C'est juste que... j'ai l'impression d'avoir besoin de manger des gaufres avant de commencer. Mais je penserai à Petit en arrière-plan, bien sûr.

— Ta capacité à faire tellement de choses en même temps est une rare beauté.

— Eh bien, merci, Monsieur Dufort, dit-elle en lui donnant un rapide baiser avant de se lever et de se diriger vers la cuisine.

Son portable était glissé dans sa robe de chambre et elle le sentit vibrer. Un texto de Lawrence.

Triste d'annoncer que Camille Valette est décédée.

Molly resta immobile à fixer l'écran.

— Ben ! cria-t-elle, courant de retour dans la chambre.

Elle tendit son téléphone pour qu'il puisse lire le message.

— Oh non. Cette pauvre famille.

— C'est juste *horrible*.

Molly alla à l'armoire et sortit des vêtements, plus élégants que son habituel pantalon de survêtement du dimanche matin.

— Je dois y aller. Ces filles vont avoir besoin...

— Tu ne penses pas que la famille pourrait vouloir de l'intimité ?

Molly secoua la tête, déterminée à y aller. Tout ce qu'elle voulait, c'était prendre Chloë et Gisèle dans ses bras et caresser leurs cheveux.

Elle alla dans la salle de bain pour une douche rapide, toute pensée pour Sarah Berteau depuis longtemps oubliée. Puis elle coupa l'eau et dit :

— Tu crois que... on ne sait même pas comment elle est

morte. J'ai en quelque sorte sauté à la conclusion qu'elle s'était suicidée. Mais peut-être que c'est complètement faux.

— Si tu y vas tout de suite, je suppose que tu le sauras.

Molly fit une pause, essayant de comprendre ce que signifiait le ton tranchant dans la voix de Ben, mais elle pensa ensuite aux filles, retourna sous la douche et se mit en route aussi vite qu'elle le put. Elle lui parlerait plus tard, après avoir vu les filles et fait ce qu'elle pouvait pour les réconforter.

Elle prit le scooter, voulant sentir le vent vivifiant sur son visage alors qu'elle roulait vers le manoir des Valette sur la route de Fallon, à la périphérie du village. Camille s'était-elle suicidée ? Cela semblait le plus probable, connaissant son passé. Molly savait que la femme avait déjà eu des périodes suicidaires auparavant. Mais peut-être que c'était la mauvaise conclusion, et que Camille avait simplement eu une crise cardiaque, ou était tombée d'une échelle.

Molly ne pouvait pas imaginer Camille, toujours parfaitement apprêtée, faire quoi que ce soit sur une échelle, mais bon.

Quant au meurtre — il n'y avait aucune raison d'y penser, n'est-ce pas ? se demanda Molly en manœuvrant à travers les rues tortueuses de Castillac vers l'autre côté de la ville. Non, c'était une idée folle. Tout le monde finit par mourir, pensa-t-elle sombrement, même si nous essayons de ne pas y croire au fond de notre cœur. Et relativement peu d'entre nous sont précipités vers notre fin avant notre heure naturelle.

Son cœur se brisait pour Chloë et Gisèle, même si Molly savait que leur mère avait été difficile et même cruelle parfois. Molly était si attachée aux deux filles, et à Simon aussi. Il avait certaines qualités particulières... notamment son dévouement envers ses filles. Et il était agréable à regarder aussi, ce qui ne gâchait rien. Même si elle ne ferait jamais plus que regarder, et seulement avec une appréciation objective.

Molly s'engagea dans l'allée des Valette, regardant par réflexe la ruine où Simon était presque toujours au travail. Mais la ruine et la cour étaient vides. Pas de voitures à part celle que Simon conduisait.

Comment diable Lawrence avait-il seulement appris cela ? Était-il possible que son information soit erronée, et qu'elle soit en train de faire irruption maladroitement pendant un petit-déjeuner familial ?

Mais quand Lawrence s'était-il déjà trompé en ce qui concernait les morts ?

Prudemment, elle frappa à la porte d'entrée. Il n'y avait aucun bruit à l'intérieur et Molly n'entendait qu'une volée d'oiseaux gazouillant dans un buisson voisin.

Elle attendit, se sentant mal à l'aise. Peut-être que Ben avait raison et qu'elle n'avait pas sa place ici. Au moment où elle allait frapper une dernière fois, la porte s'ouvrit brusquement. Elle put voir au visage de Simon que Lawrence avait eu raison – que la tragédie, injustement, avait à nouveau frappé les Valette.

— Oh, Simon, dit-elle.

Il tendit les bras vers elle et l'enlaça, se penchant pour poser son front sur son épaule. Molly était si peu habituée à ce qu'un Français l'attire dans ses bras qu'elle se raidit légèrement avant de lui rendre son étreinte.

— Je suis tellement, tellement désolée, murmura-t-elle. Que s'est-il passé bon sang ?

Simon prit une longue inspiration avant de parler.

— Je ne sais pas. Je n'avais aucune idée... elle n'allait pas bien, bien sûr, mais c'était la situation depuis de nombreux mois. Il n'y avait pas de nouvel événement, pas que je sache en tout cas. Je... tu sais que j'ai amené la famille ici à Castillac, pensant que la paix et le calme aideraient Camille. Que ça la protégerait, et nous protégerait, de ce terrible...

—Je sais que tu as fait tout ce que tu pouvais, dit Molly.

Simon laissa retomber ses bras.

—J'attends le médecin légiste, dit-il en regardant la route, qui était calme. Pas de mystère sur la façon dont elle est morte... elle tenait un flacon de comprimés.

— Vide ?

— Pas complètement. Mais suffisamment.

— Oh, Simon. J'aimerais qu'il y ait quelque chose à dire, mais les mots semblent si inutiles en ce moment.

Il hocha la tête. Ils étaient toujours debout dans l'embrasure de la porte, avec la porte ouverte. Il lui fit signe d'entrer et ferma la lourde porte derrière eux.

— Comment l'as-tu appris ? demanda Simon. Je n'ai passé qu'un seul appel à la gendarmerie, où j'ai parlé à Paul-Henri. Il a dit qu'il appellerait le médecin légiste. Est-ce que Paul-Henri... est-il une sorte d'informateur pour Dufort/Sutton ?

Une expression étrange passa sur le visage de Simon.

— Pense-t-il... qu'il y a quelque chose de suspect ? Quelque chose qui nécessiterait une enquête ? Est-ce que toi et Paul-Henri...

— Nous ne sommes rien, dit Molly fermement. Nous n'avons pas entendu parler de lui, et pour être honnête, Ben et moi ne sommes pas vraiment les favoris de la gendarmerie, comme tu peux l'imaginer. Je vais te dire comment je l'ai appris – c'est Lawrence qui me prévient toujours quand quelqu'un est décédé à Castillac. Il a toujours refusé de me révéler sa source, mais d'après ce que tu dis, il semblerait que son contact soit au bureau du médecin légiste. Mais tout cela n'a aucune importance, Simon. S'il te plaît, je suis ici uniquement en tant qu'amie, pour présenter mes respects et faire tout ce que je peux pour toi et les filles. C'est tout ce que nous pouvons faire face à de terribles événements, n'est-ce pas ? Être simplement présents, pour que les gens ne soient pas seuls ? Et peut-être apporter des brownies ? J'aimerais que nos pouvoirs soient plus grands, mais c'est tout ce qui me vient à l'esprit pour le moment.

Simon baissa les yeux vers le sol, secouant lentement la tête de gauche à droite. Molly n'était pas sûre qu'il ait entendu son long discours, mais peu importait. Elle se demandait quand il avait découvert le corps, et s'il l'avait déjà dit aux filles. Probablement pas, pensa-t-elle, puisqu'elles seraient sûrement restées près de leur père après un tel choc.

— Je peux te faire une tasse de thé ? proposa-t-elle.

— Tu deviens britannique maintenant ? dit Simon avec un sourire fugace et un aperçu de son charme habituel.

— Non, plutôt comme une Américaine maladroite qui cherche quelque chose à faire. Et si je te servais un whisky, c'est plus approprié ?

— Oui. S'il te plaît. Il y a une bouteille de scotch sur le buffet dans la salle à manger. Deux doigts.

Molly se précipita dans la salle à manger, théâtre d'un drame quelques mois plus tôt, et lui prépara le verre.

— Voilà, dit-elle en lui tendant le verre. J'imagine que tu n'as pas encore dit aux filles ?

— Non, dit-il d'une voix basse et anxieuse que Molly n'avait jamais entendue auparavant. Elles sont parties à la pâtisserie Bujold il y a environ une heure. Elles auraient dû être de retour depuis longtemps. Je ne veux pas qu'elles arrivent en descendant l'allée et voient le fourgon du médecin légiste, ou pire encore, leur mère transportée sous un drap !

— Simon, s'il te plaît, nous ne laisserons pas cela arriver. Tu penses qu'elles peuvent être où ? Elles sont aventureuses, comme nous le savons, donc ce n'est pas surprenant qu'elles aient vaga-bondé quelque part. Elles sont probablement en train de faire un festin de pâtisseries quelque part dans les bois, prétendant dîner avec des elfes et des fées ou quelque chose comme ça.

Une infime lueur de chaleur passa sur le visage de Simon.

— Je vais attendre avec toi, dit Molly. Tu veux qu'on s'assoie sur la terrasse, d'où nous pourrons voir quiconque arrive dans l'al-lée ? Il fait froid, mais qu'importe ?

— Faisons ça. Et Molly, prends un whisky avec moi, tu veux ?

— D'accord, dit-elle, et elle alla chercher la bouteille dans la salle à manger.

Elle ne se souvenait pas de la dernière fois qu'elle avait bu du whisky au petit-déjeuner un dimanche matin, mais elle pensait que c'était généralement une bonne pratique de ne pas être trop rigide, surtout en temps de crise.

Son portable était dans sa poche et elle le sentit vibrer alors qu'elle rapportait la bouteille et quelques verres à Simon. Après les avoir posés, elle vérifia son téléphone pour voir qui avait appelé.

Le numéro était inconnu. Elle écouta le message vocal. La voix était également inconnue, et quelque peu robotique et étrange, avec un accent indéfinissable.

Tu ferais mieux de faire attention avec ton petit ami. Il n'est pas aussi loyal que tu le penses

Molly cligna des yeux. Hein ?

Elle écouta le message à nouveau. Impossible de deviner à qui appartenait cette voix – une femme, elle pouvait l'entendre –, elle devait parler avec une sorte d'appareil pour la déguiser. Et que diable voulait-elle dire ? Que Ben... la trompait ?

Ce n'est pas possible, pensa-t-elle.

Pas encore.

VINGT MINUTES PLUS TARD, la camionnette de Florian Nagrand entra dans l'allée. Simon n'était pas tout à fait ivre et les filles n'étaient pas revenues.

— Bonjour, Monsieur Valette, dit Florian.

Il sentait la fumée et ses vêtements étaient froissés comme d'habitude.

— Bonjour, Monsieur Nagrand. Je... je ne sais pas quoi dire. Je n'ai jamais eu de femme morte dans la maison auparavant.

Florian le regarda avec curiosité. Ils restèrent silencieux un moment.

— Eh bien ? Où est-elle ?

Les yeux de Simon s'écarquillèrent.

— Ah oui, pardon. Par ici.

Il ferma la porte tandis que Florian entrait dans le vestibule.

— Oh, dit Florian en voyant Molly. J'aurais dû deviner que tu serais là.

Molly dit bonjour mais ne répondit pas à sa remarque. À vrai dire, elle se sentait parfois un peu comme un vautour, toujours à voler vers la scène d'un décès. Le fait que son but était de servir la justice pouvait parfois sembler un peu mince — et de toute façon, ce but n'avait rien à voir avec la mort de Camille.

— Je peux vous demander depuis combien de temps vous l'avez trouvée ? demanda Florian à Simon alors qu'il montait péniblement l'escalier derrière lui.

Simon regarda sa montre.

— Plusieurs heures, je suppose.

Florian s'arrêta, s'agrippant à la rampe et respirant lourdement.

— Plusieurs heures ? Pourquoi ce délai ?

Simon parut troublé.

— Je... écoutez, je n'ai pas noté la minute exacte, ça pourrait être complètement faux. Vous pouvez comprendre, Monsieur Nagrand, que la situation est... profondément bouleversante. J'ai l'impression que tout s'est retourné et je n'ai même pas eu l'occasion de le dire à mes filles...

— Oui, oui, soupira Nagrand, se hissant péniblement sur les dernières marches jusqu'au premier étage. Où est-elle, s'il vous plaît ?

Simon le conduisit dans sa chambre. Molly suivit mais s'arrêta ; même si elle voulait voir Camille, elle comprenait que malgré son amitié avec Simon, se pencher par-dessus l'épaule de Florian serait intrusif. Et le médecin légiste ne manquerait pas de le faire remarquer et de rendre la situation encore pire.

Elle se tint dans l'encadrement de la porte de la chambre, à regarder les rideaux de soie aux rayures beige et orange, probablement plus élégantes que toutes celles de Castillac. Le lit semblait être Louis XV, en bois peint blanc avec des détails dorés. Une superbe armoire se trouvait dans le coin, une porte entrouverte. Quelque chose dans cette porte frappa Molly en pleine poitrine – instantanément, elle comprit que si la méticuleuse Camille avait été dans son état normal, elle ne l'aurait jamais laissée ainsi.

Simon et Florian murmuraient dans la salle de bain et elle n'arrivait pas tout à fait à comprendre ce qu'ils disaient sans se rapprocher. Elle se pencha dans la direction de la salle de bain sans faire un pas, mais n'entendait toujours pas bien. L'ange sur une de ses épaules lui disait de descendre et d'attendre les filles, tandis que le diable la poussait à se rapprocher et à écouter aux portes. Pour une fois, Molly était si indécise qu'elle resta clouée sur place, ne faisant ni l'un ni l'autre, jusqu'à ce que les hommes reviennent dans la chambre.

—Je ne suis pas vraiment fan des benzodiazépines, dit Florian à Simon. Trop d'appels comme celui-ci. Et elles sont très addictives, aussi. Les gens ont un mal fou à s'en sevrer.

Simon haussa les épaules.

— C'était une situation intenable. Si elle ne prenait pas de médicaments, elle avait de terribles crises – la vie était une sorte d'agonie pour elle la plupart du temps. Mais bien sûr, les médicaments posent aussi beaucoup de problèmes.

— En y repensant, est-ce que vous—

— Non, interrompit rapidement Simon. Elle semblait être la même. Je pensais qu'elle était dans une sorte de... stagnation, pas beaucoup mieux, mais pas pire non plus. J'espérais que l'atmosphère d'un petit village serait apaisante pour elle. Apparemment, ce n'était pas le cas.

— Tu ne dois pas te blâmer, dit Molly.

Florian leva un sourcil.

— Donc en plus des enquêtes, tu fais du soutien psychologique ? dit Florian, en passant devant Molly et en descendant les escaliers.

— Toujours avec ses blagues, murmura Molly. Simon, veux-tu que j'attende les filles au bout de l'allée ? Ou penses-tu qu'elles pourraient venir d'une autre direction ?

— Impossible à dire. Elles se sont approprié les bois, la route et toute la propriété comme leur domaine, et elles se promènent en jouant...

Molly sourit, imaginant le plaisir qu'elles prenaient. Rien de tel que d'être entouré d'enfants pour vous rappeler les meilleurs moments de votre propre enfance. Mais oh, la mort de leur mère allait être un choc terrible. Et la partie d'elles qui se sentirait soulagée ? C'était quelque chose d'inquiétant, pensait Molly. Ce genre de culpabilité pouvait être très difficile à éliminer.

Elle déambula dans le jardin des Valette, gardant l'oreille et l'œil ouverts pour Chloë et Gisèle et pensant à Camille Valette. Molly avait été si en colère contre elle pour avoir maltraité ses filles, mais il y avait peu qu'elle pouvait faire pour l'arrêter, sauf leur offrir son amitié. Au fil des mois, elle les avait emmenées maintes fois manger des pâtisseries et les avait invitées à La Baraque pour boire de la limonade et jouer à chat dans la prairie.

Molly désirait des enfants plus que tout, et à quarante ans, elle avait plus ou moins fait la paix avec le fait de ne pas en avoir. Elle ne voulait pas que les filles Valette se sentent comme de simples remplaçantes de ce qui manquait dans sa vie – et elles ne le ressentaient pas ainsi, car l'amour de Molly pour elles leur était unique et sincère.

Elle entendit une autre voiture arriver et devina correctement qu'il s'agissait de certains assistants de Florian, venus aider à emporter le corps de Camille. Molly se dirigea rapidement vers la route afin d'intercepter les enfants si elles descendaient l'allée.

Les hommes, y compris Simon, portèrent Camille sur une

civière et la chargèrent à l'arrière de la camionnette blanche de Florian. Tandis qu'elle et Simon regardaient la camionnette reculer et tourner dans l'allée, Molly lui demanda s'il voulait qu'elle reste pendant qu'il attendait les filles.

— Absolument, j'aimerais que tu restes, dit-il.

Quelque chose dans son ton la rendit à la fois heureuse et un peu anxieuse.

— Tu m'as dit de ne pas me blâmer, dit Simon, tandis qu'ils s'installaient sur la terrasse et que Molly leur servait un autre verre. C'est la phrase toute faite, j'en suis bien conscient. Je ne suis pas... pardonne-moi, je ne veux pas être grossier, Molly. Mais les gens me disent ça depuis des années maintenant. Et je *me* blâme. Si je... tu vois, la vérité est que j'ai cessé de l'aimer, à un moment donné, il y a des années. Elle le savait. On ne peut pas le cacher, bien sûr, pas sur une longue période. Alors tu comprends pourquoi je ne peux m'empêcher de penser que si seulement j'avais pu...

— Oh, Simon, dit Molly, voulant lui faire un autre câlin mais restant assise sur sa chaise. Tu n'y peux rien. Tu sais sûrement que les gens ne peuvent pas se forcer à être amoureux quand ils ne le sont pas. Tu peux choisir d'agir avec gentillesse envers quelqu'un, et c'est ce que tu as fait. Tu as fait d'énormes sacrifices pour l'aider. Alors prends cette culpabilité et enfouis-la quelque part très loin.

Simon haussa les épaules. Il posa ses coudes sur la table et regarda Molly dans les yeux, jusqu'à ce que l'intensité la fasse détourner le regard et marmonner quelque chose à propos des pâtisseries préférées des filles.

Molly siffla pour appeler sa chienne adoptée, Bobo – qui n'était jamais bien loin – et partit dans les bois pour une promenade afin de s'éclaircir les idées.

Cette fois-ci, cependant, la clarté se faisait rare.

Cela faisait des années que son premier mariage s'était terminé à cause de l'infidélité de son mari. Suffisamment d'années pour que ce ne soit même plus douloureux d'y penser, pas vraiment. Elle avait fini par voir la tromperie comme un symptôme, et non la cause, et elle ne s'attardait certainement pas sur cette période de sa vie, ayant déménagé à Castillac par la suite et ne l'ayant jamais regretté un seul instant. Sa nouvelle vie française et ses amis du village lui convenaient mieux qu'elle n'aurait jamais pu l'imaginer.

Pourtant, le message vocal était troublant. Qui que ce soit, la personne insinuait clairement que Ben était... sinon infidèle, du moins capable de l'être. Qu'il n'était pas l'homme authentique et digne de confiance qu'elle croyait.

Allons, se dit-elle en enfonçant son bonnet sur ses oreilles gelées. Je ne peux pas me fâcher contre lui pour quelque chose qu'il n'a même pas fait ! Et pourquoi diable ferais-je confiance à une voix robotique sur mon répondeur, qui n'a même pas le courage de s'identifier ? Sans doute quelqu'un qui essaie juste de semer la zizanie, comme les gens aiment le faire à Castillac comme partout ailleurs dans le monde.

Néanmoins... une vieille cicatrice oubliée avait été arrachée, et Molly ne pouvait se convaincre qu'il n'y avait pas maintenant un point sensible, vulnérable et potentiellement très douloureux, quelque chose dont elle devait se débarrasser, qu'elle devait gérer, à et qui la faisait réfléchir. Une des choses qu'elle appréciait le plus dans sa relation avec Ben était qu'ils se faisaient confiance, complètement et facilement, sans avoir à y travailler.

Ce n'était certainement pas le genre d'appel qu'on voulait recevoir juste avant un mariage.

Les bois étaient calmes et glacials. Austères et magnifiques, pensa Molly, en regardant Bobo filer sous les branches des conifères, faisant tomber la neige au sol.

Après une heure de marche, elle fit demi-tour vers la maison. Quelques petites choses devaient être réglées avant l'arrivée des nouveaux clients du gîte le lendemain.

Elle devrait parler de l'appel à Ben, se dit-elle. Elle était ridicule de le laisser la déranger, de croire ne serait-ce qu'une seconde que cette femme savait de quoi elle parlait.

Mais même alors que cette pensée lui traversait l'esprit, elle savait qu'elle ne le ferait pas. Pas encore.

QUAND MOLLY REVINT à la maison, elle trouva Ben en train de ranger la cuisine.

— Désolée d'avoir été si longue, dit-elle, et il ne la regarda pas mais hocha la tête.

Oh là là, pensa Molly.

— Quoi qu'il en soit, Camille est morte d'une overdose. Un suicide, j'ai le regret de le dire, mais ce n'est pas surprenant, comme on l'a dit. Les filles étaient sorties avant que Simon ne la trouve, alors j'ai attendu qu'elles reviennent, mais j'ai fini par abandonner.

— Donc elles ne savent pas encore ?

— Non. Enfin, pas quand je suis partie en tout cas. Elles devraient être rentrées maintenant. Ce ne serait pas bien qu'elles l'apprennent de quelqu'un d'autre dans le village. Et tu sais comment certaines personnes peuvent être, celles qui se délectent d'annoncer les mauvaises nouvelles. Elles n'ont même pas dix ans.

Ben hocha la tête, continuant à faire la vaisselle.

Molly mit ses mains sur ses hanches.

— Tu m'en veux d'y être allée ?

Ben fit ce mouvement de tête typiquement français qui signifiait à la fois *peut-être* et *qu'est-ce que ça peut me faire ?*

— Ah, je vois. Tu es fâché mais tu ne veux pas le dire ? Allez, Ben, parle-moi.

Lentement, il ferma le robinet et s'essuya les mains avec un torchon.

— Bien sûr que je vais te parler, dit-il, et elle fut soulagée d'entendre un peu de chaleur dans sa voix. Je pense que nous, les Français, sommes plus respectueux de la vie privée. Pour moi, le fait que tu te précipites là-bas dès que tu as appris la nouvelle semblait... beaucoup trop intime. Tu allais là où tu n'avais pas ta place, franchement.

— Je ne pense pas...

Molly essaya de réfléchir. Elle était presque sûre de ne pas avoir mal interprété Simon et les filles, mais peut-être qu'elle se trompait.

— C'est juste que... la situation remue beaucoup de choses. Je peux simplement dire ça et on peut laisser tomber ?

Il s'approcha d'elle et mit ses mains dans ses cheveux, qui affichaient une version extrême du syndrome du bonnet. Il se pencha et l'embrassa sur la bouche, prenant son temps.

— Ok alors, murmura-t-elle, avec un petit sourire.

— Je te propose quelque chose. Mettons les Valette de côté pour l'instant, d'accord ? Nous avons une affaire sur laquelle travailler. Je vais chercher mon carnet et on peut commencer la liste.

La méthode de travail de Ben, depuis l'époque où il était à la gendarmerie, consistait à noter ses pensées éparses dans un petit carnet, puis à rassembler ces réflexions en une liste de tâches d'enquête, de pistes à suivre, de personnes à interroger. Faire la liste était quelque chose qu'ils adoraient faire ensemble, et la première était généralement rédigée avec beaucoup d'espoir et de promesses – ce moment délicieux avant qu'aucune de leurs idées ne se soit révélée infructueuse, avant qu'ils n'aient dû faire face à des impasses, des indices déroutants, des témoins peu communicatifs, et tous les autres obstacles à la découverte de la vérité sur ce qui s'était passé.

— Bien, dit Ben en s'installant sur le canapé avec son petit carnet. Récapitulons brièvement ce que nous avons jusqu'à présent.

— Ça ne devrait pas prendre longtemps.

— En effet. Donc, Bernard Petit a reçu un coup de cendrier à l'arrière de la tête chez lui. Il y a quelques mois, il soupçonnait que quelqu'un s'introduisait chez lui et volait de petits objets. Petit était un homme grandement détesté, y compris par tous les membres de sa famille.

Ils restèrent un moment à contempler la victime. Molly se demandait pourquoi Petit était devenu si désagréable – était-ce quelque chose dans son éducation, une série de mauvaises expériences qui l'avaient aigri envers le monde ? Ou était-il né ainsi ?

— Pas de doute qu'il a été assassiné, dit Ben, juste pour être exhaustif.

— C'est clair. Difficile de se fracasser le crâne soi-même par derrière.

— Les suspects pourraient inclure quiconque l'a rencontré, apparemment, dit Ben, un peu agacé. Mais commençons par les plus évidents. La fille prétend croire que c'était le fils. Ça pourrait toujours être sa femme. Ou la fille utilise son frère comme distraction, alors qu'elle est la coupable.

— On devrait parler aux voisins. Regarder dans ses dossiers pour voir avec qui il travaillait. Dans quel genre d'affaires était-il, d'ailleurs ?

— Laurine a dit quelque chose à propos d'import ? Mais je n'en ai aucune idée.

— Donc... famille, voisins, associés. Le champ des possibles est large. J'irai à Bergerac demain et je frapperai à quelques portes, en prenant l'angle des voisins, dit Molly. Je suppose que tuer un voisin parce qu'il est agaçant n'arrive pas si souvent, mais on ne sait jamais, dit Molly.

— Petit était *vraiment* agaçant.

— Honnêtement, sa réputation est si extrême que je regrette presque de ne jamais l'avoir rencontré !

Ben rit.

— Que penses-tu des accusations de Laurine contre Franck ? Tu veux t'y attaquer ?

— Bien sûr. Tu l'as apprécié ?

— Il semble être un type tout à fait correct. Mais qui sait quelles pulsions violentes il pourrait cacher avec succès ?

Ben secoua la tête.

— Je doute que ce soit le cas, cependant. Et ce n'est pas facile de commettre un meurtre quand on vit aussi loin que lui.

— Pareil pour Laurine. Et qu'en est-il de sa femme ?

— Son nom ?

— Euh, Alaina, je crois. Si elle a été hors du pays, on peut la rayer de la liste. Mais ça vaut quand même le coup de lui parler.

— C'est sûr.

— Je suppose qu'il est possible que n'importe lequel d'entre eux ait pu engager quelqu'un pour le faire, dit Molly, toujours réticente à écarter qui que ce soit avant d'être prête. Je ne sais pas à quel point il est facile de trouver un tueur à gages dans le coin...

ou ils auraient pu engager quelqu'un à Paris, Bordeaux, voire en Inde, et l'envoyer ici pour faire le travail.

— C'est possible, dit Ben, même si cette piste d'enquête ne l'emballait visiblement pas. Généralement, cependant, plus c'est simple, mieux c'est. Commençons au moins par partir du principe que la personne qui a commis le meurtre était celle qui avait le motif pour le faire.

— Je ne veux juste pas faire de suppositions.

— Bien sûr. Je vais attendre quelques jours, puis appeler Léo. Il faut lui laisser le temps de progresser avant que j'essaie d'obtenir quoi que ce soit de lui.

— Tu penses qu'il te dira quelque chose ?

— Pas intentionnellement. Mais je connais Léo. Il pourrait ne pas résister à l'envie de se vanter et laisser échapper un petit morceau d'information.

Molly se leva et fit les cent pas devant le poêle à bois. Bobo la regardait, les oreilles dressées.

— Donc, je... si on a fini ? Je vais retourner chez les Valette.

Ben haussa les sourcils et n'avait pas l'air content.

— Je sais que tu penses que je suis intrusive. Et je suis tout à fait prête à croire que tu as raison. Je ne sais pas comment les choses se passent ici et probablement que la meilleure chose à faire serait de rester tranquille et d'attendre que Simon demande de l'aide avant de débarquer pour la lui offrir. Mais le truc, Ben, c'est que je suis tout ce que ces filles ont en ce moment. Nous n'avons pas passé tant de temps ensemble, je n'exagère pas mon influence, mais elles viennent de perdre leur mère, leur père est, de manière compréhensible, accablé de... de culpabilité avant toute chose, et...

— Qu'est-ce que ça veut dire ?

— Oh, juste que... il était...

Molly regretta d'avoir emprunté cette voie dans la conversation.

— Juste que leur père a déjà assez à gérer. Chloë et Gisèle sont si jeunes. Elles ont déjà traversé tellement d'épreuves. Il n'y a pas si longtemps que leur grand-père est mort, et il y a eu toute cette histoire avec la nounou... et tu sais à quel point Camille était instable, et comme elle les maltraitait parfois. Je sais que Merla a fait de son mieux pour veiller sur elles, autant qu'elle le pouvait, mais elle n'est là que quelques fois par semaine. Je...

— D'accord, Molly. Vas-y. Je pense que c'est une erreur, et qu'on devrait laisser aux Valette un peu d'intimité en ce moment précis. Mais je vois que je ne vais pas réussir à t'en convaincre. Tu prends tes propres décisions, bien évidemment.

Molly ouvrit la bouche pour répondre mais la referma aussitôt. C'était la pure vérité, elle prenait ses propres décisions, et à cet instant, la décision était de remonter sur son scooter et de filer dans la rue des Chênes, à travers le village puis sur la route de Fallon, jusqu'à l'imposante et élégante demeure des Valette, qui étaient désormais trois au lieu de quatre.

$$\text{❧ 14 ❧}$$

Dimanche après-midi à Bergerac. Les habitants étaient allés à la messe, pour ceux qui en avaient l'habitude, et avaient savouré un repas copieux pendant plusieurs heures.

Le soleil avait déjà atteint son zénith à ce moment-là et le ciel était gris, commençant tout juste sa rapide marche vers le crépuscule, lorsque quelques-uns des résidents les plus robustes du quartier de Bernard Petit sortirent pour faire une promenade et prendre un bol d'air frais. Bien que la partie promenade fût rapidement mise de côté lorsqu'ils se rencontrèrent sur le trottoir, et discutèrent avec enthousiasme du meurtre de leur voisin.

— Je reste éveillée la nuit, à y penser, dit Rachelle Combe, qui vivait dans la maison deux portes plus loin que celle de Petit. Pensez-vous que ce soit un maraudeur fou, et que nous devrions craindre pour nos vies ?

Tristan Ducasse, qui vivait au coin de la rue, secoua la tête.

— Il suffit de considérer la victime, dit-il à voix basse. Et vous aurez votre réponse.

Rachelle, qui n'était pas la plus rapide à la détente, parut confuse.

— Considérer Bernard ? Que voulez-vous dire ?

— Je veux dire que c'était un sale type et je parierais, de façon conservatrice, que quiconque l'ayant rencontré serait ravi d'apprendre son décès.

Rachelle gloussa.

— Oh, Tristan, vous exagérez. Même s'il est vrai qu'il était un peu difficile comme voisin. Toujours à se plaindre de quelque chose. Je crois que lui et Jean ont failli en venir aux mains plusieurs fois à cause d'un arbre sur leur ligne de propriété.

Tristan hocha la tête de manière théâtrale.

— Et soyons honnêtes, Jean n'est pas quelqu'un avec qui on voudrait avoir un désaccord !

— Oh non, dit Rachelle, vous avez tout à fait raison.

Elle jeta un coup d'œil à la maison de Jean Chavanne, de l'autre côté de celle de Petit par rapport à la sienne, comme si elle craignait qu'il ne les ait entendus d'une manière ou d'une autre.

— Je vous le dis juste à vous : Jean me fait un peu peur. Je n'ai jamais eu peur de Bernard, cependant. Plus de bruit que de mal, j'ai toujours pensé.

— Parce que vous l'évitiez. Sa famille n'avait pas ce choix — j'ai entendu dire qu'il battait ses enfants sans pitié, dit Tristan. Je ne suis pas contre une fessée de temps en temps — mon père avait l'habitude de me fouetter les jambes avec une baguette jusqu'au sang — je m'en suis bien sorti, dit-il en se redressant et en bombant le torse. Mais ce qu'il faisait à ses enfants était autre chose. D'un tout autre ordre de grandeur, c'est ce que j'ai entendu dire.

Les yeux de Rachelle s'écarquillèrent. Ils regardèrent tous deux la maison de Petit, imaginant les horreurs qui s'y étaient déroulées. Les volets étaient fermés, et même si Petit n'était pas mort depuis longtemps, la maison dégageait déjà une impression d'abandon.

— Êtes-vous en train de dire, demanda lentement Rachelle, que vous pensez que l'un de ses enfants...

— Oh non. Je n'ai aucune idée de qui a ramassé ce cendrier. Je dis seulement que la liste des personnes ayant un grief contre lui doit être très longue. Il était sans scrupules en affaires aussi, vous comprenez. Il payait en retard, ou pas du tout. Il coupait tous les coins qu'il pouvait, sans se soucier de qui il blessait, c'est ce que j'ai entendu dire.

Rachelle secoua la tête.

— Eh bien, j'espère que la maison sera vendue rapidement. Espérons que nous aurons quelqu'un de bien comme nouveau voisin.

— Je vais trinquer à ça, dit Tristan, et s'étant rappelé qu'il était presque l'heure de l'apéritif, il dit au revoir à Rachelle, fit le tour du pâté de maisons, puis rentra chez lui.

JUSTE AU CRÉPUSCULE, Molly descendit l'allée des Valette sans hésitation, son esprit concentré sur Chloë et Gisèle et ce qu'elles devaient ressentir. La camionnette de Florian était partie, Dieu merci. En frappant à la porte, elle frissonna après la froide balade.

Pas de réponse. La voiture de Simon était toujours là. Voulaient-ils de l'intimité, comme Ben l'avait dit ?

Molly descendit les marches et fit le tour de la maison, tendant l'oreille pour entendre des voix. Dans la partie éloignée du jardin, elle aperçut du jaune vif, et sut qu'il s'agissait de la couleur du manteau d'hiver de Gisèle. Elle marcha rapidement dans cette direction et vit qu'il s'agissait de Simon et des deux filles, en train de marcher lentement près de la lisière du bois, son bras autour de chacune d'elles.

Elle s'arrêta et les observa. Ils marchaient si lentement qu'ils avançaient à peine. Molly pouvait voir que la tête de Gisèle était baissée. Elle entendait le faible murmure de la voix de Simon.

Clairement un moment que Molly ne devait pas interrompre, comme un éléphant bien intentionné mais destructeur. Elle attendrait sur le porche d'entrée pour voir s'ils revenaient dans les quinze prochaines minutes environ, et sinon, elle suivrait le conseil de Ben et rentrerait chez elle.

Comme la plupart des gens, elle n'aimait pas suivre les conseils des autres quand ils allaient à l'encontre de son inclination. Mais elle faisait de son mieux pour penser aux Valette avant tout, et ne pas céder à ses pulsions plus adolescentes de faire les choses à sa manière quoi qu'il arrive.

La voix de Simon se fit plus forte, et Molly entendit également les filles intervenir. Elle entendit des pleurs, et un ton plaintif, et Simon à nouveau, d'un ton réconfortant bien qu'elle ne puisse pas encore distinguer les mots. Ils n'étaient plus derrière la maison mais à côté, et Molly alla à leur rencontre.

Quand Gisèle l'aperçut, elle courut droit dans les bras de Molly, avec Chloë juste derrière.

— Oh, mes chéries, dit Molly dans leurs cheveux, en les serrant fort. Je suis tellement désolée pour ce qui vous arrive.

— Gisèle dit qu'elle savait que ça allait arriver un jour, dit Chloë. Mais je ne peux pas dire si elle dit la vérité ou non.

Normalement, Gisèle aurait peut-être levé les yeux au ciel devant sa petite sœur, mais cette fois, elle passa son bras de manière protectrice autour de la plus jeune. Les yeux de Molly s'étaient déjà emplis de larmes et maintenant elles coulaient sur ses joues.

— Simon, j'espère que ça ne te dérange pas que je sois revenue. Je voulais juste m'assurer que les filles étaient bien rentrées.

— Elles étaient dans les bois, comme tu l'avais dit. En train de faire des maisons de lutins avec de la mousse et de la boue. Un peu froid pour ce genre de choses, je pensais, mais pas selon elles.

— Je veux y retourner. Ma maison n'est qu'à moitié finie et le lutin n'aura pas d'endroit où dormir ce soir, dit Chloë.

Cela fit couler plus de larmes sur les joues de Molly. Elles étaient si jeunes, si innocentes ! Et avoir une mort, un meurtre et un suicide dans leur maison, après n'y avoir vécu que quelques mois. Son cœur se brisait pour elles.

— Tu veux entrer ? demanda Simon.

Molly pensa que sa voix semblait terriblement fatiguée.

— Nous allions nous réchauffer avec du chocolat, et si j'ai le moindre pouvoir de prédiction, je dirais que tu aimes beaucoup le chocolat.

— C'est vrai, dit Molly, souriant et s'essuyant le visage. Est-ce parce que tu penses que je suis enfantine, ou juste que j'ai un faible pour le sucre ?

— Je ne réponds jamais aux questions qui pourraient me causer des ennuis, dit Simon.

Il poussa un long soupir, comme si l'effort de prononcer ne serait-ce que quelques phrases sur un sujet sans importance l'épuisait.

— Laisse-moi faire, dit Molly. Installez-vous confortablement, je vais vous apporter tout ça.

— Merci, dit Simon.

Il prit les filles par la main et les conduisit dans la salle à manger.

Molly entendait le son de leurs voix pendant qu'elle faisait chauffer le lait et sortait les morceaux de sucre et le cacao. Comment Camille avait-elle pu laisser ses filles comme ça ? Elle n'avait dû voir aucune autre issue à sa misère.

Elle se demanda si Simon se remarierait, ou si la famille resterait à Castillac. Molly l'espérait certainement, bien qu'elle réalisât que c'était un espoir égoïste. Il serait compréhensible qu'ils décident de prendre un nouveau départ ailleurs, ou simplement de retourner à Paris.

Molly apporta les bols de chocolat dans le salon douillet où les Valette étaient assis autour de la cheminée. Elle s'arrêta un moment, se sentant étrange – et réalisant que cette étrangeté venait du sentiment qu'elle pourrait s'intégrer directement dans cette famille, dans cette vie dans la maison de maître sur la route de Fallon.

Que Simon apprécierait qu'elle reste, qu'il voudrait qu'elle reste.

Une famille instantanée.

Molly déglutit difficilement en posant le plateau. D'abord, elle se dit qu'elle exagérait, qu'entre elle et Simon, il n'y avait que le plus léger et le plus innocent des flirts, rien de plus.

Mais en se redressant, puis en appelant les autres pour qu'ils viennent chercher leurs tasses, elle comprit qu'elle ne se trompait pas : Simon tenait à elle, et il n'avait rien dit auparavant par respect pour sa femme et son mariage, même si ce mariage était malheureux.

Et elle réalisa que Ben l'avait su depuis le début.

— Je devrais y aller, dit Molly, se sentant tout à coup mal à l'aise.

— Non ! s'écrièrent les filles en chœur.

— Nous aimerions que tu restes, dit Simon.

De nouveau, il la regarda dans les yeux avec tant d'émotion que Molly dut détourner le regard.

Lentement, elle s'enfonça dans un fauteuil. Chloë sauta immédiatement sur ses genoux et posa sa tête contre l'épaule de Molly, puis commença à sucer son pouce, ce que Molly ne l'avait jamais vue faire auparavant.

— Oh, ma douce, murmura Molly dans ses cheveux. Parfois la vie est terriblement injuste, vraiment.

Simon lui sourit avec gratitude, et Gisèle vint se tenir près du fauteuil de Molly, tendant timidement la main vers elle.

En serrant la main de Gisèle dans la sienne, Molly fut si bouleversée par l'émotion qu'elle en eut presque le souffle coupé.

Chantal Charlot, chef de la gendarmerie de Castillac, était accrochée à un fil très fin, du moins le craignait-elle. Sa carrière avait été irrégulière, pour dire le moins, ce qui expliquait pourquoi elle avait atterri si loin en province dans un si petit village après avoir commencé sa carrière à Paris. Elle avait eu de grandes ambitions de gravir les échelons et d'obtenir les postes les plus prestigieux, mais la vie en avait décidé autrement. Maintenant, elle entendait des rumeurs selon lesquelles les hauts gradés n'étaient pas satisfaits de ses performances à Castillac non plus.

Ce lundi matin, elle s'habilla en grommelant, évitant le miroir tout en tressant ses cheveux châtains avant de les nouer, tandis qu'elle essayait de penser à quelque chose qu'elle pourrait faire pour renverser l'opinion des pontes à son sujet. Elle avait besoin de résoudre une grosse affaire, de réaliser une sorte de... eh bien, elle ne savait pas, un coup d'éclat policier d'une manière ou d'une autre... et la paisible Castillac semblait peu propice à une telle victoire.

Il n'était pas surprenant que Charlot n'ait pas beaucoup d'affection pour le village, étant donné que les opportunités de briller étaient rares et que cette affectation avait clairement été une rétrogradation. Elle ne s'était pas fait beaucoup d'amis, bien qu'à sa décharge, elle n'était là que depuis six mois. Au moins, sa froideur initiale envers Molly Sutton s'était quelque peu atténuée, et les deux femmes avaient atteint un rapprochement qui leur avait permis de travailler ensemble assez efficacement sur un meurtre plus tôt dans l'année.

Néanmoins, Charlot fut agacée d'apprendre que l'entreprise Dufort/Sutton avait été engagée pour l'affaire Petit. C'était hors de sa propre juridiction, Petit ayant vécu à Bergerac, et Charlot ressentait une sorte de jalousie professionnelle que Molly et Ben soient impliqués et pas elle.

Elle but un café à la hâte et partit faire un tour dans le village. Il y avait généralement peu à faire – Monsieur Vargas avait peutêtre encore erré jusqu'au cimetière, Madame Bonnay ne semblait pas, pour l'amour du ciel, réussir à empêcher son chien de vagabonder dans les rues, le garçon Barstow volait encore à l'étalage. Rien que des petits vols et des problèmes encore plus insignifiants que le flic le moins talentueux et le moins bien formé au monde pourrait gérer.

La journée était lumineuse et froide. Elle vit un Père Noël avec la tête dans la cheminée du bâtiment de la banque ; un maigre sapin appuyé contre le mur à côté de la banque ; quelques boules ternes suspendues à travers la rue Picasso. Dans l'ensemble, la vue du village indiquait les fêtes à venir mais n'insufflait aucune gaieté, rien de comparable à Paris, qui serait illuminée de la manière la plus belle et sophistiquée à cette période de décembre, pensait-elle, se sentant plus que légèrement désolée pour elle-même.

Elle passa devant l'épicerie et avait presque tourné au coin quand Ninette la rattrapa.

— Chef ! cria la jeune femme. S'il vous plaît !

Avec un profond soupir, Charlot se retourna. Elle tira sèchement sur l'ourlet de sa veste d'uniforme et pinça les lèvres.

— Bonjour, Madame, dit Charlot. Y a-t-il un problème ?

— Bonjour, Chef. Je dirais bien qu'il y a un problème ! Nous sommes sur le point de perdre notre commerce à cause des vols à l'étalage, voilà ce qu'il y a. Vous connaissez les marges bénéficiaires, je suppose ? Eh bien, pour une petite épicerie comme la nôtre, cette marge est plus que mince. Nous faisons de notre mieux pour ne pas pratiquer des prix élevés, Chef, parce que nous nous soucions des gens du village et ne voulons pas arnaquer nos clients. Mais à cause de cela, quand ce... ce gamin Barstow entre et remplit ses poches, eh bien – c'est très mauvais pour les affaires, vous comprenez ?

Charlot hocha la tête.

— Est-ce seulement le garçon Barstow, ou y en a-t-il d'autres ?

— C'est tous ces garçons ! J'ai bien envie de leur interdire l'entrée du magasin entre sept et seize ans. Je dois les surveiller à chaque minute – et j'ai des clients qui ont besoin de mon attention, je ne peux pas m'asseoir sur les boîtes de bonbons pour empêcher leurs doigts d'y plonger !

— Et Malcolm, il est revenu ?

— Jeudi dernier, il —

— Et Paul-Henri n'est pas venu prendre une déposition et chercher le garçon ?

— Si, il est venu mais —

— Alors l'affaire a été traitée de manière appropriée. Je comprends votre difficulté, se força à dire Charlot. Mais vous devez comprendre que toute la force de Castillac se compose de moi et de Paul-Henri. Vous ne pouvez pas vous attendre à ce que nous soyons à votre disposition à chaque seconde. Il y a tout le village à considérer.

— Oui, oui, bien sûr. Je veux juste savoir – a-t-il été arrêté ? Est-il en prison en ce moment ?

— Qui ?

— Malcolm Barstow !

— Oh, je ne crois pas. Paul-Henri le cherche, mais il est glissant comme une savonnette mouillée, comme vous le savez bien, je pense. Nous vous tiendrons au courant s'il y a du nouveau. Vous avez donné une liste de ce qui a été volé ? Je peux vous assurer que Paul-Henri lui fera un sérieux sermon une fois qu'il l'aura trouvé.

— Un sermon ne suffira pas ! Cette famille est un fléau pour le village, je vous le dis ! Il enseigne probablement ses manières criminelles à ses jeunes frères et sœurs aussi, aussi petits qu'ils soient. Et ce père – je l'ai vu rôder dans les rues récemment, de retour de prison. Je ne doute pas qu'il ne faudra pas cinq minutes avant qu'il ne fasse quelque chose pour y retourner, c'est comme ça avec Fletcher Barstow.

— Très bien, eh bien, ravie de vous avoir vue, Madame, et s'il vous plaît, transmettez mes salutations à votre père et à votre mère. J'ai quelques affaires de l'autre côté du village, alors je vais vous dire au revoir maintenant.

Ninette semblait plus ou moins apaisée, ayant pu exprimer ses frustrations. Charlot se retourna et continua son chemin, son véritable objectif étant un croissant aux amandes de la pâtisserie Bujold, et une deuxième tasse de café bien meilleure que celle qu'elle s'était préparée. Si elle avait été un autre type de gendarme, elle aurait peut-être ajouté une goutte de whisky dans sa tasse, mais elle n'était pas ce genre-là. Tant pis, se dit-elle, jetant un coup d'œil dans les rues latérales et les ruelles sur son chemin vers la pâtisserie, dans l'espoir de voir un crime terrible en cours qu'elle pourrait arrêter efficacement d'un bond, remettant ainsi sa carrière sur la bonne voie.

$\mathbb{X}$ 16 $\mathbb{X}$

$\mathbf{M}$olly avait fait une rapide promenade autour de la cathédrale de Bergerac, s'arrêtant un moment pour observer un cortège funéraire. Un petit groupe de femmes âgées se tenait près de l'imposante grille en fer forgé, le visage stoïque. Sur le trottoir arrivait le cercueil simple, porté par des hommes d'âge mûr. Les porteurs étaient de tailles différentes et le cercueil oscillait de haut en bas tandis qu'ils marchaient, le visage impassible.

Molly fixait intensément le cercueil, se demandant qui était à l'intérieur et quelle vie cette personne avait menée. Certaines des femmes debout près de la grille l'avaient-elles aimé ? Avait-il été heureux dans son travail ? Ou était-ce une femme ? Portait-elle sa robe préférée ? Quelqu'un avait-il glissé un souvenir ou un bijou dans le cercueil, comme si elle était un pharaon d'Égypte ?

Personne ne pleurait ; Molly ne savait pas si c'était par réticence à montrer leurs émotions en public ou par manque de sentiment pour le défunt.

Lorsque le groupe eut pénétré dans la cathédrale, Molly sortit de sa rêverie. Elle était là pour enquêter sur l'affaire Petit, pas pour se laisser distraire par tout ce qui passait – et dans n'importe quelle ville française, il y avait toujours plein de choses fascinantes à voir, car elle était encore (et le serait probablement toujours) comme un poisson hors de l'eau, malgré ses plusieurs années de vie en France.

Plus tôt, elle avait appelé Sarah Berteau, qui avait accepté à contrecœur de la rencontrer devant la cathédrale. Lorsque Molly fit le tour jusqu'à l'entrée, elle vit la petite femme debout sur les marches, les épaules affaissées.

— Bonjour Sarah, dit Molly en tendant une main gantée pour la saluer. Je suis Molly. Merci beaucoup de me parler. Je voulais seulement...

— Je ne sais pas si c'était moi, lâcha Sarah. C'est juste que Monsieur Petit était si pointilleux, et il ne supportait pas une maison étouffante. Il voulait toujours qu'elle soit aérée jusqu'à ce qu'il y ait presque du givre sur les meubles.

Molly ne savait pas quoi penser de cela.

— Donc ce que je veux dire, c'est que c'est probablement moi qui ai laissé la fenêtre ouverte, dit Sarah d'un ton plaintif. Mais je ne l'ai pas fait exprès ! Pensez-vous que cela fait de moi une complice du meurtre ou quelque chose comme ça ?

— La fenêtre ? dit Molly, essayant de suivre. Vous avez laissé une fenêtre ouverte ? La nuit où Petit...

— Oui, du moins je pense que c'était moi. Quand je suis arrivée ce matin-là – le matin où je l'ai trouvé – la fenêtre de la cuisine était ouverte. Ça aurait pu être lui qui l'avait ouverte, vous voyez, c'est ce que je n'arrête pas de me dire...

Hm, pensa Molly. Ça ressemble à un cambriolage, non ? Un voleur voit une fenêtre ouverte, se dit pourquoi pas ? Et puis décide d'éliminer Petit pour faciliter le travail. Ça pourrait ne rien avoir de personnel.

Molly posa encore quelques questions, fit de son mieux pour réconforter Sarah, la remercia, et partit voir si elle pouvait trouver certains des voisins.

La première chose à faire était de se rendre rue Lafayette

pour voir la maison de Petit pour la première fois. La maison était proche du centre-ville, dans une rue qui serait très jolie pendant les mois chauds quand les platanes seraient feuillus et projetteraient leurs ombres tachetées sur le trottoir. Les voitures étaient garées un peu n'importe comment ; Molly appréciait toujours le dédain apparent des Français pour les lignes de stationnement.

Voici donc la maison Petit. Molly se tenait de l'autre côté de la rue et observait la façade. Des volets bleus étaient fermés sur les trois étages. Le bâtiment était un peu inhabituel pour la région, d'une couleur terracotta orangée avec un toit en ardoise. Deux topiaires à feuilles persistantes se dressaient en spirales à côté de la porte d'entrée, qui était d'un bleu foncé, presque noir. Tout, aux yeux de Molly, semblait bien entretenu et en ordre, et révélait une touche de sensibilité esthétique.

Elle traversa la rue, cherchant des yeux d'éventuels voisins, mais ne vit personne. Ses oreilles gelaient, et elle défit son écharpe pour la mettre sur sa tête, à la façon d'une babouchka, pour les protéger du vent qui s'engouffrait dans la rue Lafayette.

Molly s'approcha de la porte et se pencha sur le côté, espérant voir derrière les volets, mais ils étaient hermétiquement fermés et l'empêchaient de jeter un coup d'œil à l'intérieur. La maison était mitoyenne avec celle de Blanchon du côté gauche ; sur la droite, un étroit passage – fermé et verrouillé – séparait la maison suivante, également de trois étages, construite en pierre grise. Il n'y avait aucun moyen d'accéder au jardin depuis l'avant. Elle devrait faire le tour du pâté de maisons et espérer trouver une ruelle ou peut-être un passage étroit entre d'autres maisons menant à ce qui se trouvait derrière la maison.

Dans la rue parallèle, elle trouva effectivement un passage entre deux belles demeures en pierre calcaire, et s'y engagea rapidement avant que quelqu'un ne la voie. Mais l'arrière-cour de la maison de Petit était cachée par un mur de pierre avec une porte ancienne et très solide, en bois et cloutée de fer. Avec un soupir,

Molly fit demi-tour, examinant les maisons des voisins un instant avant de revenir sur ses pas.

Si seulement il ne faisait pas si froid, et que des gens – bavards et observateurs – étaient dans la rue !

À ce moment-là, un homme sortit de la maison voisine, le cou enveloppé d'une écharpe et une casquette enfoncée presque jusqu'aux yeux. Molly se dépêcha de le rattraper.

— Excusez-moi de vous déranger, Monsieur, dit-elle, mais pouvez-vous me dire où se trouve le café le plus proche ? J'ai peur de geler sur place si je ne bois pas quelque chose de chaud très vite.

L'homme avait commencé à froncer les sourcils, mais dès que Molly eut prononcé ces mots magiques d'excuse pour avoir interrompu sa solitude, son expression s'adoucit.

— Vous êtes Américaine, n'est-ce pas ?

— Je le suis ! Mais je suis un peu vexée que vous ayez pu le deviner si vite.

L'homme rit.

— Votre français est très bon, Madame, ne vous inquiétez pas. Permettez-moi de me présenter : je suis Claude Blanchon. C'est un plaisir de faire votre connaissance.

Molly sourit, la façon polie française de faire les présentations ne se démodant jamais.

— Molly Sutton, dit-elle, en tendant une main gantée pour qu'il la serre. Enchantée de vous rencontrer. Alors qu'est-ce qui m'a trahie comme étant Américaine ? Je veux dire, je comprendrais si j'avais essayé de dire « écureuil », Monsieur Blanchon, je n'arriverai jamais à le prononcer de ma vie. Mais même les écureuils se cachent par ce temps.

Claude sourit et daigna gracieusement répondre.

— Appelez-moi Claude, je vous en prie. Je vais vous conduire à un café. Ce n'est pas le meilleur que Bergerac ait à offrir, mais c'est proche.

— Merci, Monsieur !

Molly les laissa faire quelques pas en silence avant d'aborder le sujet de Petit. Sans doute aurait-il été plus sage d'attendre plus longtemps, mais la patience n'avait jamais été l'une des grandes qualités de Molly.

— Je n'ai pas pu m'empêcher de remarquer... vous êtes un voisin de Bernard Petit ?

— Ah, dit-il, Oui. Une terrible affaire.

Molly crut voir son expression se fermer quelque peu, mais cela pouvait être dû à un million de raisons, y compris la rafale d'air glacial qui les frappa alors qu'ils tournaient à un coin de rue.

— Je devrais vous dire d'emblée que je suis détective privée, engagée par ses enfants.

Claude lui lança un regard évaluateur.

— Je pense qu'il pourrait être productif pour vous de prendre un café avec moi.

— Je vous en serais très reconnaissante, dit Molly. Le café est proche ? Parce que franchement, je n'ai pas eu aussi froid depuis que j'ai quitté Boston.

En novembre, il n'y avait pas de tables avec des parasols sur le trottoir, mais Molly aperçut un endroit juste devant qui avait une pile de chaises à côté du bâtiment, probablement prêtes à être installées si le temps se réchauffait. Ils entrèrent rapidement et Molly inhala l'odeur toujours délicieuse d'expresso et de sucre.

L'endroit était un peu miteux, mais ce n'était pas quelque chose qui inquiétait Molly, ayant appris depuis longtemps que l'état de la décoration n'était pas nécessairement indicatif de la qualité des produits proposés. Ils commandèrent des expressos et s'assirent à une petite table près de la fenêtre.

— J'ai peur qu'il n'y ait des courants d'air ici, dit Claude. Mais j'aime voir qui va et vient.

— Peut-être êtes-vous dans l'espionnage, dit Molly en plaisantant.

Mais Claude ne sourit pas, et ne répondit pas non plus.

Molly se força à rester silencieuse. Finalement, il dit :

— Je vais vous dire d'emblée que je ne sais rien du meurtre de Bernard, ni aucune idée de qui aurait pu faire ça. Mais ce que je peux faire, ce qui j'espère sera utile, c'est vous donner un peu de contexte. J'habite dans ma maison depuis que je suis enfant, et j'ai donc été le voisin de Bernard pendant presque trop d'années pour les compter.

— Étiez-vous amis ?

Alors que le serveur posait leurs expressos sur la table, Claude rejeta la tête en arrière et rit.

— Peut-être que vos recherches ne font que commencer ? Vous n'avez pas encore réalisé que votre victime n'était pas un homme avec qui quiconque était ami. L'amabilité n'était tout simplement pas dans la nature de Bernard.

— J'ai entendu ça, oui. Je me demandais s'il était vraiment possible que le nombre de ses amis soit de zéro. Certaines personnes peuvent être grincheuses envers le monde en général, mais parviennent à avoir un petit nombre de—

— Pas Bernard, dit Claude en frappant sa main sur la table pour insister, faisant tinter leurs petites tasses. Les voisins... il y a des règles tacites, n'est-ce pas ? Des limites qui vont au-delà du physique ? Bernard n'y prêtait aucune attention. Vous pouviez sortir de chez vous, l'estomac plein d'un déjeuner satisfaisant et vous sentir le plus heureux du monde, et Bernard fonçait sur vous, vous coinçait contre un mur, et vous réprimandait. Il a gâché plus de journées que je ne peux compter. Et de peur que vous ne pensiez que c'était seulement moi, ou que je l'avais offensé d'une manière ou d'une autre : demandez à n'importe quel résident du quartier. Ils vous le diront.

— Vous réprimander à propos de quoi ?

— Oh, il prétendait nous avoir vu jeter des déchets. Ou que les buissons dans notre jardin avaient besoin d'être taillés. Que nos fenêtres avaient besoin d'être lavées, que les vêtements de nos enfants étaient sales, que ma femme avait besoin d'une coupe de cheveux. Qu'il avait entendu des bruits étranges venant de chez nous, ou vu un étranger rôder près de la porte d'entrée. Ce n'était que des mensonges, Molly. Il disait n'importe quoi qui lui passait par la tête, juste pour embêter les gens, les agacer.

— Ouah. C'est... je n'ai jamais entendu parler de quelqu'un comme ça.

— En effet.

Claude finit son expresso.

— Inutile de dire que ses enfants en ont souffert. Beaucoup de voisins ont essayé, du mieux qu'ils pouvaient, d'être au moins gentils avec eux, et de les inviter pour une heure ou deux, juste pour leur donner un répit. On pouvait entendre les cris. Je crois qu'il les battait sans pitié, surtout le fils.

Molly secouait la tête.

— C'est déjà assez grave qu'il ait rendu tout le monde malheureux dans le quartier. Mais quand les gens traitent leurs propres enfants comme ça... ça me donne envie de le déterrer et de le tuer à nouveau.

Claude hocha la tête.

— Vous avez du pain sur la planche, Molly Sutton. Pratiquement toute personne qui a été en contact avec Bernard Petit voulait le tuer. J'ai bien peur que votre liste de suspects ne soit pratiquement sans fond.

Molly réussit à esquisser une sorte de sourire, mais il s'effaça rapidement. La vérité était qu'elle appréciait généralement une affaire difficile comme celle-ci, mais elle avait un mariage à planifier et une lune de miel à faire. Elle et Ben n'avaient pas le luxe de plusieurs mois pour résoudre le meurtre, pas s'ils voulaient se marier selon le calendrier prévu.

Et même si elle continuait à repousser les préparatifs, Molly ne voulait pas repousser le mariage lui-même. Il n'était pas nécessaire d'être superstitieux pour croire que *penser cela* aurait été une idée terrible.

— Vous pourriez avoir envie de poser quelques questions à Jean, proposa Claude, avec un haussement d'épaules dépréciatif.

— Qui est Jean ?

— Jean Chavanne, le voisin de Petit à l'est. Le manoir en pierre calcaire avec la porte verte. Personne n'aime cette couleur verte. Enfin – j'ai entendu Jean parler de vouloir empoisonner le chien de Petit, comme vengeance pour tous les problèmes qu'il a causés.

Molly fronça les sourcils.

— Le chien ?

— Oh, Bernard en avait un avant, dit Claude d'un geste de la main. Peut-être qu'il est mort l'année dernière ? Une petite chose hirsute, si vous restiez immobile il vous montait sur la jambe, dit-il. Je préfère de loin les chats, personnellement. Quoi qu'il en soit, je ne peux pas dire si Jean envisageait réellement d'empoisonner la créature, ou s'il a véritablement mis ce plan à exécution. Mais je peux dire qu'il en parlait avec délectation. Et puis il y a eu toute cette histoire d'arbre...

— D'arbre ?

— Vous devriez en parler à Jean. Je les ai entendus parler de ce fichu arbre pendant ce qui semble être des années. Ils aimaient tous les deux se disputer. Jean devait savoir qu'il n'y avait aucune chance que Bernard coupe cet arbre, pas une fois qu'il savait que Jean le voulait.

Molly hocha la tête, réfléchissant à tout cela.

— Je commence à comprendre pourquoi il était si universellement détesté, même si je dois dire que je ne pense pas avoir un jour connu quelqu'un d'aussi horrible. N'y avait-il vraiment personne qui ne le dérangeait pas ?

Claude fit un haussement d'épaules exagérément gaulois.

— Si cette personne existe, je ne l'ai pas rencontrée, dit-il. Comme je l'ai dit, vous avez du pain sur la planche, j'en ai peur.

CLAUDE BLANCHON PRIT CONGÉ et Molly prit un autre expresso et s'assit à la table près de la fenêtre, ses pensées allant dans tous les sens, se demandant si le meurtrier de Petit était l'un des enfants qu'il maltraitait si terriblement, au regard chaleureux (bon, peut-être plus que chaleureux) sur le visage de Simon la veille, au type de fleurs qu'elle devrait avoir au mariage. Ce n'était pas jour de marché à Bergerac et les rues froides étaient vides, donc son perchoir près de la fenêtre n'offrait aucune possibilité d'observer les gens.

Sur-caféinée et sans idée claire de ce qu'elle devait faire ensuite, Molly paya son addition et commença à partir, juste au moment où un couple d'une vingtaine d'années franchissait la porte. Ils étaient chaudement habillés et enlevèrent rapidement leurs manteaux ; les manches de l'homme étaient retroussées et Molly remarqua un tatouage de dragon sur son avant-bras. La femme qui l'accompagnait avait de la peinture sur son jean bleu — pas de la peinture murale, mais de petites touches de couleur — une artiste.

Molly s'arrêta, la main sur la poignée de la porte. Elle avait très envie d'écouter aux portes (et de ne pas mourir de froid), et donc même si elle savait qu'il était peu probable que le couple ait quoi que ce soit à voir avec le meurtre de Petit ou ait un quelconque lien avec lui, elle décida d'acheter un pain au chocolat au comptoir et de se rasseoir.

Le couple était affectueux, les bras enlacés tandis qu'ils commandaient leurs cafés et pâtisseries. Molly fit semblant d'étudier un prospectus qu'elle avait pris dans une pile près de la porte (une réunion sur le communisme) et une fois qu'ils eurent choisi une table, elle s'assit à proximité, évitant tout contact visuel.

Le pain au chocolat était si courant en France, et Molly en avait certainement mangé sa part depuis son arrivée à Castillac, mais leur omniprésence n'atténuait en rien leur goût délicieux. Et malgré la mauvaise opinion de Claude sur le café, Molly trouvait celui-ci particulièrement exceptionnel : la légère amertume du chocolat accentuée par les feuillets salés et beurrés de la pâtisserie, les textures croustillantes et moelleuses formant un parfait contrepoint. Elle se perdit tellement dans son plaisir qu'elle manqua le début de la conversation du couple, alors qu'il semblait être question d'un concert de rock qu'ils voulaient voir à Angoulême et de la liste des tâches qu'ils prévoyaient d'accomplir avant le déjeuner.

Pas très inspirant comme espionnage, pensa-t-elle. J'aurais dû prendre le numéro de Blanchon... mais j'ai vu où était sa maison. Je suppose que ce que je devrais faire au lieu de flâner en mangeant un pain au chocolat, c'est essayer de trouver d'autres voisins, et voir s'ils racontent la même histoire que Blanchon. Et trouver ce Jean Chavanne, l'empoisonneur de chiens. Mais il fait si bon ici....

Une fois de plus, elle pensa à Simon et à la façon dont il l'avait regardée.

C'était flatteur, cela allait sans dire. Simon était un homme très séduisant, et incroyablement accompli. Il avait ces belles et précieuses filles. Encore une fois, Molly pouvait s'imaginer entrer directement dans la vie de cette famille, presque comme si la photographie était déjà prise et qu'elle s'y glissait, discrètement pendant que personne ne regardait, prenant sa place à côté de Simon, ses mains posées avec amour sur les épaules des filles.

Elle n'allait pas faire ça. *Bien sûr* qu'elle n'allait pas le faire. Non seulement parce que ce serait une terrible trahison envers Ben et qu'elle ne pourrait plus jamais relever la tête à Castillac — mais aussi parce que Ben était l'homme qu'elle aimait, Renault cabossée et carrière quelque peu mouvementée incluses.

Cela ne faisait aucun doute.

Mais, pensa-t-elle, s'attardant un instant sur la perspective de la réaction de Chloë et Gisèle si elle devait—

Oh, *arrête* ça, se dit-elle. Molly fronça les sourcils, en colère contre elle-même de s'être laissée aller à imaginer une voie non empruntée. C'était vraiment son désir profond d'avoir des enfants qui la faisait penser ainsi. La perspective d'une famille toute faite... ce n'était pas exactement tentant, parce qu'elle était engagée envers Ben. Pas tentant à réaliser, mais à contempler.

Et peut-être, dans un recoin de son esprit, cette voix robotique et ses insinuations sur la fidélité de Ben la déstabilisaient. Elle n'avait pas à croire qui que ce soit, cependant. Elle devrait, par respect pour Ben avant tout, chasser complètement cette voix et ses mensonges de sa tête. Elle ne doutait pas de lui — c'était seulement ses propres insécurités qui se mettaient en travers de son chemin, c'était assez clair, même si, d'une certaine manière, cette prise de conscience ne la réconfortait pas.

Ce soir-là, Ben était sorti prendre l'apéro avec des amis, et Frances en profita pour venir à La Baraque passer un moment entre filles avec Molly.

— Je ne t'ai pas ignorée, dit-elle, après qu'elles s'étaient fait la bise et que Molly avait fermé la porte contre le vent froid. J'ai travaillé d'arrache-pied sur une série de jingles – je pense que ce sont les meilleurs que j'aie jamais faits. Les gens vont maudire mes vers d'oreille pour l'éternité ! ajouta-t-elle en laissant échapper un rire maléfique.

— T'est-il déjà venu à l'esprit que tu n'envoies pas une énergie positive dans ce monde ?

— Oh, ne sois pas rabat-joie. Ce ne sont que des jingles, bon sang. Tu as l'air morose. Pourquoi, Miss Molly ? Tu sais que tu ne peux pas te cacher de moi. Je vois bien que tu es morose. Explique-toi.

Molly sourit faussement et se tourna vers le réfrigérateur.

— Tu vois des choses. Je ne suis pas du tout morose. Tu veux boire quoi ?

— Oh, je t'en prie. Tu as un meurtre tout frais et un mariage qui approche. Tu devrais sourire comme une folle. Mais ce n'est pas le cas.

Frances contourna le comptoir et regarda attentivement son amie.

— Crache le morceau, Molls. Ben a fait quelque chose de stupide ? Tu sais que les hommes peuvent faire ça parfois, même quand le mariage est exactement ce qu'ils veulent.

Molly ouvrit la bouche et la referma. Elle voulait parler à Frances de la voix robotique, voulait la lui faire écouter et se moquer de son ridicule. Mais en même temps, elle ne voulait pas admettre qu'elle y avait prêté attention, que cela la rendait en fait un peu folle.

— D'accord alors, dit Frances, sachant quand battre en retraite et se regrouper. Alors parle-moi de l'affaire. Y a-t-il des événements psychologiques étranges dont tu voudrais discuter avec moi ?

— Eh bien, dit Molly en sortant la crème de cassis et une bouteille bon marché de vin blanc pétillant. Le truc, c'est que tout le monde détestait cet homme. C'était apparemment un crétin monumental avec tout le monde. Comment Ben et moi allons réussir à écarter qui que ce soit, je n'en ai aucune idée. Je suppose que l'affaire va se résumer à une question d'opportunité, parce que pour le mobile ? Le monde entier en a un.

— Y a-t-il des preuves matérielles ? Il a été tué chez lui, n'est-ce pas ? Donc des empreintes digitales, de l'ADN, tout ça ?

— Ben a un contact à la gendarmerie de Bergerac, donc avec un peu de chance, s'il y a quoi que ce soit, on le saura.

— Ça semble un peu étrange, non, que la famille vous ait engagés dès le départ ? Je veux dire – sans vouloir critiquer vos talents, mais on pourrait penser qu'ils voudraient d'abord voir si la police pouvait résoudre l'affaire, gratuitement.

Molly haussa les épaules. Elle avait pensé la même chose, mais quand Frances le disait, c'était agaçant.

— Je dis juste – c'est la fille qui vous a engagés, non ? Qu'est-ce que cette nana a à gagner en vous engageant ?

— Il y a de l'argent en jeu.

— *Bien sûr.*

— Tu viens de prononcer des mots ? En français ?

Frances avait l'air suffisant.

— Tu ne parles pas français.

— Ce n'était que deux petits mots. Je ne parle toujours pas français.

— Ouf. J'ai cru un instant avoir atterri dans un monde alternatif.

Molly rit et se décida enfin à leur servir des kirs.

— Nico te parle souvent en français ?

— Tout le temps. Quand il ne déblatère pas en italien. Je vais devenir polyglotte bientôt, que je le veuille ou non. Le mariage a ses effets.

Molly se mordilla l'intérieur de la joue, puis but une gorgée de son kir.

— Allez, sois honnête. Est-ce que je détecte une certaine réticence ? Tu n'es pas excitée de te marier ? Les gens en parlent, tu sais.

— Ils parlent de quoi ?

— De la liste des invités, bien sûr, petite sotte. Tout le monde Chez Papa est terriblement inquiet de ne pas être sur la liste. C'est pour bientôt, *n'est-ce pas ?*

— Encore du français. Qu'est-ce qui se passe ?

— Ça m'a échappé. Et arrête de changer de sujet.

— Eh bien, non – il n'y a pas de réticence. Du moins de mon côté. C'est vrai que Ben est terrifié, mais c'est seulement la partie mariage qui le rend nerveux.

— Comme la plupart des hommes.

— Je suppose.

Frances jeta un regard attentif à sa vieille amie.

— Alors raconte-moi les plans ! Vous le faites ici ? Ce sera des hors-d'œuvre ou un dîner ?

— J'ai un flash-back. Tu te souviens, il n'y a pas si longtemps, quand tu as eu une grosse crise de panique ?

— Je ne me souviens de rien.

— C'est probablement plus sûr. On a pratiquement dû t'attacher pour t'amener à l'autel.

Frances rejeta ses cheveux raides en arrière et leva le menton.

— Ma très chère, si tu penses que je ne vois pas que tu changes encore de sujet, tu ne me donnes pas le crédit que je mérite. Je ne suis pas née de la dernière pluie, tu sais.

— Aucune de nous ne l'est. Malheureusement.

Frances tendit son verre pour trinquer avec Molly.

— Remonte-toi le moral, ma vieille. Je suis sûre qu'il y a des avantages à être dans la quarantaine, même si on ne les a pas encore découverts.

Molly haussa les épaules et but une gorgée. Une fois de plus, elle envisagea de parler à Frances de l'appel robotique, mais décida de ne pas le faire.

— Alors, on parle de quelle somme d'argent ? demanda Frances.

— Petit ? On ne sait pas vraiment, pas encore. Sa maison est assez belle, classe moyenne supérieure, je suppose. Plus qu'à l'aise, mais on ne dirait pas qu'il roulait sur l'or.

— Et Ben a travaillé pour lui à un moment donné ? Le gars pensait que quelqu'un en avait après lui et voulait une protection ?

— Non, rien de tout ça. D'où tiens-tu toutes ces infos, d'ailleurs — est-ce qu'on a déjà parlé de Petit avant maintenant ?

— Eh bien, je suis mariée à un barman, tu te souviens peut-être, dit Frances en vidant son verre. Je passe plus de temps assise au bout du bar que je ne le devrais. Alors... j'entends des choses.

Molly haussa les sourcils.

— Quelles choses ? Quelque chose de bien ? Quelque chose que je devrais savoir ?

Frances sourit, prolongeant le moment.

— Oh oui, dit-elle. *Absolument.*

Molly leva les yeux au ciel.

— Ne me torture pas.

— Mais c'est tellement amusant ! Tu as des chips ? Je tuerais pour des chips à la crème et à l'oignon en ce moment. Des chips ondulées.

Molly fouilla dans quelques placards et dénicha un sac de cacahuètes salées, qu'elles dévorèrent pendant que Frances racontait tout ce qu'elle avait entendu au bar, mais malheureusement, il n'y avait pas la moindre information concernant Bernard Petit.

— Je n'avais aucune idée que les gens s'intéressaient autant à ce que Ben et moi faisons, dit Molly.

— Tu plaisantes ? C'est toi qui m'as dit, dès mon arrivée à Castillac, que les commérages et l'observation des gens étaient les principaux sports ici. Tu ne peux pas bâiller sans que ce soit remarqué.

— Eh bien, garde l'oreille ouverte pour tout ce qui concerne Petit, ses enfants Laurine et Franck, réfléchit Molly. Ou Sarah Berteau, l'employée de maison, et Claude Blanchon et Jean Chavanne, certains de ses voisins.

— Je vois ce que tu veux dire par une longue liste.

— Je suis sûre qu'elle va s'allonger encore avant de se raccourcir.

— As-tu déjà pensé que certains meurtres ne sont pas vraiment des crimes ? Je veux dire, ils sont illégaux, ce n'est pas ce que je veux dire. Mais... que le résultat est en fait que, dans l'ensemble, la société s'en porte mieux ?

— Il y a des gens terribles dans ce monde, dit doucement Molly. Mais cela ne donne à aucun d'entre nous le droit de décider qu'ils devraient mourir.

— Je suppose que non, dit Frances en retournant vers les placards pour chercher d'autres en-cas. On peut manger ces olives ? On dirait qu'elles vivaient déjà ici quand tu as acheté la maison.

Molly ne sourit pas lorsque Frances revint en essuyant la poussière du bocal en verre. Elle était perdue dans ses pensées, mais son expression n'avait pas la légèreté habituelle que Frances connaissait si bien, même quand Molly se concentrait sur quelque chose de désagréable.

— Tu sais, j'adore te voir et tu m'as manqué ces derniers temps, dit Molly. Mais j'ai mal à la tête et je pense que je devrais juste me coucher et dormir. On peut reprendre ça plus tard ? Tu peux prendre les olives si tu veux.

Frances posa le bocal sur le comptoir et regarda attentivement son amie.

— Bien sûr, va dormir un bon coup et peut-être qu'on se verra demain ?

Après avoir salué Frances, Molly enfila en effet son pyjama et se glissa dans son lit. Bobo se blottit à côté d'elle, mais Molly était si occupée à penser avec qui Ben pouvait la tromper et qui aurait pu tuer Bernard Petit, qu'elle ne chassa pas la chienne du lit comme elle le faisait d'habitude, mais resta éveillée, son esprit sautant dans des terriers de lapin et passant d'une image sordide à une autre jusqu'à ce qu'elle entende enfin Ben rentrer. C'était un bon son, et réconfortant de savoir qu'il était à la maison.

$\maltese$ 18 $\maltese$

Le lendemain matin, Molly se leva tôt et prit un café avant que Ben ne se réveille. En cherchant une paire de chaussettes épaisses dans un tiroir, elle aperçut le rouleau de billets de cinquante euros qu'elle avait trouvé plus tôt dans le cottage et s'arrêta, songeuse. Mais il n'y avait pas de temps pour les distractions. Elle enfila son manteau épais, son écharpe et son chapeau, referma la porte d'entrée aussi doucement que le permettait cette vieille chose, et conduisit la Citroën dans la rue des Chênes en direction du village. Ben désapprouverait certainement qu'elle retourne chez les Valette, et elle-même avait des réserves à ce sujet. Mais les visages doux et tristes de Gisèle et Chloë ne cessaient de lui revenir à l'esprit et Molly ressentait un besoin intense d'être avec elles, puisque c'était tout ce qu'elle pouvait faire.

Pendant le trajet, son portable vibra et dès qu'elle le put, elle se gara sur le côté pour écouter le message au cas où il s'agirait de quelque chose d'urgent.

C'était à nouveau la voix robotique.

Demande donc à ton homme pourquoi il rentre tard.

Puis des grésillements, rien de plus.

Molly eut l'impression de recevoir un coup de pied dans l'estomac. Ben ne pouvait *pas* la tromper, ce n'était pas du tout son genre. C'était tout simplement impossible.

Mais... c'était vrai, maintenant qu'elle y réfléchissait, il semblait rentrer plus tard qu'avant. Même si aucun d'eux n'avait jamais été du genre à surveiller les allées et venues de l'autre. Ils s'étaient toujours fait confiance.

Secouant la tête comme pour se remettre les idées en place, Molly s'engagea dans l'allée des Valette et essaya de se concentrer sur les filles et la tragédie qu'elles traversaient plutôt que sur ses propres inquiétudes.

Elle fut heureuse de constater, lorsque Simon la fit entrer dans le manoir, que l'endroit n'était pas plongé dans un désordre déprimant mais était ordonné et normal, du moins en apparence. Les filles étaient habillées pour l'école et assises à la table de la salle à manger avec des bols de chocolat et des tartines beurrées. Simon portait ce que Molly savait être ses vêtements de travail extérieur, et elle devina qu'il passerait la journée à travailler sur le bâtiment en pierre effondré qui avait été son activité préférée depuis que la famille avait déménagé de Paris à Castillac.

— Je me disais que peut-être, commença Molly, enfin, je me demandais si vous vouliez que je vous coiffe avant l'école, dit-elle aux filles, se sentant soudain timide.

— Oui s'il te plaît, moi d'abord ! s'écria Chloë en sautant sur une chaise.

Gisèle sourit de sa manière réservée habituelle, ne laissant pas transparaître l'étendue de son bonheur, comme si elle préférait garder une partie de son plaisir pour elle-même.

— Tu sais faire des tresses françaises ? C'est ce que faisait Violette. En arrière comme ça, dit Chloë, en pointant le long des côtés de sa tête avec ses doigts.

— Il se trouve que je suis un génie du tressage, dit Molly.

— Le génie du tressage voudrait-il un café ? demanda Simon.

Quand Molly répondit « Mais oui ! », il disparut dans la cuisine.

— Gisèle, peux-tu trouver un peigne et des élastiques ? demanda Molly.

La fille hocha la tête et monta bruyamment à l'étage.

— Maintenant je t'ai pour moi toute seule, dit Molly en entourant la plus jeune de ses bras.

Chloë ne parla pas mais enfouit sa tête dans le cou de Molly. Molly sentit l'humidité des larmes mais Chloë pleurait si doucement que Molly pouvait à peine l'entendre.

— Tout ira bien, murmura Molly. Ce sera dur pendant un moment, et puis tout ira bien. *Tu* iras bien.

Les bras de Chloë se resserrèrent autour d'elle.

— J'en ai trouvé plein ! dit Gisèle, en bondissant de retour dans la salle à manger et en tendant une poignée d'élastiques colorés juste au moment où Simon entrait par l'autre porte avec deux tasses de café.

— C'est un peu emmêlé ici, dit Molly à Chloë, en s'attaquant à un nœud avec le peigne.

Chloë gémit.

— Elle fait toujours ça, dit Gisèle.

— Les cheveux longs ont un vrai prix, dit Molly. Tu pourrais toujours les couper court si tu n'aimes pas t'occuper des nœuds.

Un silence tomba sur la pièce. Molly arrêta de peigner et regarda Simon. Elle attendit un instant mais personne ne parla.

— Est-ce que... j'ai dit quelque chose de mal ?

— Non, non, dit Simon en s'approchant et en posant sa main sur son bras. C'est juste que... c'était l'une des... leur mère insistait toujours pour que les filles aient les cheveux longs et ne voulait rien entendre d'autre.

— Je voulais les avoir à ma façon, dit Chloë, très doucement.

— Bien sûr que tu le voulais, dit Molly, mais elle regretta aussitôt ses paroles. Mais votre mère avait très bon goût, et vous avez toutes les deux de magnifiques cheveux, ajouta-t-elle. Bon, je suis prête à tresser. Gisèle, tu veux bien tenir les élastiques prêts ?

— Oui, Madame, dit Gisèle, prenant son rôle au sérieux, comme elle le faisait pour tout.

Simon resta debout à siroter son café et à regarder Molly jusqu'à ce que les cheveux des filles soient délicieusement coiffés (bien qu'un peu ébouriffés par endroits) et qu'il soit temps de les emmener à l'école.

— On peut se voir plus tard ? demanda Simon, avant que Molly ne monte dans sa voiture.

— Je pars pour Bergerac, dit Molly. Je vais rencontrer le fils de la victime du meurtre. Et puis j'ai beaucoup de travail de suivi à faire...

Simon hocha la tête. Molly lui jeta un coup d'œil en reculant et en descendant l'allée. C'était un homme charmant, et il avait besoin d'une nouvelle épouse.

Mais qui que soit celle-ci, ce ne serait pas elle.

En roulant sur les routes de campagne vers Bergerac, Molly fit de son mieux pour garder son esprit concentré sur l'affaire Petit. Elle avait rendez-vous avec Franck dans un café et voulait préparer une liste de questions, même si en pratique, ce genre de planification préalable semblait rarement très efficace. Il valait mieux se laisser guider par la conversation, en voyant où l'autre personne la menait.

Franck Petit l'attendait et l'accueillit avec un sourire chaleureux et une poignée de main.

— Je sais que vous, les Américains, êtes très friands de la poignée de main, dit-il, et je l'aime aussi. Il me vient à l'esprit — honnêtement, je n'y ai pas pensé depuis des années, pas depuis que j'ai quitté Bergerac et que je voyais à peine mon père — que l'une des choses étranges à son sujet était qu'il n'avait pas l'habitude de saluer les gens.

N'ayant jamais rencontré Franck auparavant, Molly fut un peu déconcertée par ce rapide lancement dans le sujet, mais elle était définitivement intéressée.

— Enchantée de vous rencontrer, dit-elle. Que voulez-vous dire exactement, qu'il n'en avait pas l'habitude ?

— Enchanté, dit-il en souriant avec un hochement de tête. Je veux dire par là que mon père entrait dans une pièce où se trouvaient des gens qu'il n'avait pas vus ce jour-là et se lançait simplement dans la conversation qu'il voulait avoir sans dire bonjour, ni serrer la main, ni faire la bise, ni aucune des choses que les gens font partout dans le monde pour se saluer.

— Hm, dit Molly. J'imagine que ça ne passait pas très bien. Surtout en France.

— Pas du tout, en effet. Laurine et moi avons eu la chance que notre mère nous apprenne les bonnes manières, donc nous ne sommes pas partis dans le monde sans savoir comment nous comporter.

— Avez-vous une idée de la raison pour laquelle il agissait ainsi ?

— Oh, il avait ses raisons. Il disait que les salutations étaient une perte de temps. Il parlait toujours d'efficacité, et personne ne pouvait le convaincre que les relations humaines ne devraient pas être mises dans la même catégorie que, disons, les usines ou les machines.

Molly secoua lentement la tête.

— Je suis désolée.

— Pourquoi êtes-vous désolée ?

— C'est juste que votre père était...

— Un tyran insensible ?

Franck rit, et Molly nota l'absence d'amertume dans son rire.

— Ne vous inquiétez pas, Molly. Laurine et moi avons depuis longtemps tourné la page, chacun à notre manière. Et notre mère est... attendez, où est-elle maintenant ? Bali ? Inde ? C'est difficile de suivre. En tout cas, nous avons survécu et nous allons bien. Beaucoup de gens ont des situations bien pires à gérer.

— Oui, mais... les problèmes des autres n'ont rien à voir avec les vôtres. Je veux dire, si j'ai une jambe cassée et que vous avez un genou écorché, votre genou vous fait quand même mal, peu importe, non ? Ma jambe n'a rien à voir avec ça.

Franck ne dit rien mais regarda par-dessus l'épaule de Molly en direction de la serveuse, qui rangeait des étagères derrière le comptoir et ne semblait pas avoir remarqué leur présence.

Molly poursuivit :

— Ça ne vous dérange pas si je vous pose quelques questions ? Je sais que c'est votre sœur qui a engagé Ben et moi, et peut-être que vous n'étiez pas vraiment en faveur de cette décision ?

Les sourcils de Franck se levèrent en même temps que ses épaules.

— Pas en faveur ? Oh, pas du tout, Madame Sutton ! Laurine... elle a des idées qui lui viennent en tête de temps en temps, et j'ai appris qu'il valait mieux la laisser faire. Si elle pense qu'avoir une équipe d'enquêteurs sur l'affaire de notre père en vaut la peine, je ne vais pas m'y opposer.

— Et nos honoraires qui sortent de la succession, donc essentiellement de votre argent aussi...

Franck fit un geste de la main.

— Pas de problème. Vraiment. Je ne... je ne considère rien de ce qui appartenait à mon père comme étant à moi. J'ai réfléchi à l'idée de donner tout ce dont j'hériterai un jour à une cause ou une autre.

— C'est très généreux de votre part.

Il haussa les épaules.

— Bah, pas vraiment. Je n'ai pas encore décidé quoi faire. Mais j'ai eu l'idée que tout ce qui lui appartenait a... a une sorte d'obscurité associée. Et peut-être que je ferais mieux de ne pas l'introduire dans ma vie.

—Je comprends.

Molly pencha la tête et le regarda, se demandant si une personne, même chanceuse et travailleuse, pouvait vraiment avoir émergé d'une famille aussi problématique sans dommage. Elle envisagea de lui demander directement pourquoi sa sœur le soupçonnait, mais décida de garder cette bombe pour le moment.

— Vous et votre sœur vous entendez bien ? demanda-t-elle, nonchalamment.

— Eh, les frères et sœurs, dit-il avec un petit rire. Nous sommes des personnes très différentes, Laurine et moi. Je suis un scientifique, et je l'ai été depuis mon plus jeune âge. Toujours à retourner des pierres pour voir ce qu'il y avait en dessous, toujours à mélanger des potions pour voir ce qui se passerait.

— Et votre sœur ?

Franck capta enfin le regard de la serveuse et lui sourit.

— Oh, elle était toute à ses poupées, ce genre de choses. Je n'avais aucun intérêt pour ça, comme vous pouvez l'imaginer.

— Donc vous ne jouiez pas ensemble enfants. Et plus tard ?

— Bonjour, Madame, dit Franck alors que la serveuse apparaissait à leur table.

Elle était plus âgée et semblait fatiguée, ses cheveux grisonnants tirés en un chignon serré.

— Merci d'être venue. Vous semblez porter tout le café sur vos épaules ce matin. La serveuse s'illumina et hocha la tête.

— Que voudriez-vous, Madame Sutton ?

— S'il vous plaît, appelez-moi Molly. Je prendrai un expresso.

— Faites-en deux. Merci beaucoup, dit-il à la serveuse, avec un autre sourire éclatant.

Je ne fais pas du tout confiance à ce type, pensa Molly.

— Alors, voyons voir. Vous me demandiez quelque chose à propos de Laurine et moi ? Je sais que beaucoup de frères et sœurs sont pratiquement meilleurs amis, mais malheureusement Laurine et moi n'avons pas eu cette chance. On pourrait blâmer beaucoup de choses pour cela, je suppose, mais je l'attribue au fait que nous avions des intérêts si différents. Nous étions toujours attirés par des choses différentes, nous avions des amis qui aimaient les choses que nous aimions, et... c'est ainsi que ça s'est passé.

— Diriez-vous que votre père favorisait l'un ou l'autre d'entre vous ?

Franck rit.

— Il ne favorisait personne. C'était une chose que nous avons absolument reçue en commun : le mépris de notre père. Nous partagions cette généreuse portion à parts égales, je dirais.

La serveuse posa leurs expressos sur la table. Molly crut que la femme avait fait une révérence mais se dit ensuite que non, ce n'était pas possible. Elle avait dû perdre l'équilibre un instant ou quelque chose comme ça. Mais on ne pouvait nier l'effet que Franck avait sur elle : la femme était fascinée.

— Et... pardonnez-moi, je sais que ces questions sont terriblement indiscrètes, mais comprendre la dynamique de votre famille est important pour résoudre l'affaire... j'ai entendu dire qu'il vous maltraitait, votre sœur et vous. Je me demandais si votre mère essayait d'intervenir ?

Franck but une gorgée de son expresso.

— Elle le faisait. Mais ça ne changeait pas grand-chose. Laurine et moi n'avons jamais pu comprendre pourquoi elle l'avait épousé en premier lieu.

— L'attirance peut avoir des effets inattendus.

Franck rit.

— Pensez-vous qu'il y ait une possibilité que votre sœur ait pu avoir quelque chose à voir avec son meurtre ?

— Laurine ? Non. C'est une question sérieuse ?

Il rit.

— Elle travaille dans la mode, elle a toute une vie à Paris qu'elle croit être l'envie du monde. Pourquoi diable se soucierait-elle de notre père, alors qu'elle s'était échappée de la maison familiale et se débrouillait parfaitement bien toute seule ?

— Dans le métier d'enquêteur privé, on se pose toujours des

questions sur les dettes. Vous seriez surpris de voir à quel point le meurtre finit souvent par être une question d'argent.

— Sans doute, dit Franck. Et l'argent comptait beaucoup pour notre père, c'est sûr. Mais je peux dire avec une certaine assurance que le reste d'entre nous – moi, Laurine et notre mère – n'étions pas du tout sur la même longueur d'onde.

Molly posa d'autres questions, et elle et Franck prirent un autre espresso avant de retourner dans le froid. Mais elle avait le net sentiment qu'aucune d'entre elles n'était la bonne question, qu'il y avait plus dans cette histoire de famille que ce que Franck voulait bien dire.

Quelle était cette citation de Tolstoï, se demanda-t-elle. « Toutes les familles heureuses se ressemblent. Chaque famille malheureuse l'est à sa façon. »

Malheureuse... ou tordue... ou *meurtrière*.

$\maltese$ 19 $\maltese$

— Juste rapidement avant que je ne file, dit Molly à Ben, qui était encore au lit après être resté éveillé tard pour lire l'un de ses récits de marins napoléoniens. Je veux rencontrer Laurine bientôt. Je ne sais pas si elle a raison à propos de Franck, mais je peux te dire que j'ai eu la nette impression hier que quelque chose ne tournait pas rond chez lui.

— Dans quel sens ?

Molly arrêta de se peigner les cheveux et réfléchit un instant.

— C'est... c'est difficile à expliquer. Il est... c'est comme s'il était trop beau pour être vrai, tu vois ? Si indulgent envers les abus de son père. Si *poli*.

— Tu penses que quelque chose ne va pas chez lui parce qu'il est poli ?

— Oui. Enfin, ce n'est pas tout, évidemment. Je dis juste que le fait que sa sœur l'accuse ne me semble pas fou. Il y a plus chez lui que ce qu'on voit en surface.

— On pourrait dire ça de nous tous.

— En effet, dit Molly, d'un ton sombre. Aussi, avec cette nouvelle à propos de la fenêtre de la cuisine laissée ouverte, ça rend les voisins un peu plus suspects. Tu veux que j'essaie de voir Jean Chavanne ? Je sais, je sais, tous les voisins et tout le monde ne pouvaient pas supporter Petit, mais Chavanne allait partout en parlant d'empoisonner le chien de Petit.

Ben se gratta le menton.

— C'est une chose complètement différente que de fracasser le crâne de quelqu'un avec un cendrier.

— Eh bien, évidemment.

Ils se lancèrent un regard noir.

— Je dis que l'empoisonnement d'un chien, c'est une manœuvre passive-agressive classique. Alors que...

— J'ai compris, j'ai compris, dit Molly. Écoute, je ne peux pas en parler plus maintenant, j'ai prévu de rencontrer Angela pour les fleurs.

Elle prit une profonde inspiration puis alla vers Ben et l'embrassa.

— Je t'aime. À ce soir.

Il faisait toujours aussi froid dehors, mais Molly avait besoin de sentir le vent sur son visage. Elle prit le scooter, le poussant aussi vite qu'il pouvait aller, filant à travers les rues de Castillac jusqu'à la boutique de fleurs d'Angela Langevin. Elle adorait les fleurs et être dans la boutique, à respirer le mélange de diverses senteurs.

— Molly ! dit Angela, la faisant entrer puis la prenant par les bras pour lui faire la bise. J'ai tellement hâte de fournir les fleurs pour ton mariage. J'ai vraiment l'un des meilleurs métiers imaginables, qui me permet si souvent ajouter un peu de beauté à une occasion joyeuse.

Molly la regarda. Elle ne voulait pas avoir cette pensée, mais elle s'imposa, avec insistance, qu'elle le veuille ou non : Ben avait-il une liaison ? Et est-ce que quelqu'un à Castillac était au courant ?

Son mariage allait-il finir par être une blague, dont elle serait la chute ? La mariée qui serait la dernière à savoir ?

Elle se calma suffisamment longtemps pour parler fleurs et potiner un peu avec Angela, qui avait des informations confidentielles sur diverses histoires d'amour du village et des expéditeurs anonymes de bouquets, mais qui ne laissait jamais échapper ces faits.

— Non, je n'ai jamais rencontré aucun des Petit, même si j'ai bien sûr entendu parler du terrible événement à Bergerac, dit Angela. Ce que je dirais, c'est... va voir Madame Tessier. S'il y a une vieille histoire que tu devrais connaître, elle sera celle qui te la racontera.

— J'y suis passée mais elle était sortie, dit Molly. J'essaierai à nouveau, merci. Je suis contente d'entendre que ta fille va si bien, et je suis très excitée pour les fleurs, j'aime tellement les pivoines et je sais que tu rendras tout absolument magnifique.

— Tu es courageuse d'organiser la fête dans ta maison. Tu es sûre que tu ne veux pas trouver un endroit plus grand, avec une cuisine professionnelle ?

Molly haussa les épaules.

— Ça ne va pas être si élaboré que ça. Je ne devrais même pas appeler ça un mariage − nous allons faire la cérémonie à la mairie, juste nous deux, et ensuite la fête après.

— Et vos familles ?

— Eh bien, le père de Ben est le seul parent restant, et il est à Toulouse...

— Il reviendra certainement au village !

Angela était scandalisée.

— J'espère. Bien sûr, il sera invité. Mais nous... nous voulons que tout soit discret. C'est mon deuxième mariage, tu sais, ajouta-t-elle, pensant à Donny pour la première fois depuis ce qui semblait être une éternité, et souriant parce que le souvenir n'était plus du tout douloureux.

— Eh bien, je ne sais pas ce que Castillac va faire après que toi et Ben vous serez mariés. Toutes les vieilles dames devront choisir quelqu'un d'autre sur qui concentrer leurs énergies de mariage.

— Tu es en train de dire que j'ai été une sorte de cible ?

Angela rit.

— Oh mon Dieu, oui, dit-elle, riant à nouveau. Les prières dites en votre nom à Ben et toi... et les sorts jetés aussi, je parierais... eh bien, disons simplement que j'aurais été surprise si vous ne vous étiez pas fiancés. Il y avait beaucoup trop de pouvoir de vieilles dames œuvrant dans ce sens.

— Ciel. Bon, dit Molly, regardant son téléphone pour voir l'heure. Je file chez Madame Tessier. Je vais peut-être passer par la pâtisserie Bujold en chemin, pour prendre des forces.

— Je pense que ce serait sage, dit Angela en fermant la porte derrière elle, et en regardant Molly resserrer son écharpe et remonter sur le scooter, qui était couvert d'une fine couche de givre.

HEUREUSEMENT, Madame Tessier était chez elle, blottie près d'un feu avec un livre et une tasse de thé. Elle s'illumina quand elle vit que c'était Molly et se hâta de la faire entrer là où il faisait chaud.

— Je me demandais où tu étais passée, gronda la vieille dame. Dès que j'ai entendu que toi et Ben étiez sur l'affaire Petit, j'ai pensé que tu viendrais tambouriner à ma porte.

— Je suis venue, il y a quelques jours, dit Molly, enlevant son manteau puis son pull, car la pièce était presque aussi chaude qu'un sauna. Désolée de vous avoir manquée. Et j'espère que vous me dites ça parce que vous avez quelque chose de croustillant.

— Du thé ? demanda Madame Tessier, voulant prolonger le délicieux moment de l'attention profonde de Molly.

Molly dit oui bien qu'elle n'aimât pas le thé. La dernière chose qu'elle voulait était que Madame Tessier soit distraite et veuille une longue discussion sur le thé versus le café.

Pendant que son amie était dans la cuisine, Molly examina la petite pièce. Le papier peint présentait de minuscules fleurs de lys bordeaux sur fond crème ; même le plafond était tapissé. Le fauteuil de Madame Tessier était en bois sombre finement sculpté avec une garniture en velours vert. Il semblait ancien mais solide. À sa grande surprise, Molly ne vit aucune photographie et réalisa qu'elle ne savait rien de la famille de Madame Tessier.

Mais aujourd'hui n'était pas le jour pour poser des questions.

— Comme tu le sais, j'ai été institutrice pendant de nombreuses années, dit Madame Tessier en revenant avec une tasse de thé chaud qu'elle tendit à Molly. Cela me donne une connaissance assez intéressante de nombreuses personnes du village. Je les ai connus alors qu'ils étaient encore à l'école, tu vois. Et j'ai constaté, au fil des ans – peut-être malheureusement – que les gens ne changent pas tant que ça avec le temps. Un tricheur au primaire finit par devenir un escroc. Un tyran reste un tyran.

— Pas une vision très optimiste de l'humanité, dit Molly en sirotant son thé et en essayant de ne pas grimacer.

— As-tu constaté le contraire ? Je te le demande sincèrement.

— Eh bien... je dirais que je n'en sais rien, vraiment. J'ai connu certaines personnes pendant très longtemps – Frances et moi sommes amies depuis de nombreuses années. Et... elle est à peu près la même, dit Molly en riant, car c'était tellement vrai. Pas qu'elle n'ait pas mûri, mais je vois ce que vous voulez dire – son essence est la même.

— Précisément, dit Madame Tessier, ses yeux s'illuminant.

— Mais je ne suis pas sûre d'être d'accord sur le fait que les gens sont incapables de changer, dit Molly. Du moins, cela semble assez déprimant.

— Ce n'est pas parce qu'une idée ne nous réjouit pas qu'elle n'est pas vraie, dit Madame Tessier.

Molly avait une image claire de ce que devait être sa présence en classe – pas terriblement stricte, mais déterminée à mener ses élèves vers l'eau, où ils pourraient boire malgré eux.

— Alors... les Petit ? Je me demandais si vous les connaissiez, puisqu'ils n'étaient pas basés à Castillac.

— C'est vrai, ils ne l'étaient pas. Mais les enseignants ont tendance à se lier d'amitié entre eux, comme le font les gens dans des domaines similaires. J'ai beaucoup d'amis qui vivent et travaillent à Bergerac. Et l'une d'entre elles a enseigné à Franck et Laurine Petit, quand ils commençaient le lycée.

— Ce serait... vers quatorze ans ?

— Oui.

Madame Tessier prit une lente gorgée de son thé.

Molly se redressa sur son siège, puis tira son col pour essayer de faire entrer un peu d'air sous son chemisier. Il faisait très chaud dans la pièce et ses joues rougissaient.

— Et ? finit par dire Molly.

— Ce dont je me souviens... voyons, c'était il y a de nombreuses années, mais je m'en souviens encore. Cette chère amie m'a dit que l'une de ses élèves avait été arrêtée pour vol à l'étalage. Laurine Petit. Je suis certaine que c'était elle.

Le moral de Molly baissa, mais elle n'en laissa rien paraître.

— Bon, mais... une adolescente qui vole à l'étalage ? C'est... du moins en Amérique, c'est assez courant. Je ne l'excuse pas, pas du tout, mais en même temps...

— Tu ne penses pas que c'est significatif ?

— Ça pourrait l'être, dit Molly.

Elle réalisa qu'elle minimisait le vol à l'étalage parce qu'elle avait pensé que Madame Tessier lui dirait quelque chose de mal sur Franck, pas sur Laurine.

— Est-ce que vous connaissez les détails ? S'agissait-il d'un gros montant qu'elle avait volé ? Quelle avait été la punition ?

Madame Tessier lui raconta ce qu'elle savait, mais il n'y avait rien d'inattendu. Une suspension à l'école, un couvre-feu, un remboursement, et c'était fini.

— Mais tu vois, je n'oublie jamais ces choses, dit Madame Tessier. Je ne veux pas te donner l'impression que j'insiste sur le fait qu'elle ne peut pas changer ou qu'elle finira voleuse parce qu'elle a fait une erreur tôt dans sa vie. Ce n'est pas ce que je dis, Molly.

— Non ? Je pensais que vous veniez juste de—

Madame Tessier agita la main.

— Les gens ont la capacité de changer de cap. Mais il y aura des indications de cela dans leurs choix et actions ultérieurs. Je n'ai aucune information sur la façon dont Laurine Petit s'est comportée une fois qu'elle a quitté Bergerac − je crois comprendre qu'elle travaille dans la mode ? Sais-tu quel est son travail spécifique ?

— Je crois qu'elle travaille pour une agence. Je n'en sais pas plus que ça. D'accord, donc vous mentionnez des indications − pourriez-vous parler de ce à quoi pourraient ressembler les formes plus subtiles de cela ? Je veux dire, d'accord, si quelqu'un renonce à tous les biens matériels et devient moine, on sait qu'il a changé. Mais que se passe-t-il si le changement n'est pas si spectaculaire ? Ou − c'est *un* changement substantiel, mais il est interne. Cela pourrait être très difficile à voir pour quelqu'un d'autre, à moins d'interagir régulièrement avec la personne.

Madame Tessier se renversa dans son fauteuil avec un léger sourire.

— C'est ce qui est si intéressant chez les gens, Molly. Tant de choses peuvent se passer sous la surface que nous ne pouvons pas voir. Parfois, ils font quelque chose qui apporte de la clarté, mais parfois... comme tu le sais très bien, parfois cela peut ne pas se révéler jusqu'à ce qu'ils soient arrêtés pour meurtre.

Molly hocha lentement la tête.

— Je crois que je vois ce que vous voulez dire, dit-elle. Et vous avez tout à fait raison, vous décrivez l'une des choses que j'aime dans mon travail − simplement comprendre les gens et pourquoi ils font ce qu'ils font.

— Et il va sans dire, même si je te le chuchote néanmoins : les moments intéressants surviennent lorsqu'une personne a violé nos règles les plus sacrées. Si j'étais juste un peu plus jeune, je demanderais absolument à faire partie de ton équipe avec Ben. C'est sans aucun doute le travail le plus fascinant de tous.

— Dufort, Sutton et Tessier. Ça sonne bien, n'est-ce pas ?

La vieille dame ferma les yeux et sourit, et lorsque Molly ouvrit la bouche pour dire autre chose, elle vit que Madame Tessier était profondément endormie.

❦ 20 ❦

Molly et Ben avaient convenu de se retrouver pour dîner Chez Papa. Molly arriva sans passer chez elle d'abord, et trouva le bar bondé d'un groupe de touristes londoniens.

— Bonsoir, Nico, cria-t-elle par-dessus le vacarme.

Il hocha la tête vers elle et continua à prendre les commandes de boissons.

Molly chercha Frances à sa place habituelle au bout du bar, mais son amie n'était nulle part en vue. Pas de trace non plus de Lapin ou de sa femme Anne-Marie, ni de Lawrence, ni même de quelqu'un qu'elle reconnaissait du village mais n'avait pas encore rencontré officiellement. Elle s'installa sur un tabouret et attendit que Nico ait le temps de lui préparer un kir.

— Bien le bonsoir, j'espère que ça ne vous dérange pas que je vous le dise, mais vous n'êtes pas d'ici, n'est-ce pas ? dit un homme élancé vêtu d'un tweed vintage.

— Ça ne me dérange pas et je ne le suis pas, répondit Molly. Molly Sutton, anciennement de Boston, Massachusetts, maintenant de Castillac.

Elle tendit la main et l'homme sourit.

— Je m'appelle Reginald. Je suis avec ce groupe de fous, dit-il en faisant un geste du coude. Nous faisons un voyage d'une semaine, et je suis content que ce soit avant Noël, parce que j'ai prévu de passer le jour de Noël à regarder des films en continu et à manger des crackers au lit.

Molly rit.

— Ça a l'air charmant, en fait. J'adore Noël. Mais je comprends ce que vous voulez dire, la pression de toutes ces traditions peut être un peu oppressante.

— Exactement ! s'exclama Reginald, son visage s'illuminant.

— C'est une des raisons pour lesquelles j'ai déménagé dans un autre pays, pour bousculer un peu les choses. J'apprécie Noël dix fois plus maintenant, parce que toutes les traditions sont nouvelles et fraîches pour moi.

— Vous n'êtes pas comme les autres, Molly Sutton.

— Oh, je n'en suis pas si sûre.

Elle vit Ben entrer par la porte, et les gens frissonnèrent à cause de la bouffée d'air froid qu'il laissa entrer avec lui.

— Laissez-moi vous présenter mon fiancé, Ben Dufort. Voici Reginald, de... d'où est-ce que vous venez ?

Ils furent tous distraits par le bruit soudain de musique d'accordéon provenant de l'arrière-salle. Plusieurs Britanniques, qui en étaient à leur deuxième cocktail, commencèrent à danser.

— Je pensais qu'un soir de semaine, on aurait une soirée calme ici, mais on ne sait jamais, parfois Chez Papa peut devenir fou. Ça semble arriver de nulle part.

Mais Reginald fut entraîné par une jeune femme et agitait ses longs bras dans quelque chose qui ressemblait vaguement à de la danse. Molly rit et se tourna vers Ben.

— Je suis heureuse de te voir, dit-elle, en se penchant près de son oreille pour parler, puis en l'embrassant.

Il prit ses mains et les serra.

Nico fit glisser un kir devant Molly et s'excusa auprès de Ben, disant qu'il lui apporterait sa bière mais qu'il y avait quatre personnes avant lui dans la file.

— Tu veux aller ailleurs ? demanda Molly. C'est tellement bruyant, je ne pense pas qu'on va pouvoir examiner l'affaire comme prévu.

— On n'est pas obligés de travailler tout le temps, dit Ben, enveloppant les mains chaudes de Molly dans les siennes, froides.

Une autre bouffée d'air glacial, et Paul-Henri se tenait devant la porte. Il tira sur le bas de sa veste et scruta la salle avec une expression mécontente sur le visage.

— Paul-Henri ! appela Molly, lui faisant signe d'approcher. On n'a pas souvent le plaisir de vous voir sortir. Comment va la gendarmerie de Castillac ces jours-ci ? Les choses sont calmes ?

Paul-Henri haussa les épaules.

— Si vous voulez savoir s'il s'est passé quelque chose d'intéressant, je dirais que non. Et ça, comme vous en conviendrez sûrement, c'est plutôt une bonne chose.

Il essaya d'attirer l'attention de Nico mais échoua.

— Pourtant, vous n'avez pas l'air totalement satisfait.

— Si vous aviez dû passer une demi-journée à parler à Lucie Severin de ses nains de jardin, je crois que vous vous sentiriez plutôt aigrie vous aussi, lança-t-il. Vous savez ce que c'est, dit-il à Ben. Vous passez par une formation rigoureuse, vous voulez être prêt à tout moment pour aider les gens, pour protéger la sécurité des civils, pour faire respecter les lois de la belle France. Et vous finissez par passer votre temps à ramener un chien pour la dix millionième fois, et à avoir des conversations interminables sur le placement des nains de jardin. C'est décourageant, c'est tout. Alors, pour changer un peu ma routine, j'ai pensé que je passerais ici voir ce qui se passait. Je n'avais aucune idée que l'endroit était si animé.

— Ce n'est pas le cas habituellement, dit Molly. Souvent, c'est si calme qu'on peut entendre une mouche voler.

— Je crois que le froid a tué toutes les mouches, dit Paul-Henri. Quoi qu'il en soit, Madame Severin veut que je fasse une planque dans son jardin, pour attraper celui qui tripote ses nains.

Il m'a fallu une bonne demi-heure pour la convaincre que ce n'était pas une bonne utilisation du temps d'un gendarme, puisqu'il n'y avait aucun préjudice lié à l'acte.

— Je vais vous dire, dit Molly. Pourquoi ne me confieriez-vous pas ce problème ? Je suis d'accord, votre temps serait bien mieux employé à d'autres tâches. Et... vous ne pensez pas qu'il s'agisse vraiment de quelque chose d'autre qu'un enfant qui s'ennuie et essaie de semer la pagaille ?

— Comment pourrait-il en être autrement ?

— Si vous êtes d'accord, j'irai parler à Lucie et voir ce que je peux faire.

Paul-Henri fit une petite révérence.

— Je vous en serais très reconnaissant, Molly, dit-il.

— Alfie ! cria une jeune femme, et ils se tournèrent tous vers la porte.

Un homme corpulent entra en se dandinant, plissant les yeux vers la foule puis se dirigeant vers sa table.

— Qui est ce type ? demanda Molly. Je sais que c'est terriblement malvenu de ma part, mais je n'aime pas sa tête.

— Ton jugement est excellent, comme toujours, dit Ben. C'est Alfie Welton, l'un des gars que Fletcher Barstow a amenés dans notre village. Il émet des chèques sans provision et a déjà été arrêté pour fraude. Et peut-être pour comportement menaçant ? Maintenant que je ne consulte plus les données de la gendarmerie tous les matins, il est difficile de suivre.

— Qu'est-ce qui a bien pu amener les Barstow à Castillac, d'ailleurs ?

Ben haussa les épaules.

— Ils sont là depuis, oh, au moins quinze ans. Ils viennent du sud de l'Angleterre, si je me souviens bien. Il est comme un champignon dont on ne peut pas se débarrasser, peu importe ce qu'on lui jette dessus.

Molly rit.

— Je déteste simplement l'idée que Malcolm soit entouré de

ces gens, dit-elle doucement, mais il y avait trop de bruit pour une vraie conversation et elle abandonna.

Elle avait voulu lui parler de l'arrestation de Laurine pour vol à l'étalage, mais dans tout ce tumulte, avec l'accordéoniste qui ne montrait aucun signe de fatigue et la salle de plus en plus bondée de danseurs, en train de hurler et de rire, cette conversation allait devoir attendre.

🙣 2 1 🙢

Les obsèques de Camille Valette furent privées, avec seulement Simon et ses filles comme participants. Ils n'étaient pas proches de la famille élargie, qui était presque entièrement du côté de Camille. Plus que tout, Simon voulait simplement en finir avec les formalités et essayer de commencer une vie normale avec ses filles. Finalement, cependant, il fut convaincu par sa cuisinière, Merla, d'organiser au moins une petite réception à la maison pour que leurs amis de Castillac puissent venir présenter leurs condoléances. Elle eut lieu un jeudi après-midi, lorsque beaucoup travaillaient et ne pouvaient pas y assister ; Merla le fit remarquer mais Simon l'ignora.

Ainsi, ce jeudi-là, Merla et sa fille Ophélie arrivèrent juste après que Simon était revenu de déposer les filles à l'école.

— Allons-nous passer en revue le menu ? dit Merla à Simon, après lui avoir apporté une tasse de café fort. C'est simple, comme vous l'avez demandé. Des crudités, bien sûr. Des chips parce que les filles les adorent. J'ai fait un pâté aux truffes, et je ferai griller du pain pour l'accompagner. Quelques cheesecakes individuels avec une touche de sauce au chocolat et de framboise...

— Cela ne me semble pas si simple, dit Simon, mais son expression était douce. Je suis sûr que ce sera merveilleux, et que les invités apprécieront. Tout comme moi, ajouta-t-il. Y a-t-il autre chose ? Vous et Ophélie pouvez vous occuper de tout installer ? J'aimerais passer un peu de temps seul dans ma chambre. Je... je n'attends pas cette occasion avec impatience, comme vous pouvez l'imaginer. J'ai besoin de me préparer à une avalanche de questions auxquelles je ne veux pas répondre.

— Oui, je comprends, dit Merla. Nous nous occuperons de tout, et nous nettoierons après, bien sûr. S'il vous plaît, Monsieur Valette... mais elle ne trouva pas de mots pour le réconforter, et fit un rapide signe de tête avant de disparaître dans la cuisine.

Simon ne descendit pas pour le déjeuner. À quinze heures, l'heure prévue, la table de la salle à manger était soigneusement garnie de plats, et sur le buffet, le vin et les apéritifs côtoyaient plusieurs dizaines de verres en cristal. Les filles rentrèrent de l'école à pied et remontèrent l'allée avec une certaine appréhension.

— C'est drôle d'avoir une fête pour une personne morte, dit Chloë, alors que la maison apparaissait.

— Ce n'est pas pour elle. C'est pour nous, dit Gisèle.

— J'adore les fêtes. Je les adore, adore, adore. Mais je ne sais pas pour celle-ci. Est-ce qu'il y aura du gâteau ?

Gisèle passa un bras autour des épaules de sa sœur et ne dit rien. Une voiture s'engagea dans l'allée, suivie d'une autre, et en peu de temps, la salle à manger fut remplie de voisins et d'amis, et le son initialement étouffé de leur conversation céda la place aux bruits plus habituels d'une fête.

Simon se tenait à la porte d'entrée, embrassant les joues et serrant les mains de chacun à tour de rôle. C'était souvent gênant, car beaucoup d'invités n'avaient pas d'expérience avec un suicide et ne savaient pas quoi dire. Simon adopta une posture et une façon de parler qui étaient reconnaissantes, mais dignes et quelque peu distantes. Le premier moment où il s'illumina fut lorsqu'il vit la voiture de Molly s'engager dans l'allée.

— Merci, mes amis, dit-il à elle et à Ben alors qu'ils montaient les marches du perron.

— Nous sommes tellement désolés, dit Ben. J'aimerais qu'il y ait d'autres mots à dire.

Simon haussa les épaules, les yeux fixés sur Molly.

— Elle est en paix maintenant, c'est tout ce que nous pouvons nous dire.

— Oui, dit Ben.

Il y eut un moment gênant pendant lequel tous les trois regardèrent leurs chaussures sans parler.

— Eh bien, nous allons entrer, ce temps continue d'être ridicule, dit Molly, prenant le bras de Ben et entrant à l'intérieur.

Simon la regarda s'éloigner, puis ajusta son visage et se tourna vers les deux couples qui remontaient l'allée vers lui.

— Je ne sais pas pourquoi, mais j'ai toujours faim aux enterrements, chuchota Molly à Ben. Regarde, il y a Lapin.

Elle se servit une bonne portion du pâté de Merla sur un morceau de pain beurré, et se dirigea vers la petite bibliothèque attenante à la salle à manger.

— Bonjour, Lapin ! Je ne t'ai pas vu depuis des siècles. Maintenant que tu es marié, tu ne viens presque plus Chez Papa. Et bonjour Anne-Marie — je te tiens entièrement responsable de son absence.

— Bonjour, la Bombe, dit Lapin avec un sourire malicieux.

Et elle lui rendit son sourire ; cela faisait longtemps qu'il ne l'avait pas appelée ainsi, et ça lui rappela ses premiers jours à Castillac, quand son impression de Lapin était moins que positive mais qu'elle était si heureuse d'être en France, et enivrée par son nouveau village.

— J'avoue, nous agissons encore comme des jeunes mariés, dit Anne-Marie, resserrant son bras autour de la taille imposante de Lapin. En fait, maintenant que nous sommes venus et avons présenté nos respects, peut-être pourrions-nous rentrer à la maison, chéri ?

— Je dois passer un peu de temps à la boutique, répondit Lapin. Mais oui, en effet, partons. Une livraison est arrivée ce matin dont je dois m'occuper, et ensuite je suis tout à toi.

Ils gloussèrent – gloussèrent ! – et dirent au revoir avant que Molly ne puisse leur demander s'ils connaissaient la famille Petit.

Et pourtant, pensa-t-elle, scrutant la pièce et voyant Ben en pleine conversation avec Rémy – peut-être qu'elle pourrait se détendre juste un moment. Faire un effort pour être là pour les filles et Simon au lieu d'essayer de poser des questions sur l'affaire à chaque occasion.

Gisèle était de l'autre côté de la pièce, le visage levé vers un vieux voisin alors qu'elle l'écoutait parler. Elle portait une robe de soie que Molly avait déjà vue, la ceinture nouée en un nœud mou dans le dos. Cette vue faillit briser le cœur de Molly : la jeune fille encore si innocente, en train de faire de son mieux pour être polie et attentive même en ce jour commémorant la mort de sa mère. Sa mère, qui l'avait abandonnée de la manière la plus cruelle possible.

Elle se demanda où était Chloë, et erra de pièce en pièce à sa recherche. Elle n'était ni dans la cuisine, ni dans la salle à manger, ni dans la bibliothèque. Il faisait trop froid pour être dehors. Molly regarda autour d'elle pour s'assurer que personne ne la regardait et elle se faufila à l'étage, allant d'abord dans la chambre des filles, mais Chloë n'y était pas.

Molly s'arrêta devant la porte de la chambre de Simon et Camille. Elle la poussa du bout des doigts et elle s'ouvrit de quelques centimètres en grinçant. Elle poussa un peu plus fort et put apercevoir les rideaux en damas, élégants et d'apparence coûteuse. Pour une raison quelconque, Molly ressentit le besoin de voir l'endroit où Camille était morte, et elle entra rapidement dans la chambre de Simon, tout en comprenant parfaitement qu'elle ne devrait pas le faire, puis dans la salle de bains attenante.

Le carrelage blanc était impeccable, le lavabo n'avait pas la moindre trace d'eau. Une serviette bleu marine était soigneusement pliée sur une petite chaise en osier dans le coin. Il y avait une grande baignoire sur pieds, une douche avec une porte en verre, et un long miroir étroit. L'espace d'un instant, Molly imagina Camille, sans vie sur le sol, et son mari s'agenouillant à côté d'elle.

Puis Molly retourna rapidement dans la chambre et descendit les escaliers. Elle jeta un coup d'œil dans la salle à manger pour chercher Ben mais ne le vit pas.

— J'ai pensé qu'organiser cet événement en plein milieu de l'après-midi suffirait à décourager les gens de venir, dit Simon, alors qu'il apparaissait à son coude.

— Tu sous-estimes le peu de choses à faire à Castillac à cette période de l'année, répondit-elle. Attends, ça semble tellement impoli. Ce que je voulais dire...

Mais Simon souriait.

—Je comprends, dit-il. Ne t'inquiète pas.

— Tu as beaucoup d'amis ici, dit-elle. Des gens qui tiennent à toi.

—Je l'espère, dit Simon, en la regardant profondément dans les yeux et en posant sa main sur son avant-bras. Je l'espère vraiment beaucoup.

— Ravi de vous voir, Simon, dit une voix bourrue, et Simon retira sa main.

Molly se tourna vers la voix – c'était Monsieur Gradin, un entrepreneur local – et elle vit Ben juste derrière lui, son expression de marbre.

L'avait-il observée ? Avait-il entendu... mais Simon n'avait rien fait, n'avait rien dit, pas vraiment. Et elle non plus, pensa-t-elle avec un brin de défi.

—Je cherchais Chloë, en fait, dit-elle à tous. Est-ce que quelqu'un l'a vue ?

Mais elle n'attendit pas de réponse, car Molly réalisa, au

moment de poser la question, où se trouvait la fillette. Molly entra dans la salle à manger et jeta un coup d'œil sous la nappe. Chloë était là, assise les pieds repliés sous elle, appuyée contre le pilier au centre de la table, tenant un agneau en peluche tandis qu'elle suçait son pouce.

— Ma chérie, dit doucement Molly. Voudrais-tu sortir et me dire quelle friandise tu préfères ? Et une fois que tu en auras choisi une pour moi, peut-être que je pourrais la manger dans ta chambre, où il n'y a pas autant de monde ?

Chloë avait arraché son pouce de sa bouche dès qu'elle avait vu Molly.

— Oui, c'est celle à la framboise, pas celle au chocolat, dit-elle, avec une certaine autorité.

— Je pensais que tu étais dévouée au chocolat, dit Molly alors que la fillette sortait de sous la table.

— Je le suis, dit Chloë, comme si Molly avait dit quelque chose de remarquablement obtus.

Elles prirent une assiette avec plusieurs cheesecakes à la framboise et montèrent dans la chambre des filles.

Un million de questions traversèrent l'esprit de Molly, mais elle eut la présence d'esprit et la sensibilité de ne pas les poser. Camille Valette avait été une femme compliquée et malade. Elle avait parfois très mal traité ses propres filles, et Molly ne pouvait s'empêcher de ressentir un léger soulagement qu'elle ne soit plus là pour leur faire du mal. En même temps, elle comprenait que les filles aimaient quand même leur mère, comme le font les enfants.

— Parle-moi de ton agneau, dit Molly, quand elles eurent presque fini leurs cheesecakes. Quel genre de compagnon est-il ?

— Ce n'est pas un compagnon, dit Chloë, horrifiée. C'est une petite fille. Et un renard est venu et a mangé sa mère, alors maintenant elle n'a plus que moi.

Les larmes montèrent aux yeux de Molly et elle les essuya discrètement, puis prit la fillette dans ses bras et la serra fort.

❧ 22 ☙

Le lendemain matin, Ben était debout avant Molly, en train de boire un café et de regarder par les portes-fenêtres la prairie derrière la maison. Il finit par charger le poêle à bois pour réchauffer la pièce, sortit son carnet et relut les griffonnages des derniers jours.

— Bonjour, lui dit une Molly encore endormie, toujours en pyjama et en robe de chambre, se précipitant vers la cafetière française qui contenait encore une tasse raisonnablement chaude.

— Bonjour, répondit Ben sans lever les yeux.

Molly avait une assez bonne idée de ce que cela signifiait, mais elle n'était qu'à moitié réveillée et décida de laisser tomber pour le moment.

— Alors, dit-elle avec une note de gaieté quelque peu forcée dans la voix, tant qu'il fait encore un froid de canard dehors, je propose qu'on passe la matinée à regarder ces vidéos de Petit que tu as déterrées. Je sais que tu les as déjà vues, mais à l'époque tu cherchais un simple voleur. Tu ne penses pas qu'on pourrait voir quelque chose d'utile, avec la nouvelle perspective de son meurtre ?

Ben prit un moment pour répondre.

— C'est possible, dit-il. Mais rappelle-toi, j'ai regardé les bandes presque quotidiennement pendant l'enquête. S'il n'y avait rien, je laissais le système les effacer. Donc le nombre de bandes que j'ai gardées n'est pas énorme.

— Eh bien, tant mieux, j'imagine.

Molly s'assit à côté de lui et se pencha pour l'embrasser sur la joue. Ben fit mine de l'embrasser en retour, puis se leva pour fouiller dans la boîte de cassettes, en sortit une et la mit dans le magnétoscope.

— C'est dommage que les caméras aient été cassées. Il aurait pu filmer son propre meurtrier !

— Espérons que le tueur rôdait déjà dans les parages des mois avant. C'est probablement une perte de temps, mais regardons quand même.

Sur l'écran de télévision apparut l'arrière-cour de la maison de Petit. La vue était étroite, montrant un petit chemin à côté de la maison et une partie de la pelouse. Un cyprès sur la gauche, un grand pot en céramique avec une vigne qui débordait sur le côté. Ben et Molly ne dirent rien mais gardèrent les yeux fixés sur l'écran. Il n'y eut aucun mouvement pendant de nombreuses minutes, même si Ben avait réglé la bande pour qu'elle défile à une vitesse quatre fois supérieure à la normale.

— C'est drôle, d'après la façon dont tu as décrit Petit, je n'aurais pas deviné qu'il s'intéressait aux plantes, dit Molly.

— Tu crois qu'un pot signifie qu'il s'y intéressait ?

— Eh bien, il y a aussi la topiaire près de la porte d'entrée. Le cyprès... mais bien sûr, il a été planté il y a longtemps, peut-être par quelqu'un d'autre. Je dis juste... je dis juste ce qui me vient à l'esprit, Ben. Et le pot avec la vigne semble déplacé. Ou... ne pas correspondre à qui il était.

— Tu crois que tous les jardiniers ont un tempérament facile ?

— Je n'ai pas dit ça.

Ben haussa les épaules à la française, et Molly se dit de se taire et de regarder la bande.

Ils finirent le reste du café et grignotèrent des morceaux de pain plutôt rassis tartinés de beurre et de confiture de groseilles à maquereau. Il fallait une certaine discipline pour continuer à regarder l'écran quand ce n'était qu'une vue statique où rien ne bougeait, rien ne changeait.

Puis au même moment, ils remarquèrent tous deux un mouvement au bord du cadre.

— Je ne me souviens pas avoir vu ça avant, dit Ben en se penchant vers l'écran.

La bande avait commencé la nuit, mais le soleil se levait – à une vitesse quatre fois supérieure – et une ombre apparut sur le côté droit, tombant sur l'herbe. Qui que ce soit se tenait immobile, portant ce qui semblait être un chapeau mou. Il était juste hors du cadre, mais son ombre bougeait un peu de temps en temps, comme s'il s'impatientait.

— Hm, dit Molly. Donc tu n'avais pas vu ça avant ?

— Non, dit Ben d'un ton sec. Comme tu pourrais t'en souvenir, notre temps était pris par l'affaire Valette et parfois mon visionnage des bandes de Petit était précipité.

Molly ne dit rien. Elle se demanda si Ben avait déjà regardé cette bande en particulier, puisque l'ombre n'était pas subtile et restait visible à l'écran pendant un certain temps.

Quand la bande se termina, l'ombre n'avait pas bougé.

— Donc... qui que ce soit... se tenait dans l'arrière-cour ? Juste debout là ? Peux-tu estimer combien de temps il est resté là ?

Ben rembobina la bande pour vérifier l'horodatage de l'apparition de l'ombre, puis avança rapidement jusqu'à la fin.

— Environ vingt minutes, dit-il en fronçant les sourcils.

— C'est long pour rester à un endroit sans rien faire. À moins d'attendre dans une file, ou pour un bus, quelque chose comme ça.

Ben hocha la tête.

— À quel point l'arrière-cour est-elle sécurisée ? demanda Molly.

Ben haussa les épaules.

— Comme tu le sais, la maison est attenante à la maison voisine à l'ouest, avec un passage du côté est. Le passage est étroit et a une porte verrouillée. Pour entrer dans l'arrière-cour, il faut avoir une clé pour cette serrure, ou faire tout le tour du pâté de maisons, puis passer par un autre passage qui longe l'arrière-cour de la maison directement derrière celle de Petit. Sa cour est protégée par un mur en pierre, d'environ deux mètres et demi je dirais.

— Et la porte ?

— Vieille et épaisse, avec des clous en fer. La serrure est neuve et très sécurisée.

— Donc le tueur a dû apporter une échelle ?

— Ce serait le moyen le plus simple.

— Mais risqué.

— Ça pourrait attirer l'attention, oui.

— À moins que tu n'aies pris l'échelle quelque part au centre du pâté de maisons, et que tu n'aies pas eu à la porter dans la rue. Jean Chavanne, par exemple − peut-on accéder à sa maison par l'arrière ?

— Je crois que le passage se divise vers son arrière-cour, oui. Et il pourrait aussi avoir une clé pour le passage entre leurs deux maisons.

— C'était à peine l'aube quand l'ombre est apparue. Il aurait pu facilement utiliser son échelle, la hisser et la mettre dans la cour de Petit pour pouvoir ressortir. Puis quand il est parti − après l'aube, on le sait − il aurait pu simplement repasser par-dessus le mur et ranger l'échelle dans son hangar. Aucun risque que quelqu'un dans la rue ne voie quoi que ce soit.

— Il y a un garage à l'arrière de la propriété de Chavanne.

Molly hocha la tête avec enthousiasme.

— On n'a aucune idée à qui appartenait cette ombre, dit Ben.

— Je sais, dit Molly. Je vais aller voir Chavanne aujourd'hui. Peut-être que je peux le faire parler du chien de Petit, ou de l'arbre qui faisait l'objet d'un litige.

— Et si l'ombre pouvait être la sienne.

Molly hocha la tête.

Ils restèrent assis en silence, agacés l'un envers l'autre et à court d'autres idées pour découvrir qui se tenait juste hors de vue sur la bande.

&

— J'emmène Chloë et Gisèle à un cours d'art à Bergerac cet après-midi, dit Molly à Ben après qu'ils s'étaient habillés et qu'elle avait emmenée Bobo faire une courte promenade dans les bois.

— Elles n'ont pas école ?

— Simon leur a donné un jour de congé. C'est dur pour elles.

Ben ne répondit pas.

— Je te tiendrai au courant de l'entretien avec Chavanne.

— À bientôt.

Molly voulait filer par la porte et commencer sa journée, mais elle s'arrêta, ne voulant pas laisser les choses avec Ben dans une ambiance si distante. Elle était sur le point de dire quelque chose de conciliant quand la voix robotique lui revint à l'esprit.

Attends, se dit-elle. Il y a quatre-vingt-dix-neuf pour cent de chances que celui qui passe ces appels essaie simplement de semer la pagaille. Mais il faut se méfier de ce un pour cent.

Laisse les choses se dérouler encore un peu, se dit-elle, en lançant « À bientôt ! » à Ben et en quittant la maison.

Il n'y avait pas de circulation, comme d'habitude, et Molly arriva chez les Valette en quelques minutes. Simon ouvrit la porte d'entrée du manoir avant qu'elle ne puisse sortir de la voiture.

— Bonjour ! s'écria-t-il.

Molly vit qu'il portait ses vêtements de travail extérieur, un jean poussiéreux et un vieux pull.

Gisèle et Chloë sortirent en courant de derrière lui. Molly se dirigea vers elles, mais Simon fit un signe de la main et dit :

— À tout à l'heure quand vous reviendrez. Merci, Molly !

Et il rentra à l'intérieur.

Hm, pensa Molly.

— Bonjour, mes petites, dit-elle en se tournant vers les filles et en se penchant pour leur faire une bise. Vous avez hâte d'être à votre cours ?

— Moi oui, mais pas Gisèle, dit Chloë, alors que les deux filles s'agitaient à la recherche de leurs ceintures de sécurité.

— Ce n'est pas vrai, dit Gisèle.

— C'est toujours un peu effrayant de rencontrer un nouveau professeur, dit Molly. Mais je pense que vous allez adorer Madame Clochot. C'est une petite dame âgée, pas du tout effrayante. Et elle s'y connaît beaucoup en dessin. D'après ce qu'on dit, c'est aussi une enseignante talentueuse. Ces qualités ne vont pas souvent de pair.

— Eh bien, j'espère qu'elle n'est pas trop sérieuse, dit Chloë.

Molly jeta un coup d'œil dans le rétroviseur et vit Gisèle regarder les champs défiler, le visage impassible.

Elle est trop jeune pour tout ce qui s'est passé, pensa Molly avec tristesse. Trop jeune pour la vie qu'elle a endurée cette dernière année.

Elles roulèrent jusqu'à Bergerac avec beaucoup moins de bavardages que d'habitude, à peine un mot venant de Gisèle. Molly la laissa tranquille. Finalement, elles arrivèrent au premier feu rouge et Molly se retourna pour les regarder.

— Voilà ce qui va se passer. J'ai pris vos fournitures, elles sont dans le coffre. On va s'arrêter chez Madame Clochot, sortir vos affaires, et vous y allez. J'ai du travail à faire pendant votre cours, mais je serai de retour à cinq heures pile pour vous récupérer et vous ramener à la maison.

— Molly, dit Gisèle, en sortant lentement de la voiture.

— Oui ?

— Tu peux nous donner ton numéro de téléphone ? Au cas où ?

Molly n'hésita pas, et elle n'eut pas besoin de demander « au cas où quoi ? » Madame Clochot les accueillit à la porte avec une vivacité enjouée, les filles entrèrent rapidement pour échapper au froid, et Molly était libre d'essayer de retrouver Jean Chavanne.

Claude Blanchon lui avait dit que Chavanne était maintenant à la retraite, et elle espérait le trouver chez lui. La rue Lafayette était vide. C'était tellement plus difficile de mener une enquête en hiver, quand tout le monde était enfermé à l'intérieur, pensa-t-elle avec un soupir. Le passage entre la maison de Chavanne et celle de Petit était à peine assez large pour qu'une personne adulte puisse y passer les épaules. La maison de Chavanne était imposante et majestueuse, construite en calcaire gris clair au lieu de la fameuse pierre dorée du Périgord, avec une porte d'un vert vif – une teinte plus éclatante que tout le reste du quartier. Le vert rappelait à Molly les pantalons de golf de Boston, où une certaine partie de la population affectionnait les couleurs les plus vives, rose et vert, pour leurs vêtements de loisirs.

Elle se tenait de l'autre côté de la rue, pour observer. À l'étage et au rez-de-chaussée, les volets étaient ouverts. Elle aurait aimé avoir posé à Blanchon un certain nombre de questions : Chavanne avait-il une famille et est-ce que certains d'entre eux vivaient avec lui ? Avait-il une employée de maison ? Molly supposa, vu la taille et la grandeur de la maison, qu'il avait au moins une femme de ménage.

La rue restait absolument calme. Aucune circulation, ni à pied ni en voiture. Était-ce toujours aussi calme ? Cela rendrait-il plus facile ou plus difficile de s'introduire dans la maison de quelqu'un pour le tuer ?

Finalement, elle traversa la rue, monta les trois marches jusqu'à la porte d'entrée, et donna un coup vigoureux avec le heurtoir, puis un autre. Elle tendit l'oreille vers la porte et écouta pour entendre des pas.

Elle frappa à nouveau.

Sur le point d'abandonner, elle crut entendre quelque chose, pas une démarche assurée mais plutôt un traînement. La porte s'ouvrit et un petit homme, le dos voûté, la fusilla du regard.

— Excusez-moi de vous déranger, mais j'ai un problème, lâcha Molly.

Les yeux du vieil homme s'adoucirent d'un ou deux degrés.

— Je m'appelle Molly Sutton. Je suis détective privée et je travaille sur l'affaire Petit.

Jean Chavanne sourit faiblement.

— Ah, ce cher Bernard disparu, dit-il, souriant avec plus de vigueur. Entrez, dit-il et il fit un geste de la main puis ferma la porte derrière elle.

Il la conduisit dans le salon et s'assit dans un fauteuil usé. Molly jeta un coup d'œil autour d'elle, voyant du papier peint défraîchi, des tissus d'ameublement usés avec des taches, une couche de poussière sur les tables d'appoint. Pas de femme de ménage finalement, ou alors une très mauvaise.

— Merci, j'apprécie que vous acceptiez de me parler. J'emmenais justement des amies à un cours d'art et j'ai pensé passer, dit Molly.

— Ah, dit Jean, avec un sourire sincère. On dit que la musique adoucit les mœurs, mais dans mon cas, je choisirais la peinture.

Molly hocha la tête, impatiente de poser des questions.

— Je me demandais si vous pouviez me donner quelques informations sur Monsieur Petit ? On nous a dit que c'était un homme difficile et grandement détesté — les gens n'ont pas tardé à nous le faire savoir, comme vous pouvez l'imaginer. Mais que pouvez-vous me dire d'autre à son sujet ?

Chavanne grimaça en se renfonçant dans son fauteuil.

— Quoi d'autre ? C'était un fléau pour l'humanité, c'est un fait. Je suis absolument ravi que quelqu'un ait décidé de nous sortir tous de notre misère. Si vous trouvez celui qui lui a fracassé le crâne, transmettez-lui mes sincères félicitations pour un travail bien fait.

Les yeux de Molly s'écarquillèrent.

— Ah, donc je... D'accord. Nous n'avons pas encore trouvé une seule personne qui semble regretter son décès.

— Et vous n'en trouverez pas.

— Je comprends. Est-ce que... vous avez déjà bavardé dans la rue, pris un verre ensemble, quelque chose comme ça ?

Chavanne la regarda de travers.

— Est-ce que vous entendez ce que je vous dis ? Est-ce que j'ai l'air de parler d'un homme avec qui j'aurais socialisé de quelque manière que ce soit ? Pour qui me prenez-vous ?

Molly secoua rapidement la tête.

— Je suis désolée, ce n'est pas ce que je... Je parle un peu par expérience, Monsieur Chavanne. Chez moi, nous avions des voisins pénibles que nous ne supportions pas. Mais il nous arrivait très occasionnellement d'observer certaines formalités...

— C'est un simulacre auquel je n'étais pas disposé. À quoi cela aurait-il pu servir ?

— La paix ?

Chavanne agita la main et détourna le regard.

— Vous et Petit aviez un différend de longue date au sujet d'un arbre, à ce que j'ai entendu ?

Les yeux de Chavanne s'illuminèrent.

— Bernard n'aimait pas cet arbre plus que moi ! Il était mal formé et laissait tomber ses petits fruits nauséabonds partout dans mon jardin !

— Son refus de le couper était-il lié au fait qu'il ne voulait pas en assumer les frais ?

— Vous êtes un peu lente d'esprit, n'est-ce pas ? Non, il ne s'agissait pas des frais, bien qu'il soit également vrai que Bernard était plus radin que n'importe qui. Il n'a pas enlevé l'arbre parce que j'ai commis l'erreur de lui dire que je voulais que l'arbre soit enlevé. C'était un homme qui se délectait de bloquer les satisfactions et les plaisirs des autres, Madame Sutton. Je suppose que vous avez eu la chance de ne pas avoir croisé une personne comme celle-là dans votre vie.

— Honnêtement, Monsieur... J'ai connu beaucoup de gens agaçants et même méchants dans ma vie, comme nous tous. Mais Bernard Petit semble être l'un des pires. Je peux comprendre que l'avoir comme voisin a dû être extrêmement éprouvant.

Chavanne inclina la tête.

— Avez-vous connaissance de quelqu'un qui aurait pu... être impliqué dans le meurtre ? Peut-être quelqu'un que Petit aurait poussé trop loin ?

Chavanne regarda Molly et sourit.

— Vous n'êtes vraiment pas très à l'écoute, n'est-ce pas ? Je viens de vous dire de féliciter son meurtrier, et maintenant vous me demandez de le dénoncer ? Écoutez bien mes paroles, Molly Sutton : le meurtrier de Bernard Petit mérite une médaille d'or à mes yeux, pas une peine de prison !

Elle prit une inspiration, essayant de penser à d'autres stratégies. Au-dessus de sa tête se trouvait une peinture à l'huile, poussiéreuse, représentant la mer de nuit, avec un minuscule voilier au loin.

— Ces marins étaient si courageux, dit-elle en désignant le tableau.

Elle crut voir une lueur de chaleur sur son visage.

— En effet, dit-il en se tournant pour regarder le tableau un instant. J'aime beaucoup les peintures, dit-il. Je passe du temps chaque mois dans les musées, ici et là.

Molly se sentait irritée et n'était pas d'humeur à parler d'art.

— Avec un meurtre qui a eu lieu juste à côté, n'êtes-vous pas du tout inquiet pour votre propre sécurité ?

— Moi ? Pas du tout. Je peux prendre soin de moi-même, dit-il en se redressant et en s'efforçant de redresser son dos.

Ses yeux étaient rouges et larmoyants. Molly essaya de l'imaginer en train de porter une échelle hors de son garage, d'escalader le mur et de tirer l'échelle après lui. Très peu probable, sans compter que Chavanne était petit, même rabougri, et que sa silhouette ne correspondait pas à la forme massive de l'ombre sur la vidéo.

— Je penserais simplement que si c'était moi, le fait que mon voisin soit tué violemment rendrait le sommeil un peu plus difficile la nuit.

— Pff, dit Chavanne.

Molly était sur le point de se lever et de partir, pensant qu'elle perdait son temps dans une impasse, quand Chavanne se pencha vers le bureau à côté de lui et ouvrit un tiroir. Il en sortit un pistolet, ferma le tiroir et inclina la tête vers Molly.

— Je n'ai jamais aimé les flics, dit-il en soupesant l'arme dans sa main.

Elle ne connaissait pas grand-chose aux armes mais était à peu près sûre de l'avoir vu enlever la sécurité. Son doigt reposait sur la gâchette et il le pointait vers divers objets dans la pièce.

— Je ne suis pas flic.

— Non ? C'est tout comme, cependant.

Il utilisait le canon du pistolet comme un pinceau, le faisant tournoyer dans une direction puis dans l'autre, faisant des boucles autour d'un abat-jour, montant et descendant le long de ses jambes, pour finalement le pointer droit sur son visage.

— Monsieur Chavanne, dit doucement Molly. Je ne pense pas que vous êtes censé faire ça, à moins d'en avoir l'intention.

Il la regarda intensément puis ricana. Il leva le pistolet et regarda à travers le viseur, fermant un œil, visant toujours Molly.

— Il est tard. Je vais prendre un apéro et quelques noix de pécan. J'aime beaucoup les noix de pécan et je les fais venir de Géorgie, aux États-Unis. Vous êtes déjà allée en Géorgie et vous y avez mangé des noix de pécan, Madame Sutton ?

— Les noix de pécan sont un fruit à coque merveilleux, dit Molly, qui commençait à trembler en regardant le canon du pistolet, long et étroit, comme un doigt métallique mortel pointé sur son nez.

— Je vais prendre mon apéro seul. Et j'aime mes petits rituels,

Madame Sutton, comme vous les aimerez sans doute aussi quand vous atteindrez mon âge. Si vous y arrivez, ajouta-t-il.

Aussi rapidement qu'elle le put tout en restant polie, Molly le remercia pour son temps et se leva lentement, espérant qu'il essayait seulement de lui faire peur et n'allait pas tirer. Chavanne se contenta de ricaner à nouveau tandis qu'elle se précipitait hors du manoir en pierre calcaire à la porte vert vif, et courut jusqu'à sa voiture pour aller chercher les filles à leur cours.

Qu'est-ce qu'il y avait donc dans l'eau de la rue Lafayette ?

❦ 23 ❦

Le lendemain matin, Molly décida de sortir de la maison et de faire les courses tôt. Elle avait promis à Paul-Henri qu'elle s'occuperait du problème de nains de jardin de Lucie Severin, et elle avait pensé à un moyen facile de l'accomplir. Et après la frayeur que Jean Chavanne lui avait faite, elle se sentait reconnaissante d'avoir un problème agréable, facile et non mortel à régler.

Le marché était l'un des pires que Molly ait jamais connus, à cause du froid désagréable. On ne pouvait pas se leurrer en pensant que c'était tolérable quand un vent glacial balayait la rue, et on avait l'impression qu'on aurait tout aussi bien pu être nu tant les vêtements offraient peu de protection. Les conversations se limitaient aux transactions en cours, et personne n'était d'humeur à bavarder. Molly acheta son panier de légumes et quelques saucisses chez son charcutier gauchiste préféré, puis se dirigea vers la pâtisserie Bujold, comme à son habitude.

Mais à mi-chemin, elle changea d'avis. Ce n'était pas que sa ferveur pour la pâtisserie ait diminué en quoi que ce soit, même si la ceinture de ses vêtements semblait avoir rétréci dernièrement. C'était qu'elle voulait en finir avec l'affaire des nains de jardin pour pouvoir retrouver Ben et mettre les choses au clair.

Ce n'était qu'un petit accroc, pensait-elle. Mais mieux valait discuter de l'accroc avant qu'il ne devienne un trou béant.

Oh, mais elle devrait vraiment apporter un petit quelque chose aux hôtes du gîte ; elle les avait terriblement négligés.

Je vais juste presser Edmond, pensa-t-elle en continuant vers la pâtisserie. C'était bondé et il n'avait pas le temps de bavarder de toute façon, donc Molly put repartir avec seulement quelques miettes d'un croissant aux amandes sur le visage, mangé à la hâte et, très contrairement à la coutume française, dans la rue alors qu'elle se frayait un chemin sur les pavés vers la maison des Barstow. Elle ne vit ni amis ni connaissances, le froid ayant chassé tout le monde à l'intérieur.

Molly avait pris l'habitude de surveiller toute maison dont elle s'approchait, et donc une fois que la location des Barstow fut en vue, elle ralentit et observa. C'était une maison à colombages, plutôt inhabituelle dans la région. Elle avait besoin d'être repeinte. Le toit semblait instable. Elle pouvait entendre un enfant pleurer.

À la porte d'entrée, elle fit une pause, se demandant si son idée était mauvaise, s'il pourrait y avoir des conséquences imprévues qu'elle n'envisageait pas. Puis elle frappa vigoureusement à la porte.

— Madame Sutton ! dit Malcolm avec surprise. Que faites-vous ici ?

— C'est comme ça que tu accueilles les visiteurs ?

— Non, je... on n'a pas vraiment de visiteurs. Je veux dire, sauf si...

Il s'interrompit.

— Tu vas m'inviter à entrer ? Il fait terriblement froid ici dehors.

— Ouais, bien sûr !

Le garçon passa sa main dans ses cheveux, qui étaient coupés selon la mode actuelle avec une sorte de crête de coq dressée au milieu du sommet de sa tête. Des boutons parsemaient son front. Il sourit à Molly alors qu'elle entrait.

La porte d'entrée ouvrait sur une grande pièce au rez-de-chaussée qui comprenait la cuisine et une sorte de salon. Un canapé bon marché faisait face à un vieux téléviseur dont une touffe de fils sortait de l'arrière. Des assiettes sales s'empilaient sur le comptoir de la cuisine et dans l'évier.

— Désolé pour le désordre, marmonna-t-il. Que puis-je faire pour vous ?

— J'ai un petit boulot et je suis prête à payer.

Les yeux de Malcolm s'illuminèrent.

— Je sais que tu n'es pas très familier avec le travail légalement rémunéré, dit-elle pour le taquiner, mais voici comment ça va se passer. Je te dis à l'avance ce qu'est le travail. Je te paierai un tiers d'avance parce que pour une raison folle, je te fais confiance. Quand tu auras fini le travail, tu auras le reste. Comment ça te semble ?

— Très bien.

Malcolm attendit que Molly décrive ce qu'il devait faire. Il mourait de curiosité mais ne voulait pas perdre sa dignité en la pressant.

Molly regardait autour de la pièce, triste que Malcolm et les autres enfants vivent dans un endroit si mal entretenu.

— Comment vont tes frères et sœurs ? Et ta mère ?

— Elle est au lit, dit-il en se redressant. Je m'occupe de tout, ça va.

Molly pensait qu'il était assez évident que tout n'allait pas bien.

— Bien. D'accord. Donc la situation est la suivante : tu connais Lucie Severin, la veuve de Monsieur Severin, qui était autrefois directeur de l'école primaire ?

Malcolm hocha la tête.

— Elle a quelques problèmes, sa vie n'est pas facile. Peut-être que cela explique pourquoi quelque chose d'aussi trivial l'a tant agitée. Apparemment, elle a plusieurs nains de jardin dans sa cour avant, et elle croit que quelqu'un les déplace pour des raisons malveillantes.

Ses yeux s'écarquillèrent.

— Des nains de jardin ? Qu'est-ce que c'est ?

Molly rit.

— Juste des petits personnages en poterie. Des nains faits d'argile.

Malcolm semblait mystifié.

— À quoi ça sert ?

— C'est juste décoratif, Malcolm. Fantaisiste, je suppose. En tout cas, tu peux comprendre que personne ne veut que ses affaires soient dérangées sans sa permission. Peu importe ce que sont les possessions, tu comprends ce que je veux dire ?

Malcolm haussa les épaules.

— Vous voulez que je trouve qui fait ça ?

— Oui, dit Molly. Je suis sûre à cent pour cent que ce n'est rien de plus que des enfants qui essaient d'être drôles, mais cela la rassurerait si nous savions qui c'était et si nous pouvions y mettre fin. Et nous rendrions service à l'officier Monsour, et lui permettrions de consacrer son temps à des questions plus importantes pour le village. Considère ce travail comme un moment pour toi d'exprimer un peu de devoir civique, ajouta-t-elle, le taquinant à nouveau.

— Oh, attendez une minute, dit Malcolm, son visage devenant rouge. Je ne veux pas aider ce crétin !

— Il t'a attrapé en train de voler à l'étalage encore ? demanda Molly.

Malcolm fit le tour du comptoir de la cuisine, prit une tasse en métal et la claqua.

— Ce n'est pas comme ça, dit-il.

— Écoute, je sais que tu pourrais avoir besoin d'argent. Je te paierai cinquante euros.

— Pour attraper un écolier ?

Molly hocha la tête. Elle avait lâché le chiffre sans y réfléchir – maintenant elle avait placé la barre beaucoup trop haut si jamais elle voulait l'embaucher à nouveau pour quoi que ce soit. Mais la vue de la maison et de l'enfant qui pleurait à l'étage...

— C'est parti, dit Malcolm. Donnez-moi l'adresse et je vous livrerai le coupable sur un plateau.

— Fantastique. Son adresse est 106 rue Anatole France. Ne te fais pas voir, ça la rendrait nerveuse de se sentir observée.

Malcolm eut un sourire narquois.

— Je vous en prie, dit-il en levant les yeux au ciel. Vous me vexez.

— Alors, comment ça se passe maintenant que ton père est de retour ? dit-elle, essayant de paraître désinvolte.

— C'est nul, répondit-il, sans donner plus de détails, et Molly prit congé avant de se diriger vers la voiture et La Baraque.

❧

Après avoir fermé la porte, Malcolm resta un moment à savourer sa bonne fortune. La vie pouvait être terrible par moments, mais il semblait toujours retomber sur ses pieds et il en était reconnaissant.

— Malcolm ! appela sa mère depuis l'étage.

Sa voix était rauque et mal assurée.

— J'arrive, M'man ! cria-t-il, et il bondit vers l'escalier, montant les marches deux par deux.

Quand il arriva au premier étage, son père sortit de la salle de bain et lui barra le chemin.

— Que faisait cette femme ici ? demanda-t-il.

— Rien. Elle est venue me voir. Nous sommes amis.

— Amis ? Tu te moques de moi, gamin ?

Fletcher Barstow gifla Malcolm à l'arrière de la tête.

— Fletch, appela Mme Barstow depuis la chambre.

— Ton fils dit qu'il est ami avec la rousse américaine. Celle qui vit en concubinage avec Ben Dufort, rien que ça.

— Tu peux m'apporter de l'eau ? dit Mme Barstow.

Malcolm saisit l'occasion pour descendre lui en chercher. Il avait récemment chapardé quelques bouteilles d'eau minérale – pas de l'Evian ou du Perrier, mais quand même, l'étiquette indiquait « Eau minérale ». Il rinça un verre et le remplit.

— Voilà, M'man, dit-il en entrant dans la chambre.

Elle était assise dans le lit, le teint plus pâle que pâle, de sombres cernes sous les yeux.

Fletcher fit deux pas et frappa la main de Malcolm, les aspergeant tous les trois d'eau minérale.

— Oh, pourquoi t'as fait ça ? dit Malcolm.

Fletcher fit un pas de plus et frappa son fils à la mâchoire. Le garçon s'effondra au sol et ne bougea plus.

Sa mère poussa un cri, sortit du lit en titubant et s'agenouilla près de lui. Le bébé continuait de pleurer dans la pièce d'à côté. Fletcher Barstow descendit l'escalier en trottinant, prit une bouteille de whisky sur le comptoir de la cuisine et quitta la maison.

Ben n'attendait pas à La Baraque comme Molly l'imaginait, mais se dirigeait vers Bergerac par la N21 pour rencontrer Léo Lagasse, après s'être arrêté à la pâtisserie Bujold pour acheter une petite douceur avec laquelle tenter Léo.

Pendant qu'il conduisait, Ben laissa son esprit vagabonder sur les faits de l'affaire Petit, aussi minces soient-ils. Il n'avait pas réussi à vérifier l'alibi de Franck – c'était la seule faible possibilité jusqu'à présent. Certes, le jeune homme avait souffert aux mains de son père, et qui pouvait dire combien de souffrance suffisait pour pousser une personne au meurtre ? Il était vrai que Franck semblait être un bon gars, le type le plus décent au monde, en fait. Peut-être avait-il assassiné son père par excès de préoccupation pour le reste du monde.

Mais Ben devinait que les détails de son alibi finiraient sans doute par se mettre en place et qu'il pourrait rayer le nom de Franck de la liste, tout comme celui de Laurine. L'assistante de cette dernière avait confirmé les allées et venues de Laurine non seulement pour la nuit du meurtre, mais aussi pour la semaine précédente.

Il ne pouvait pas simplement se présenter à la gendarmerie et demander à voir Léo ; cela nécessiterait un peu plus de chance et de démarches que cela. Ben avait passé quelques coups de fil et découvert que, sans surprise, Léo était un homme d'habitudes, et l'une de ces habitudes concernait un arrêt en fin d'après-midi dans un café près de la statue de Cyrano de Bergerac, vers la rivière. Ben trouva une place de parking sans problème et prit soin de récupérer la petite boîte en carton qui contenait une tarte à la pistache et au rhum, l'une des spécialités d'Edmond Nugent. Il aperçut Léo à travers la fenêtre du café et lui fit signe.

— Mon ami, dit Léo en se levant pour lui serrer la main. Tu passes par hasard ? demanda-t-il avec une pointe de sarcasme.

— Ah, Léo, dit Ben. J'avais une affaire, enfin, pas exactement une affaire, mais une tâche en rapport avec mon prochain mariage. Tu as entendu que je me marie dans quelques semaines ?

— Et pourtant tu te tiens là sans trembler, tes jambes bien ancrées. Étrange.

— Tu attends quelqu'un ?

— Non, non, dit Léo en désignant une chaise vide. Assieds-toi ! Et pose-moi toutes les questions que tu as en réserve.

Ben faillit protester, mais Léo ne semblait pas s'en soucier. Il posa la boîte blanche sur la table et s'assit.

— Alors ? Des progrès ?

— Non. Nous avons des prélèvements ADN au laboratoire mais jusqu'à présent, pas un mot. C'est choquant, cette paresse. Pendant ce temps, un meurtrier prend ses aises. Il est probablement en train de déguster une pâtisserie et un café lui aussi, quelque part, pendant que nous restons assis à nous tourner les pouces.

— Et la femme de ménage, quelque chose de ce côté-là ?

— Tu veux dire comme suspecte ? La petite Sarah Berteau ? Oh mon vieux, tu as commencé à boire tôt aujourd'hui ? Bernard Petit n'a pas été tué par un petit oiseau comme Sarah Berteau. Ce coup sur son crâne devait être l'œuvre d'un homme, quelqu'un de fort.

— Mais tu as sûrement vu, à un moment ou à un autre, que les femmes peuvent aussi être physiquement fortes ? Surtout dans un cas de bouleversement émotionnel.

— Tu parles de ces vidéos de femmes qui soulèvent des voitures quand un enfant est piégé ?

— Non, je parle d'avoir vu de mes propres yeux des démonstrations de force extraordinaire de la part de femmes dont on ne soupçonnerait pas de telles prouesses. Donc pour Petit – si une femme était suffisamment en colère, crois-tu vraiment que frapper sa tête avec ce cendrier aurait été si difficile ?

Léo haussa les épaules, les yeux fixés sur la boîte blanche. Ben fit signe au serveur et commanda un expresso.

— Donc ta liste de suspects ne comprend que des hommes, dit Ben pour essayer de faire parler son ami. Franck, sans doute. De notre côté, son alibi n'a pas été vérifié, ajouta-t-il comme appât.

— Tu as quelqu'un qui affirme qu'il n'était pas en train de camper là où il l'a dit ?

— Non. Mais personne ne confirme non plus qu'il y était. Et ça semble un peu étrange, d'aller à Biarritz pendant le mois de décembre le plus froid dont je me souvienne, et prétendre avoir dormi sous une tente dans les dunes. Je ne pense même pas que ce soit légal – il y a des campings partout autour, et sans doute la plupart d'entre eux étaient fermés à cette période de l'année. Admets-le, Léo, l'alibi ne passe pas le test de crédibilité.

Léo inspira longuement par le nez.

— Ce que je sens, c'est le meilleur café de Bergerac, et quelque chose d'intéressant dans ta petite boîte.

— Quelle boîte ? dit Ben en souriant.

— Oui. Cette offrande que tu as déposée à mes pieds, dans une tentative transparente de m'arracher quelques informations.

— Je n'ai pas la moindre idée de ce dont tu parles.

Ben leva le nez en l'air et détourna la tête. Ils s'amusaient tous les deux beaucoup. Il tendit la main et commença à défaire la ficelle blanche qui attachait la boîte.

— Que penses-tu de la fille, Laurine ?

— Un sacré numéro, celle-là, dit Léo, les yeux rivés sur la boîte. C'est l'une de ces personnes qui préfère mentir même quand ce n'est pas nécessaire. Pour le plaisir.

Ben était curieux de savoir quel était le mensonge, mais il ne pensait pas que Léo était d'humeur à le lui dire pour le moment.

— Et son alibi ?

— Je viens de te dire qu'une femme n'aurait pas pu commettre ce meurtre. Es-tu obligé d'être si insupportablement lent ? Tu vas ouvrir cette boîte ou non ?

Ben plongea la main dans la boîte et en sortit la tarte à la pistache. La croûte était feuilletée et dorée, la crème d'un vert pâle. Une touche artistique de crème fouettée s'élevait en pointe, saupoudrée de morceaux de noix.

— Pistache-rhum, dit Ben. Je crois que ça a valu à Monsieur Nugent plusieurs récompenses, lors de divers concours de pâtisserie. C'est dommage que tout ce talent soit caché à Castillac, si peu pratique pour Bergerac.

— Oh merde, tu aurais fait un excellent tortionnaire, tu le sais ça, Dufort ? Donne-moi ça. Rien de tel qu'une affaire qui n'avance pas pour aiguiser l'appétit, pas vrai ?

Ben poussa la tarte vers le détective. Il n'allait rien dire à propos de l'ombre sur la vidéo, pas encore. C'était quelque peu satisfaisant d'entendre Léo dire que l'affaire n'avançait pas, mais Ben le connaissait assez bien pour savoir qu'il pouvait facilement essayer de le dérouter.

Quand il s'agissait de mentir, les meilleurs détectives pouvaient être aussi doués que les criminels qu'ils essayaient de coincer.

IL AVAIT REPOUSSÉ Laurine pendant près d'une semaine, et devinait que c'était la limite avant de risquer de se faire virer. Alors après avoir laissé Léo dévorer sa tarte à la pistache, Ben appela Laurine à son hôtel et l'invita à dîner.

— Je pensais que vous alliez me laisser languir dans cet hôtel délabré pour toujours, dit-elle avec une note de véritable colère dans la voix.

— Ah, Laurine, dit Ben. J'ai travaillé de longues heures sur l'affaire de votre père.

— Je suppose que je peux trouver le temps de dîner avec vous, entre deux moments d'ennui mortel et de littéralement mourir d'ennui. Mais avant cela, vous devez monter dans ma chambre pour boire un verre. L'hôtel est un vrai capharnaüm, mais il dispose d'un excellent mini-bar, qu'ils réapprovisionnent fidèlement avec un assortiment impressionnant de délices hors de prix.

Des délices ? pensa Ben.

— Il y a un bar dans l'hôtel, n'est-ce pas ? Retrouvons-nous là-bas à dix-huit heures.

— Non, répondit-elle. C'est dans dix minutes seulement et je ne peux absolument pas être prête. Dois-je vraiment vous rappeler que vous travaillez pour moi, Monsieur Dufort ? Vais-je devoir tout vous épeler comme ça ? Je n'aime pas ça. Je préfère de loin... un niveau de jeu plus élevé.

Ben soupira.

— À quelle heure alors ?

— Maintenant.

— Vous venez de dire que vous n'étiez pas prête.

— Je ne suis pas habillée. Cela ne veut pas dire que je ne suis pas prête pour *vous*.

Oh là là, pensa Ben.

Avec une certaine appréhension, Ben frappa à la porte de la chambre 56 de l'Hôtel Lion d'Or. Il entendit le bruit de glaçons qui s'entrechoquent, un verre qu'on repose et des pas.

Laurine ouvrit grand la porte et prit la pose, une main sur la hanche et l'autre en l'air. Elle était bien habillée, mais d'un négligé si fin qu'il révélait bien plus que Ben ne voulait voir. Eh bien, c'était une erreur, pensa-t-il. Je n'aurais jamais dû accepter de la rencontrer ici.

— Bonsoir, Laurine, dit Ben en essayant de ne pas réagir.

— Oh, allons, fit-elle avec une moue. Vous me faites me sentir si peu appréciée ! Et j'ai passé la majeure partie de ma matinée à faire du shopping pour essayer de trouver la tenue parfaite pour vous plaire.

— Laurine, me plaire n'est pas le but. Nous avons du travail à faire.

Elle balaya l'air de la main avec dédain.

— Oh, je vous en prie, vous pouvez vraiment être l'homme le plus insupportable. Très bien, dit-elle en se dirigeant vers le minibar et en sortant plusieurs petites bouteilles. Pourquoi ne pas nous débarrasser du travail ennuyeux, et ensuite nous pourrons nous adonner à d'autres activités ?

Ben ne répondit pas mais s'assit sur l'unique chaise. La chambre n'était pas grande et le seul autre endroit où s'asseoir était le lit.

— J'ai réfléchi..., dit Laurine.

Aïe aïe aïe, pensa Ben.

— ... à ma famille, à mon père. Je plonge dans mes souvenirs, pour ainsi dire, tandis que je tue le temps, négligée, dans cet hôtel sinistre. Vous savez que vous n'êtes pas venu me voir depuis des jours.

— Je suivais certaines des choses que vous m'avez dites. J'ai plusieurs questions auxquelles vous pouvez m'aider à répondre. Premièrement : votre père avait-il un chien ces dernières années ? Pouvez-vous me dire quoi que ce soit à ce sujet ?

Quand il est mort, les circonstances de sa mort, ce genre de choses ?

Laurine le fixa du regard.

— Non. Est-ce une sorte de question piège ? J'ai quitté cette maison et je vis à Paris depuis des *années*, Benjamin, ai-je manqué de clarté à ce sujet ? J'étais en froid avec mon père. Je n'ai aucune idée s'il avait un chien, quinze chats ou une volée de perruches. Et je m'en moque.

— Je me demandais juste si vous auriez pu entendre quelque chose à ce sujet. Il y a une rumeur... enfin, peu importe, passons à autre chose. Pourriez-vous m'en dire plus sur l'entreprise de votre père ? Qu'importait-il exactement ?

— Ce ne sont que des questions de votre part !

— Je suis enquêteur. Vous m'avez engagé mais vous ne semblez pas vouloir que je fasse mon travail.

Laurine fit le tour derrière Ben et posa ses mains sur ses épaules.

— Juste pour que vous compreniez ma situation : Molly et moi sommes fiancés. Nous nous marions dans quelques semaines.

Elle retira brusquement ses mains comme si elle avait touché un poêle brûlant.

Eh bien, excusez-moi, dit-elle. Même si je ne vois pas en quoi un petit bout de papier importe, dans l'ensemble.

Avec un certain effort, Ben ne leva pas les yeux au ciel. Elle revint devant lui, s'assit sur le lit et croisa les jambes.

— Ça vous dérange si je fume ?

— Pas du tout. Maintenant, dites-moi comment votre père a fait fortune. J'ai eu l'impression qu'il accordait beaucoup d'importance à la réussite financière. Il a réussi ? Était-il exclusivement dans l'import ou y avait-il d'autres activités dans lesquelles il était impliqué ?

Laurine se redressa très droite et rejeta ses cheveux noirs en arrière avec ses ongles. Elle passa sa langue sur sa lèvre supérieure et sembla réfléchir à la question.

— Eh bien, c'est étrange, mais je ne crois pas pouvoir répondre à cela. On pourrait penser que je le saurais, n'est-ce pas ? Mais lors de tous ces horribles dîners de famille, tous les quatre à table, je ne me souviens pas qu'il ait dit un seul mot sur ce qu'il avait fait de sa journée. Je ne me souviens pas non plus que ma mère en ait parlé. Parfois, nous semblions être à l'aise financièrement, et on nous autorisait à acheter des vêtements chers et beaucoup de jouets, et d'autres fois... pas autant.

— Pensez-vous qu'il était impliqué dans quelque chose d'illégal ?

— Cela expliquerait pourquoi on ne nous disait jamais rien. Mais quand même, on s'attendrait à une sorte de couverture, non ?

Ben fit une pause, décidant s'il devait être franc avec elle.

— Je suis désolé, mais ça n'a pas vraiment de sens, Laurine. Les enfants savent ce que font leurs parents. Vous avez dû remplir des formulaires avec la profession de votre père, cela a dû être évoqué à l'école à différentes occasions, ou avec vos camarades de classe. J'ai du mal à croire que c'est seulement maintenant que vous réalisez qu'il y avait cette grande lacune dans vos connaissances.

Laurine rejeta la tête en arrière et rit.

— J'exagère, espèce d'idiot, dit-elle. Bien sûr que ce n'est pas la toute première fois que je me pose la question. Cela a probablement commencé il y a longtemps, en primaire sans doute.

Elle baissa les yeux et Ben crut voir une expression de douleur authentique traverser son visage.

— Il prétendait occuper des postes importants dans diverses entreprises. Quelque chose à voir avec l'électronique, puis une sorte d'équipement agricole. Mais la vérité, c'est que toute son énergie allait dans des affaires louches avec des personnages louches. Ils venaient parfois à la maison, et Maman était terriblement contrariée. Je veux dire... c'étaient des escrocs, Ben. Je n'ai aucune idée de ce que mon père faisait avec eux, mais quoi que ce fût, cela rapportait pas mal d'argent.

— Des escrocs ?

Il pensait à en train de lui dire que des Grecs avaient liquidé Petit. Lagasse en savait peut-être plus qu'il ne le laissait paraître. Si le meurtre était une sorte de règlement de comptes, il serait probablement extrêmement difficile pour Dufort/Sutton Investigations de le résoudre ; ils n'avaient tout simplement pas ce genre de portée ou de ressources.

— Pensez-vous qu'il est possible que certains de ces associés...

— Possible, bien sûr que c'est possible. C'est plutôt une bande de traîtres.

Ben leva les yeux vers le plafond et remarqua une toile d'araignée suspendue dans le coin.

— Permettez-moi de changer de sujet. Nous n'avons pas pu vérifier l'alibi de votre frère.

Laurine sourit.

— Que vous avais-je dit ? Il se présente au monde comme cet... cet universitaire, ce scientifique... tout responsable et sérieux. Mais ce n'est pas toute l'histoire. Je suis ravie que la réalité commence déjà à émerger.

— En même temps, dit Ben, et juste pour la taquiner un peu, il ajouta : votre propre alibi...

— Albertine ne vous a-t-elle pas dit que nous avions passé toute la journée à écumer les friperies ? À Paris ?

— En effet. Mais elle n'a pas pu produire un seul ticket de caisse pour cette activité. Le pouvez-vous ? Avez-vous cherché toute la journée sans rien trouver à acheter ?

— Ce n'est guère à moi de fournir des preuves pour chaque instant de ma vie. Sa parole ne compte-t-elle pour rien ? Et pourquoi diable me soumettez-vous à tout cet interrogatoire ? Je vous ai dit la semaine dernière que Franck avait tué notre père. Ne pouvez-vous pas accélérer un peu les choses ?

Ben haussa les épaules, appréciant plutôt de la voir déstabilisée.

— Je vous ai raconté comment Bernard battait Franck, poursuivit Laurine. Je vous ai dit que Franck me parlait de vengeance, qu'il n'arrêtait pas de me parler de toutes les façons dont il allait faire payer à Bernard son traitement envers nous.

— Et vous pensez que cela rend votre frère automatiquement coupable ? Excusez-moi, Laurine, mais les choses ne fonctionnent pas ainsi. La plupart des gens trouvent d'autres moyens que la violence pour faire face aux choses terribles qui leur arrivent. Votre père vous battait aussi, n'est-ce pas ? Devrais-je également vous soupçonner du meurtre ?

— Il était beaucoup plus clément avec moi, dit-elle en se levant et en pointant son verre. Vous n'avez même pas bu une gorgée de votre boisson. Je commence à penser que vous avez été élevé dans une grange, Monsieur Dufort.

Docilement, Ben but une gorgée du scotch qu'elle lui avait servi. Il gardait les yeux soit sur son visage, soit par la fenêtre, partout sauf sur son corps élancé alors qu'elle se déplaçait dans la pièce dans son négligé transparent.

— Si vous persistez à croire que votre frère est le meurtrier, donnez-moi autre chose sur quoi me baser, quelque chose de récent. Quelque chose dans le domaine du fait, pas de la fantaisie.

— Vous m'accusez de fantaisie ? dit Laurine, en lui lançant un regard en coin. Seulement à propos d'un certain flic, je vous assure.

Ben se leva.

— Nous devrions nous rencontrer à un autre moment. Je viens de me rappeler qu'il y a quelqu'un que je dois voir de l'autre côté de la ville, et je ne veux pas manquer le rendez-vous. Mes excuses... et il était déjà sorti et descendait les escaliers en trottinant avant que Laurine n'ait eu la chance de l'arrêter.

❧ 25 ❧

Paul-Henri guettait Malcolm Barstow depuis des jours. Finalement, alors qu'il tournait au coin de la rue en rentrant à la gendarmerie le vendredi soir, il aperçut le garçon adossé à un mur de pierre, en train de fumer une cigarette.

— Ah ! murmura Paul-Henri en se précipitant vers lui. Jeune homme !

Malcolm regarda l'officier d'un air nonchalant.

— Oui ? Qu'est-ce qui vous met dans tous vos états ?

Il tira sur sa cigarette et souffla un nuage de fumée.

— Tu vois les images sur le paquet, dit Paul-Henri. Des poumons noirs, des gens qui souffrent. Pourquoi prendre une habitude aussi dégoûtante, surtout quand tu n'as pas les moyens ?

— Un ami me les a données, répondit Malcolm. De toute façon, ce que je fais ne vous regarde pas.

— Ça me regarde quand tu enfreins la loi, Malcolm. Quel âge as-tu ?

Malcolm cligna des yeux. Il n'avait jamais entendu parler de quelqu'un qui avait des ennuis pour avoir fumé des cigarettes, pas une seule fois.

— Vous plaisantez ?

— Pas du tout. Je vais devoir t'emmener au poste.

— Pour avoir fumé une *cigarette* ?

Paul-Henri tendit la main pour saisir le bras du garçon, mais la laissa en l'air.

— Peut-être pourrions-nous conclure un marché.

— Quel genre de marché ?

Malcolm le toisa d'un air menaçant.

— Arrête de voler à l'épicerie. Non, n'entre pas dans l'épicerie, pour quelque raison que ce soit, à aucun moment.

— Allez, quoi. Parfois, ma mère a besoin de quelque chose et c'est beaucoup plus près que n'importe quel autre...

— Tu aurais dû y penser avant de commencer à les dévaliser.

— Je n'ai jamais fait ça.

Paul-Henri leva les yeux au ciel de manière théâtrale.

— Je te suggère de faire un effort pour trouver un emploi rémunéré. Une idée nouvelle, je sais.

— J'ai un emploi rémunéré, figurez-vous.

— Vraiment ? dit Paul-Henri, sceptique.

— Molly Sutton m'a embauché. Je fais un travail pour elle, et si ça se passe bien, qui sait ce qu'elle me paiera pour faire autre chose.

Paul-Henri leva les yeux au ciel. Comme d'habitude, Molly Sutton se mêlait de choses qui ne la regardaient pas.

— Comprends bien ceci, jeune homme. Je vais te surveiller. Mes yeux sont partout. Et si tu mets ne serait-ce qu'un orteil dans cette...

— D'accord, d'accord, dit Malcolm, soulagé de ne pas être la toute première personne de Castillac à être arrêtée pour une infraction liée au tabac.

Paul-Henri hocha brièvement la tête et continua sa route, heureux d'avoir au moins rayé une petite chose de sa liste, espérant que la paix régnerait désormais à l'épicerie et que Ninette arrêterait de le poursuivre dans la rue chaque fois qu'il passait.

MADAME ANNA BISSET, autrefois de Bordeaux, vivait dans une ferme à la lisière du village, sur la route de Fallon. Elle et son mari n'avaient jamais été agriculteurs, mais avaient acheté la maison pour y prendre leur retraite, ayant amassé une jolie somme grâce à des investissements judicieux. Ils avaient dépensé beaucoup d'argent pour rénover l'endroit et commençaient tout juste à en profiter – tous les travaux de plomberie et d'électricité étaient terminés, le nouveau toit était en place, le jardin aménagé. Et enfin, même la décoration était terminée, sauf que Monsieur Bisset avait repéré des peintures d'artichauts qu'il pensait être le complément parfait à la collection du salon, mais il était encore en négociation avec l'artiste.

Il dormait ce samedi soir, ayant bu un verre de trop d'un vin rouge local au dîner. Madame Bisset faisait la vaisselle, un peu à contrecœur, en écoutant la radio.

Ils ne fermaient pas leurs portes à clé, sauf quand ils quittaient la ville... presque personne à Castillac ne le faisait.

L'homme se gara juste à l'entrée de l'allée. Il marcha sur l'herbe plutôt que sur le gravier, arrivant presque silencieusement sur les marches de l'entrée. La poignée de la porte avait été récemment huilée et ne grinçait pas. L'homme entra dans la maison. S'arrêtant un moment dans le vestibule, il baissa son chapeau, s'assura qu'un foulard couvrait son visage à l'exception de ses yeux, et se dirigea nonchalamment vers le salon vide. Il pencha la tête et écouta, puis marcha vers le bruit de l'eau qui coulait.

—Jules, je ne vois pas pourquoi... *aaaahhhhhh* !

Madame Bisset laissa tomber une éponge alors que ses mains se portaient à sa bouche.

— Que faites-vous ici ? Qui êtes-vous ?

— Donnez-moi l'argent, dit l'homme.

Son ton était décontracté et pas particulièrement menaçant, comme s'il lui demandait un verre d'eau.

— Quel argent ?

Elle s'essuya les mains sur son tablier, essayant de décider si elle devait crier ou tenter de raisonner l'homme.

L'homme sourit.

— Où le gardez-vous ? Dans un bureau ? Un coffre-fort ?

Il plongea la main dans la poche de sa veste de chasse et en sortit un pistolet. Pour Madame Bisset, dont le père avait été un chasseur passionné et qui avait côtoyé des armes toute sa vie, le pistolet semblait vieux et terne, et elle se demanda s'il fonctionnait seulement.

— Vous voyez la maison ? dit-elle. Je vous jure, nous avons dépensé tout notre argent dedans. On a à peine deux centimes à se mettre sous la dent.

— Ça n'a pas l'air si luxueux que ça pour moi.

Madame Bisset soupira. À quoi s'attendait-il, des robinets en or dans la cuisine et un lustre en cristal ? Qui que soit ce cambrioleur, il n'avait aucun goût.

L'homme s'avança et plaça le canon du pistolet sous le menton de Madame Bisset.

— Arrêtez, dit-elle. S'il vous plaît, ne me faites pas de mal.

Il rit.

— Donnez-moi simplement l'argent et je partirai.

— D'accord, oui, rangez juste ça.

— Montrez-moi le chemin, Madame.

Elle essaya de marcher d'un pas lourd vers le salon, espérant que Jules se réveillerait.

— Je ne m'occupe pas de l'argent, dit-elle.

— Ne me faites pas perdre mon temps. Vous commencez à m'énerver.

Il la poussa dans le dos avec le pistolet et une vague d'adrénaline lui parcourut l'échine.

— Il y a une boîte, dit-elle. Je ne suis pas sûre de l'endroit où mon mari la garde.

— Menteuse, dit-il.

Madame Bisset trouvait presque drôle qu'un voleur l'accuse de mauvaise conduite morale. Son accent n'était pas tout à fait français. Pas un natif de Castillac, pensait-elle... bien qu'elle ne soit pas non plus native, en fait elle était belge, alors qui savait si elle avait raison ? Alors qu'elle faisait semblant de chercher à divers endroits, pour gagner du temps, elle essayait de bien l'observer, mais son déguisement était efficace bien que rudimentaire.

Un homme de grande taille dans des vêtements quelconques. Un chapeau plutôt élégant. Pas un chasseur, elle pouvait le dire, et elle était presque sûre que le pistolet était plus un accessoire de théâtre qu'autre chose.

Mais on ne pouvait pas risquer sa vie sur un « presque ». Elle lui remit la boîte dans laquelle Jules − de façon déraisonnable, selon elle − gardait une certaine somme d'argent. Elle était verrouillée, et sans doute l'homme trouverait-il cela gênant, mais avec du temps et les bons outils, nul doute que cet obstacle serait surmonté.

Il cala la boîte sous son bras et lui ordonna d'aller dans un placard et de compter jusqu'à cent avant d'en sortir.

Madame Bisset était dans un tel état de choc qu'elle fit ce qu'on lui disait. Après avoir atteint cent, elle se précipita hors du placard et appela immédiatement le commissariat, joignant la chef Charlot, qui se montra rassurante et lui dit qu'elle arrivait. Puis, l'adrénaline courant encore dans ses veines, Anna Bisset gravit les escaliers plus vite qu'elle ne l'avait jamais fait et ne le ferait plus jamais, pour tout raconter à Jules de ce qu'il avait manqué pendant son sommeil.

TROISIÈME PARTIE

❦ 26 ❦

Souvent le dimanche matin, quand ils n'étaient pas sur une affaire, Molly et Ben flânaient à La Baraque, préparaient le genre de repas qui demande du temps et de la patience, et vivaient simplement l'instant présent sans se soucier des tâches ménagères. Ce dimanche-là, cependant, il y avait encore un léger froid dans l'air – à l'intérieur de la maison – et sans rien manger, Ben partit pour Bergerac pour parler à Claude Blanchon, le voisin de longue date de Petit.

— Je sais que demander un entretien un dimanche matin, de tous les moments, est terriblement impoli, dit Ben alors que Claude le faisait entrer.

— Non, non, ne vous en faites pas, répondit l'homme plus âgé. Je ne vais plus à la messe depuis des années, ma femme est décédée il y a plus d'une décennie... J'ai peur d'avoir atteint ce moment de la vie où un entretien avec la police est quelque chose dont on se réjouit.

Ses yeux pétillaient et il semblait effectivement s'amuser. Il apporta une cafetière dans le salon, qui était propre et bien rangé.

— Comme elle vous l'a sûrement dit, j'ai longuement parlé avec votre partenaire. Une jeune femme charmante, ajouta-t-il.

J'ai eu une ou deux fois le fantasme de trouver juste le bon élément de preuve qui mettrait le meurtrier en prison – qui n'aime pas se voir comme un héros ? Mais j'ai beau me creuser la cervelle, je n'ai absolument rien trouvé, je suis désolé de le dire.

— J'ai constaté, au fil des années, que parfois le bon élément de preuve, comme vous le dites, n'attire pas l'attention au début. Quel qu'il soit, c'est d'une importance cruciale, c'est la clé de toute l'affaire, et pourtant nous passons à côté. Donc, si vous êtes d'accord, parlons de Petit sans trop nous soucier de là où cette conversation nous mènera. Racontez-moi vos souvenirs, vos impressions... et peut-être que cela nous conduira là où nous voulons aller en fin de compte.

— Ça me semble être un excellent plan.

Blanchon versa leurs cafés et s'adossa dans son fauteuil. Ses cheveux étaient blancs et plaqués en arrière avec de la pommade, et ses vêtements étaient coûteux dans un style de gentleman campagnard.

— Vous connaissiez Petit depuis de nombreuses années ?

— Oh oui, depuis que nous étions enfants, en fait. Sa personnalité a toujours été difficile, même quand il était tout jeune – et je ne peux pas dire qu'elle se soit améliorée avec l'âge. Il était le même dans la soixantaine que quand il était enfant. Moi et les autres du quartier essayions de jouer avec lui – vous savez comment sont les enfants, désespérés dans leur recherche de compagnons de jeu – mais il se disputait et était exigeant et il finissait par être exclu de tout projet dans lequel nous étions impliqués, même lors d'un jeu de cache-cache.

— Comment étaient ses parents ?

Blanchon haussa les épaules.

— Ils semblaient corrects. Son père était sévère, mais presque tous les pères l'étaient à l'époque. Sa mère était discrète, tellement que même si j'habitais juste à côté, je ne peux pas dire que j'ai une idée du genre de femme qu'elle était. Elle ne sortait pas beaucoup de la maison.

— Pensez-vous que son mari la maltraitait ?

— Je ne saurais dire. Je ne serais pas surpris de l'apprendre, mais je n'ai aucun souvenir d'avoir vu ou entendu quoi que ce soit à ce sujet. Et bien sûr, en tant qu'enfant, je m'intéressais aux choses enfantines et je prêtais peu d'attention à ce dont les adultes parlaient. C'était une époque difficile, voyez-vous – la guerre a été terrible, bien sûr, et tant de gens que nous connaissions ont été tués. Mais même après la libération, il y avait des pénuries alimentaires et toutes sortes de problèmes. Le père de Jean Chavanne est rentré et il est resté assis sur une chaise pendant les deux années suivantes, bougeant à peine, tellement il était traumatisé. Madame Petit est morte à peu près à cette époque, je m'en souviens. Même s'il y avait tant de morts, il y a eu ce grand élan de sympathie pour Bernard quand sa mère est morte – il avait environ dix ans, si je me souviens bien – mais il n'a pas fallu longtemps pour qu'il le gâche.

— Comment ça ?

— Eh bien, d'autres mères passaient chez les Petit avec des gâteaux ou quelque chose comme ça, pour essayer de lui montrer un peu de gentillesse. Le reste d'entre nous était assez jaloux de ça, je peux vous le dire. Vous savez comment sont les enfants – la mort, quand elle ne frappe pas très près, a peu de sens. J'ai peur que cela n'ait rien fait pour nous convaincre d'être plus gentils avec Bernard. Provoqués une fois de trop, voyez-vous.

— Est-ce que les autres enfants le harcelaient, ou était-ce plus une question de ne pas l'inclure ?

— La deuxième option. Honnêtement, je pense que n'importe qui aurait eu peur de le harceler. Il n'hésitait pas à frapper, et c'était un grand gamin, fort. Il... il m'a cassé la mâchoire une fois, quand j'avais douze ans.

Les sourcils de Ben se levèrent.

— Que s'est-il passé ?

Blanchon haussa les épaules.

— Je ne me souviens même pas des circonstances. Nous étions

dans la ruelle, au centre du pâté de maisons. Nous nous sommes disputés pour quelque chose. Et de nulle part, il m'a frappé à la bouche. Comme je l'ai dit, il était fort. Il m'a fallu des mois pour m'en remettre. La mâchoire attachée, toute l'affaire.

Blanchon secoua lentement la tête, les yeux fermés.

— Vous vous êtes vengé ? demanda Ben, nonchalamment.

— Eh, dit Blanchon, la gaieté revenant dans ses yeux. Je préfère toujours être le héros plutôt que la brute. Mon père était dans la Résistance, voyez-vous. Il m'a appris... il m'a appris beaucoup de choses, et l'une d'entre elles était de ne pas se laisser distraire de ce qui est important.

— Et vous et lui étiez d'accord sur ce qui est important ?

— Tout à fait. La France, avant tout.

— Votre père a-t-il survécu à la guerre ?

Blanchon serra les lèvres, créant une expression étrange. Il plissa les yeux.

— Non, dit-il finalement. Il a été dénoncé par un voisin, accusé d'activités communistes, alors qu'il ne s'était allié aux communistes que pour combattre les nazis.

— Un voisin ?

— C'était Bernard Petit, si vous ne l'avez pas déjà deviné.

— Mais ce n'était qu'un enfant !

— Comme je crois vous l'avoir dit, il était agaçant.

— Je dirais que cela va bien au-delà d'agaçant.

— C'était un monstre, d'accord ? dit Blanchon, frappant sa paume sur le bras de son fauteuil. À cause de lui, mon père a été traîné par les SS et nous ne l'avons plus jamais revu.

Ben observa attentivement Blanchon. Il vit des larmes briller au coin des yeux de l'homme plus âgé, ses poings serrés alors que le souvenir le submergeait.

— C'est terrible, dit Ben. Je suis vraiment désolé que cela vous soit arrivé, à vous et à votre père. Sans son courage, et celui d'autres comme lui, qui sait où nous en serions. C'est toujours...

Ben s'arrêta et baissa les yeux sur le motif complexe du tapis.

— Oui ?

— Ça a toujours été un point... pas de honte, pas tout à fait... c'est simplement que j'aurais aimé pouvoir dire que mon propre père avait fait partie de la Résistance. Je ne suis né qu'après la guerre, donc tout ce que je sais, c'est ce que diverses personnes m'ont raconté. Mais apparemment, la réaction de mon père face à l'invasion a été de garder profil bas et de rester aussi apolitique que possible.

Blanchon haussa les épaules.

— Eh, les gens sont maîtres de leur propre vie. Ce n'est pas à vous de décider ce qu'il aurait dû faire. Vous n'étiez pas là, vous n'avez aucune idée de ce à quoi il était confronté, de ce qu'était sa vie.

Ben haussa les épaules en réponse, la gorge serrée. Son père n'occupait pas souvent ses pensées et il se sentait mal à l'aise d'avoir parlé de manière si personnelle.

— Quoi qu'il en soit, dit-il, pour essayer de ramener l'attention sur Petit, saviez-vous si votre père était la seule personne que Petit avait dénoncée ?

— Je ne peux pas l'affirmer avec certitude. Les Petit soutenaient entièrement Pétain et faisaient tout leur possible pour collaborer de toutes les manières possibles. Ils cherchaient toujours des moyens de se faire bien voir des Allemands, sans se soucier des voisins qui pourraient en pâtir. Cependant, je dois vous dire que je n'ai pas vu cela moi-même. Je n'étais qu'un enfant, vous comprenez, et je n'avais pas une grande compréhension politique ou psychologique. Je ne fais que rapporter ce que j'ai entendu plus tard, de diverses personnes. Le fait que Bernard ait dénoncé mon père – comme vous l'avez dit, il était jeune, juste un enfant. C'était de la méchanceté, le genre d'acte dont on ne croirait pas capable quelqu'un de cet âge. Mais c'était la guerre. Ça change tout.

Les deux hommes parlèrent encore une heure. Lorsque Ben retourna à sa voiture après avoir remercié Blanchon et pris congé, il passa quelques minutes à griffonner ses impressions dans son carnet. Il prit le raccourci pour rentrer à La Baraque, traversant la forêt et passant devant des fermes, en pensant à la dévastation causée par la guerre et à la façon dont ses effets, toutes ces années plus tard, se faisaient encore sentir.

❧

LA MÉTAIRIE, le meilleur restaurant de Castillac, était ouvert pour le déjeuner du dimanche. Après une matinée passée devant l'ordinateur à essayer de dénicher quelques bribes d'informations sur les Petit – sans succès –, Molly se rendit au restaurant pour parler à la gérante, Natalie Marchand. Même si Molly adorait cuisiner et recevoir, elle se demandait combien coûterait un traiteur pour la fête. Et pourquoi ne pas commencer par le meilleur endroit en ville ?

Il était quinze heures et il ne restait qu'une table de clients. Natalie conduisit Molly dans un petit bureau après lui avoir demandé si elle voulait boire quelque chose.

—J'ai bien peur d'avoir déjà bu trop de café, dit Molly, regrettant de ne pas y avoir pensé à l'avance, car le café de La Métairie était aussi fantastique que tout ce qu'ils servaient. Comme je l'ai dit au téléphone, je suis presque certaine de ne pas pouvoir me le permettre, mais l'idée m'est venue à l'esprit et je n'arrive pas à m'en défaire... J'ai vu des annonces dans le journal concernant votre service de traiteur, et je me demandais si vous pouviez me donner un aperçu de ce que vous faites, de ce que vous servez et de combien ça coûte ?

Natalie sourit. Elle était mince et habillée d'une jupe droite et d'un cardigan conservateur mais flatteur, un court collier de petites perles, rien de tape-à-l'œil, ses cheveux noirs rassemblés en un chignon bas. Elle et Molly se connaissaient grâce à une affaire remontant à quelques années qui avait finalement été résolue à la satisfaction de tous.

— Tout d'abord, dit Natalie, laissez-moi vous féliciter ! Je ne pense pas vous avoir vue depuis que j'ai appris la nouvelle de vos fiançailles. Je sais que Ben et vous serez très heureux ensemble.

Molly la remercia, reconnaissante de la générosité de l'autre femme. Castillac était un petit village, et cela devait piquer un peu quand un célibataire éligible se mariait, surtout avec une femme qui n'était même pas française. Et Natalie et Ben étaient même sortis une fois ou deux ensemble, se rappela soudain Molly.

— Je vais vous le dire franchement : notre service traiteur n'est pas bon marché. Vous connaissez le chef, il veut que chaque détail soit parfait, que chaque bouchée soit un moment de bonheur inexprimable. D'un autre côté, bien sûr, vous devez peser l'intérêt de laisser tout ce travail à quelqu'un d'autre pour pouvoir profiter de votre journée.

— Parlons du menu. Et si nous n'avions que des hors-d'œuvre ?

Natalie parut surprise.

— Eh bien, ce serait... ce serait inhabituel, mais peut-être que nous pourrions le faire ainsi. Vous voulez dire une réception avec cocktail et plateaux circulants, plutôt qu'un déjeuner ou un dîner ?

— J'aime toujours ce genre de réceptions, parce qu'on peut parler à beaucoup plus de gens de cette façon. En plus, c'est moins cher.

Natalie hocha lentement la tête.

— Ça pourrait l'être, oui. Écoutez, laissez-moi en discuter avec le chef, et nous verrons ce qu'il en dit. Il est caractériel — tellement typique, n'est-ce pas ? Ce n'est pas facile de prédire sa réaction. Il pourrait trouver l'idée délicieusement nouvelle et être heureux de vous préparer un menu en exemple, ou bien il pourrait me fusiller du regard et commencer à crier sur le sous-chef qui n'aurait rien fait de mal.

— Merci de lui demander. Je suis contente que ce soit vous et pas moi !

— Vous êtes sûre que je ne peux rien vous offrir à boire ? Je n'aime pas que vous soyez venue jusqu'ici pour une si courte rencontre.

Molly pencha la tête.

— Eh bien, pourquoi pas un apéritif ? C'est presque l'heure, non ?

Natalie sourit.

— Un vin blanc pétillant avec une touche de Saint-Germain ?

— Parfait !

Natalie fit signe à Molly de la suivre.

— Venez, nous allons nous asseoir au bar.

Pascal, le barman à tomber par terre, rayonna quand Molly entra dans la salle à manger.

— Molly ! Ne me dis pas que tu as trouvé un autre cadavre dans les toilettes !

— Ne me fais pas peur, je n'y suis pas encore allée aujourd'hui, dit Molly en se penchant pour faire la bise à son ami. En fait, je travaille sur une affaire. Un homme de Bergerac du nom de Bernard Petit. L'un de vous le connaît, lui ou quelqu'un de sa famille ?

— Le père de Franck Petit ?

— C'est ça, dit Molly. Oh super, tu es pratiquement la première personne que je trouve qui le connaît, à part ses voisins.

— Oh, Pascal connaît *tout le monde*, dit Natalie, et elle passa leurs commandes de boissons.

— Franck a à peu près mon âge. Je ne le connais pas très bien, mais je l'ai vu dans le coin. J'allais à beaucoup de festivals de musique avant et je suppose qu'il y allait aussi.

— Un genre de musique en particulier ?

— Je n'y allais pas pour la musique, dit Pascal en montrant son sourire de star de cinéma.

Natalie et Molly mirent une seconde à comprendre.

— Oh ! dit Molly, le visage rougissant.

— Voici vos boissons, dit Pascal en les déposant devant eux.

Ça ne vous dérange pas si je pars ? Ma mère a une liste longue comme le bras pour cet après-midi.

— Je ne veux pas contrarier ta mère, dit Natalie en lui faisant signe de partir.

— Y a-t-il quelqu'un de plus adorable ? dit Molly, après le départ de Pascal.

— Ton fiancé ? dit Natalie, impassible.

Molly avala une gorgée de sa boisson.

— Je plaisante ! dit Natalie en riant.

Molly était sur le point de dire quelque chose à Natalie sur l'étrange situation actuelle, comment elle et Ben n'avaient pas froid aux yeux mais en même temps, ne s'entendaient pas aussi bien que d'habitude. Mais elle et Natalie n'étaient pas des amies proches, et pour une fois, elle décida de ne pas être l'Américaine bavarde et de garder pour elle les détails de sa relation.

Elle se sentit soulagée en quittant La Métairie. Non pas parce qu'elle allait remettre la nourriture au chef, mais parce qu'elle avait décidé de faire le contraire. C'était un peu fou, elle le savait, mais la visite au restaurant lui avait en quelque sorte clarifié le genre de fête qu'elle voulait vraiment. Elle n'avait pas besoin d'être sophistiquée et elle savait que Ben serait content qu'elle ne dépense pas tout cet argent pour quelque chose qu'ils pouvaient faire eux-mêmes. Les attentes des invités seraient peut-être élevées, mais si elle se permettait des huîtres... ah, pensa-t-elle, c'est Nico que je devrais consulter, il saura où trouver tout ce qu'il faut.

Il faisait déjà nuit et toujours aussi froid. Molly dirigea le scooter vers Chez Papa, désirant ressentir un peu de chaleur auprès de ses amis, et espérant que l'endroit serait bien rempli malgré le mauvais temps.

Chez Papa était effectivement bondé ; Molly pouvait entendre le bruit à un demi-pâté de maisons, ce qui était inhabituel car les Français n'étaient pas des criards. Elle gara le scooter et regarda à l'intérieur par la vitrine de devant.

Elle pouvait voir Lawrence au bar, en train de parler à Nico et d'agiter ses mains en l'air. Rémy se tenait à côté de lui, toujours habillé de ses vêtements de travail. Lapin et Anne-Marie étaient à une table en train de manger un steak-frites ; Molly pouvait voir la haute pile de frites dorées et luisantes qui lui mettait l'eau à la bouche. Une vue quotidienne de Castillac – amis et nourriture – qui ne manquait jamais de lui réchauffer le cœur.

— Molly ! s'exclama Lawrence en la voyant entrer.

Il pivota sur son tabouret et tendit les bras, dans lesquels elle se jeta.

— Bonsoir, vieux fou, dit-elle en serrant fort son ami. Je te vois à peine ces temps-ci – et j'ai l'impression de dire ça chaque fois que je te vois. Qu'est-ce que tu peux bien fabriquer ?

— J'ai un projet en cours, dit-il mystérieusement.

Molly haussa les sourcils.

— J'allais justement t'envoyer un message en fait. Tu as entendu parler du cambriolage chez les Bisset ?

— Non. Je connais les Bisset ?

— Je ne sais pas. Tu les connais ?

Molly tapa du pied avec impatience.

— Je veux dire, qui sont-ils, à quoi ressemblent-ils, qui fréquentent-ils. *Décris-les*, dit-elle en faisant signe à Nico de lui préparer son kir habituel.

— Un peu grincheuse, n'est-ce pas ?

— Non, non – juste impatiente de savoir ce qui se passe, dit-elle. Je suppose que je devrais être soulagée – d'habitude, quand tu m'envoies de mauvaises nouvelles, ça implique un meurtre.

— En effet.

Il croisa le regard de Nico et fit un cercle avec son doigt en l'air, demandant un rafraîchissement.

— Et le cambriolage était à main armée, en plus.

— Je croyais que la France avait un contrôle des armes !

— Oh, c'est le cas, ma chère, c'est le cas. Mais c'est... compliqué. Il y a différentes catégories d'armes à feu, et avec les bonnes qualifications...

— Comment se fait-il que je ne sache pas ça ? dit Molly en fronçant les sourcils. On m'a justement pointé une arme dessus l'autre jour. Je pensais que c'était juste une vieille relique de la Seconde Guerre mondiale ou quelque chose comme ça.

— Les reliques peuvent tirer de vraies balles, dit Lawrence. De qui parles-tu ? Je n'aime pas du tout ce que j'entends.

— Oh, ce n'était rien. Juste une interview que je faisais. Tu serais surpris de voir combien de gens aiment agir, je ne sais pas, de façon *étrange* je suppose qu'on pourrait dire. Juste pour voir comment tu vas réagir. Ce n'est pas la première fois.

Tout le monde frissonna lorsque la porte s'ouvrit et que Ben entra. Il dit bonsoir à chaque personne assise au bar, finissant par embrasser Molly sur l'oreille.

— J'espérais que tu serais là, lui chuchota-t-il à l'oreille.

Elle sentit un peu de la glace dans son âme fondre. Juste un petit peu.

— Tu connais les Bisset, dit Lawrence à Ben.

— Oui. Ils sont à Castillac depuis quoi, trois ou quatre ans ? Ils sont arrivés juste avant Molly, si je me souviens bien. Je suis allé chez eux pour une raison quelconque, quand j'étais encore chef... Je me souviens de beaucoup d'artichauts ?

Tout le monde le regarda, confus.

— Je veux dire, sur les murs. Ils ont des photos et des peintures d'artichauts.

Personne ne dit rien.

— Écoutez, oubliez ce que j'ai dit ! C'est comme, vous savez, certaines personnes aiment les chats, d'autres les couchers de soleil. Eh bien, les Bisset sont fans d'artichauts. Maintenant, qu'est-ce qu'il y a avec eux ?

— Eh bien, ils ont été cambriolés. À main armée.

— Voilà où nous en sommes, les gens, ici même à Castillac. Un vol à main armée. Vous pouvez y croire ? dit Lapin. Je vais devoir renforcer la sécurité à la boutique. Je pourrais bien arriver un matin au travail et me retrouver complètement dévalisé.

Anne-Marie secoua la tête.

— Ce n'est pas ce qu'est notre village. C'est inadmissible à quel point les choses se sont dégradées depuis que tu as quitté ton poste, Ben. Quelqu'un a-t-il des nouvelles de la chef Charlot ? Est-ce qu'elle fait quelque chose pour arrêter cette activité criminelle effrénée ? Ou est-elle si mauvaise dans son travail que c'est le genre de choses auxquelles nous allons devoir nous habituer ?

— Malheureusement, je dois vous dire — ce n'est pas si nouveau, dit Ben. Quand j'étais chef, chaque année nous avions quelques cambriolages. Parfois les voleurs s'en tiraient avec beaucoup d'objets de valeur, s'ils étaient suffisamment talentueux et avaient un peu de chance. Plus de détails sur ce qui s'est passé chez les Bisset, Lawrence ? Quelqu'un a été blessé ?

— Jules a dormi pendant toute l'affaire. Anna rapporte que le cambrioleur était un homme et qu'il avait une arme qu'elle n'était pas tout à fait sûre de croire réelle. Je parie que c'était ce Fletcher Barstow. J'ai entendu dire qu'il était de nouveau sorti de prison.

Tout le monde réfléchit à cela. Nico déposa le kir de Molly sur le comptoir et commença un autre Negroni pour Lawrence.

— Sans vouloir faire de commérages, dit une femme que Molly reconnaissait du village mais ne connaissait pas, j'ai entendu dire qu'Anna Bisset avait eu une liaison avec quelqu'un à Bergerac l'année dernière. Un homme plus jeune.

Anne-Marie leva son verre.

— À la santé des hommes plus jeunes, dit-elle en riant.

Lapin la regarda avec horreur.

— Qu'est-ce que tu racontes, chérie ?

— Que tu es prêt à être mis au rebut, dit Nico en souriant.

— Je plaisantais, mon petit chou.

Elle se pencha vers lui et l'embrassa sur le côté de son cou massif.

— Bon, expliquez-moi quelque chose, dit Molly, sa langue un peu déliée après avoir bu la moitié de son kir rapidement. Léger changement de sujet. D'accord. Cette attitude française envers l'adultère ? J'aimerais avoir vos pensées et opinions, s'il vous plaît. Est-ce vraiment quelque chose de permis, juste un clin d'œil et un petit sourire et tout le monde continue comme si de rien n'était ? Peut-être que c'est une chose culturelle, et que je montre mon côté américain. Parce que je vais vous dire, je ne ressens pas la même chose. Pas du tout.

Elle ne regarda pas Ben, ne voulant pas avoir l'air de s'adresser directement à lui. Même si personne n'était dupe.

— C'est compliqué, dit Anne-Marie.

— Exactement, dirent quelques autres.

— D'accooord, donc... compliqué comment ? dit Molly. Parce que si c'était moi qui étais trompée ? J'aurais des envies meurtrières.

Elle jeta un regard en biais à Ben mais leurs yeux ne se croisèrent pas.

— Eh bien, ce n'est pas comme tu le dis, que c'est totalement accepté et que personne ne s'en soucie, dit Anne-Marie. Évidemment, si ton partenaire a une liaison, ça peut faire mal. Mais... ça dépend des circonstances, de l'état de la relation, de beaucoup de choses.

— Tu ne me remontes pas le moral, dit Lapin, les épaules affaissées.

Anne-Marie l'embrassa à nouveau avant de continuer.

— En même temps, il y a une... comment dirais-tu ? Une acceptation qu'un couple ne va pas se sentir complètement amoureux l'un de l'autre à chaque seconde, année après année... et parfois, à l'occasion, si c'est géré avec sensibilité...

Molly écarquilla les yeux.

— De la sensibilité ? Je... non. Non merci.

Elle foudroya Ben du regard bien qu'il n'ait pas dit un mot. Ou peut-être *parce qu*'il n'avait pas dit un mot.

— Donc tu dis que si on épouse quelqu'un de français, c'est ce à quoi on s'engage ? De la sensibilité et de l'adultère ?

— Non, non, dit Anne-Marie. Vraiment, Molly, tu en fais trop. Ce n'est pas qu'il y ait un laissez-passer pour faire n'importe quoi, n'importe quand. C'est plutôt... une compréhension que peut-être nous ne sommes pas tous strictement monogames, au fond de nos cœurs. Nous pouvons choisir de ne jamais agir sur ces diverses attractions qui se présentent à nous. Mais nous comprenons qu'elles existent. Et que les gens sont parfois faibles. Ce n'est pas nécessairement une trahison personnelle, si tu vois ce que je veux dire ?

— Je me sens faible, dit Lapin en plaisantant à moitié.

Anne-Marie glissa son bras autour de la taille de Lapin et le serra contre elle, puis lui chuchota quelque chose à l'oreille. Un lent sourire apparut sur son visage et il appela Nico, au bout du bar, pour régler sa note.

Molly s'apprêtait à insister quand la porte s'ouvrit bruyamment et un couple que Molly ne connaissait pas entra, suivi de Franck et Laurine Petit.

— Tu les as invités ? demanda Molly à Ben.

— Non, je n'ai aucune idée de ce qu'ils font ici.

Les yeux de Laurine balayèrent la pièce et se posèrent sur Ben. Elle laissa son manteau glisser de ses épaules et lui sourit. Elle était trop habillée pour Chez Papa, vêtue d'une robe noire moulante qui mettait en valeur sa silhouette élancée, et de plusieurs colliers. Son rouge à lèvres était d'un rouge profond et ses yeux étaient très maquillés, avec un trait d'eye-liner qui remontait aux coins extérieurs et un mascara généreux.

— Benjamin, dit-elle en marchant droit vers lui, agrippant ses biceps et lui faisant la bise.

Elle ne lâcha pas ses bras après la salutation.

— Comment avez-vous trouvé votre chemin jusqu'à Castillac ? demanda Ben.

Molly le regarda, les sourcils levés.

— Pensez-vous que je manquerais de voir votre petit village, maintenant que je suis en Dordogne ? Depuis que je suis arrivée à Bergerac, j'entends parler par mes amis à Paris de tout ce que je rate. Tellement de galas en cette période, les boîtes de nuit sont remplies des gens les plus fascinants. Et pourtant me voilà, dit-elle en faisant un geste vers la salle. Au... comment ça s'appelle ? Chez Grand-mère ?

— Chez Papa, dit Nico, qui, après avoir entendu seulement quelques phrases, était prêt à jeter Laurine hors du bistrot pour son attitude prétentieuse et grossière.

— Ah oui, Papa, excusez-moi. Et qui dois-je soudoyer pour avoir un verre ?

Elle plissa un œil en direction de Nico en guise d'avertissement.

— Qu'est-ce que je vous sers ? demanda Nico en lui adressant un grand sourire forcé.

— Un Lillet. À moins qu'il n'y ait une boisson locale à ne pas manquer ? Non pas que cela me dérangerait de revenir dans ce charmant village. Et avec des habitants si séduisants, ajouta-t-elle en regardant Ben puis Nico.

Oh *mon Dieu*, pensa Molly. Faites qu'elle soit la meurtrière pour qu'on puisse l'emmener en prison. De préférence dans une charrette. S'il vous plaît.

— Alors c'est elle, Laurine Petit ? chuchota Lawrence à l'oreille de Molly.

Molly hocha la tête.

— Jolie robe. Mais mauvaise attitude.

— Tu m'en diras tant.

Molly regarda Franck mais il avait commencé une conversation animée avec Rémy sur les engrais chimiques, un sujet que Franck avait étudié à l'école.

Un silence gênant s'installa au bar. Tout le monde regardait Laurine caresser le bras de Ben tout en le fixant intensément du regard.

— Laurine Petit, laissez-moi vous présenter ma compagne et fiancée, Molly Sutton, dit Ben, en essayant de reculer mais se retrouvant coincé sur son tabouret.

Molly tendit une main que Laurine ignora.

— Enchantée, dit Laurine, par-dessus son épaule, avant de se retourner vers Ben, se calant juste assez entre lui et Molly pour bloquer la vue de Ben sur elle.

La bouche de Molly s'ouvrit et elle resta bouche bée un instant, essayant de trouver des mots civilisés à dire, sans succès.

Ben se pencha sur le côté et croisa le regard de Molly.

Au secours, lut-elle dans ses yeux.

Molly posa sa main sur l'épaule osseuse de Laurine et se pencha près de son oreille.

— Je suis si heureuse de vous rencontrer, enfin. Je sais qu'il est tard, mais je me demandais si vous accepteriez de venir dans l'arrière-salle où il y a moins de monde, pour que je puisse vous poser quelques questions ?

Laurine resta face à Ben et dit par-dessus son épaule :

— Vraiment ? Il est vingt heures, c'est l'heure de se détendre. Je vous assure, Ben et moi avons déjà couvert tous les détails possibles ensemble. Il est très minutieux, n'est-ce pas, détective Dufort ? Il voulait tout savoir sur moi. Si je n'avais pas compris que je pourrais moi-même être suspecte, j'aurais trouvé tout le processus assez flatteur. C'est plutôt enivrant d'être au centre de l'attention d'un homme comme Benjamin.

— Laurine, dit Ben. S'il vous plaît. Retenez-vous.

Elle lui sourit comme si elle n'avait pas entendu ce qu'il avait dit, plaça ses mains sur ses cuisses et lui chuchota quelque chose à l'oreille.

Il avait l'air si horrifié que Molly faillit éclater de rire.

Elle reporta son attention sur Franck, en entrant dans la conversation sur les engrais chimiques sans difficulté, ayant appris une chose ou deux au fil des années grâce à Rémy. Mais même si on était en décembre, Rémy gardait les horaires d'un agriculteur et partit tôt. Molly invita Franck dans l'arrière-salle, dans le but de lui poser quelques questions supplémentaires (et elle apprécia plutôt le regard désespéré que Ben lui lança alors qu'elle s'éloignait, le laissant aux griffes de Laurine).

— Voilà le problème, dit Molly à Franck, nous avons du mal à vérifier où vous vous trouviez dans les jours précédant et autour du meurtre de votre père. Je veux que vous compreniez, ce n'est pas que je ne vous crois pas – franchement, je pense que votre sœur ne fait que brasser de l'air pour une raison quelconque. Je parierais gros que vous n'avez rien à voir avec ça.

— Content de l'entendre, Molly.

Franck semblait reconnaissant, mais n'offrit pas d'explication supplémentaire concernant son alibi.

Elle aurait aimé pouvoir mettre le doigt dessus, cette qualité charmante que Franck possédait. Il était d'apparence moyenne, sans avoir la langue bien pendue... mais on avait cette forte impression qu'on voulait être de son côté – et l'avoir de son côté. On avait juste ce fort sentiment de vouloir que tout se passe bien pour lui, sans pouvoir dire exactement pourquoi.

— L'affaire repose sur l'élément d'opportunité, dit-elle. Le mobile n'est pas la principale considération puisque nous avons trouvé près d'un milliard de personnes qui auraient pu vouloir la mort de votre père.

— Un milliard, c'est beaucoup.

— C'est vrai. Donc nous nous concentrons d'abord sur les alibis. Et c'est là que nous avons un peu de mal en ce qui vous concerne.

Un éclat de rire se fit entendre dans l'autre pièce, et Nico émergea de la cuisine en direction du bar avec deux plateaux de frites odorantes.

Molly se retourna vers Franck.

— Il y a quelque chose que vous ne me dites pas ? Peut-être y a-t-il une raison pour laquelle votre alibi ne tient pas la route, quelque chose qui n'a rien à voir avec votre père ? Nous n'avons trouvé personne sur ce camping qui affirme vous y avoir vu les jours voisinant sa mort. Ou peut-être y a-t-il eu une erreur dans ce que vous nous avez dit ?

Franck avait rompu le contact visuel et fixait le sol. Il poussa un soupir.

— Je suppose que tout finira par se savoir de toute façon, dit Franck, et il leva la tête pour regarder Molly avec une expression de résignation et de tristesse. Je n'étais pas à la plage en fait.

— Ce n'était pas le choix de lieu le plus crédible, pas avec le temps qu'on a eu.

— Oui, eh bien. J'ai dit la première chose qui me passait par la tête, je ne m'attendais pas à la question, parce que, voyez-vous, je suis innocent de tout ce qui concerne mon père. Il y a plusieurs années, je l'ai complètement rejeté, Molly. J'ai arrêté d'accepter son argent, même s'il ne m'en donnait pas beaucoup de toute manière. Ce que j'essaie d'expliquer, c'est que j'ai géré la situation avec mon père à ma manière, qui était totalement non-violente. Je me suis simplement retiré de sa vie. Et il n'a pas protesté, ou peut-être même pas remarqué.

— Il n'a pas essayé de vous retrouver ou de vous contacter ?

— Non. Pas que je sache.

— J'en suis désolée, dit Molly. Peu importe les circonstances, ça doit faire mal.

Franck garda la tête baissée.

— J'étais à Bergerac, en fait, mais comme je l'ai dit, je n'étais pas en contact avec mon père et je n'ai pas essayé de le voir.

— Que faisiez-vous ?

— Je voyais une petite amie. Une petite amie sérieuse.

— Pourquoi ne pas l'avoir dit dès le début ? Donnez-moi son nom et je tirerai ça au clair dès demain matin.

Franck se mordilla la lèvre.

— Franck ?

— Je suis fou d'elle. C'est très sérieux et je veux l'épouser. Mais le triste fait est... qu'elle est déjà mariée.

Molly resta assise un moment, à essayer de digérer cette information.

— Vous... vous avez une liaison avec une femme mariée ?

— Ça arrive.

— Je... je ne veux pas avoir l'air de vous faire la morale...

Franck rit.

— Oh croyez-moi, ce n'est pas le cas. Ma mère n'était pas exactement une sainte dans ce domaine.

Plus tard dans la nuit, alors que Molly filait sur son scooter dans la rue des Chênes pendant que Ben rentrait en voiture, elle repensa à la façon dont cette conversation s'était déroulée. Comment elle était entrée dans l'arrière-salle avec un homme qui n'avait pas d'alibi prouvé, et avait fini par ressentir tellement de pitié pour lui qu'elle avait failli verser une larme.

❦ 28 ❦

Grâce à un kir ou deux, et finalement un Negroni avec Lawrence, le lundi matin s'accompagna d'une légère gueule de bois. Molly se glissa hors du lit tôt et se tint dans la cuisine à boire de l'eau minérale à grandes gorgées en attendant que le café soit prêt. Une fine couche de neige était tombée pendant la nuit et la prairie derrière était saupoudrée de blanc, les pointes d'herbe brunissant déjà là où le soleil les avait touchées et fait fondre la neige.

Son esprit était clair, bien que légèrement douloureux, et elle passa l'aube tranquille à passer en revue l'affaire, détail par détail, fait par fait.

Un homme universellement détesté a été tué d'un coup à la tête.

La fenêtre de la cuisine a été trouvée ouverte.

Pas d'empreintes (a priori).

Aucune information sur d'éventuels objets volés dans la maison.

Ses enfants étaient en froid avec lui. Pas clair s'ils sont aussi en froid entre eux.

La fille accuse le fils, mais n'offre aucune preuve autre que le mobile. La fille est sexuellement agressive envers Ben. Impossible de l'écarter.

Le fils a menti sur une liaison avec une femme mariée, mais pas sur quoi que ce soit lié au meurtre de son père. (À notre connaissance.) Impossible de l'écarter.

Le voisin, Jean Chavanne, semble trop faible physiquement pour l'avoir fait. Il déteste Petit et s'est comporté étrangement avec une arme. Impossible de l'écarter.

Le voisin, Claude Blanchon, est aussi peut-être trop âgé pour l'avoir fait. Petit l'a harcelé quand il était jeune, et pire encore, a dénoncé son père aux Nazis. Impossible de l'écarter.

Eh bien, ça avance à merveille, pensa Molly en levant les yeux au ciel. Je ferais mieux de prendre un moment pour vérifier les choses autour de La Baraque avant que tout ne s'écroule autour de nous par négligence. Et dès que les hôtes seront levés, je dois vraiment leur accorder un peu d'attention.

La semaine précédente, elle avait engagé un nouveau charpentier pour réparer une fenêtre fissurée dans l'annexe, alors elle se versa une tasse de café, siffla Bobo, et marcha pour vérifier le travail. Il était sept heures, le soleil ne s'était pas encore levé au-dessus des arbres. Bobo fila devant, mettant son nez au sol et reniflant.

Alors qu'elle était encore à distance, la porte de l'annexe s'ouvrit et Malcolm Barstow en sortit. Il regarda dans les deux directions et leurs yeux se croisèrent.

— Malcolm ! s'écria Molly.

Le garçon s'enfuit en courant sur le côté du bâtiment avec Bobo à ses trousses. Molly courut après eux mais glissa dans le demi-pouce de neige mouillée, mouillant son pantalon. Sachant qu'elle ne les rattraperait jamais, n'ayant jamais été une coureuse rapide à aucun âge, Molly entra dans l'annexe pour jeter un coup d'œil.

Elle vérifia la fenêtre réparée et la trouva en bon état. Les deux chambres semblaient intactes, les lits faits et sans pli, les couettes soigneusement pliées au pied, les fenêtres verrouillées. Le salon commun avait aussi l'air exactement comme elle l'avait laissé. Un vase de feuilles d'automne et de tiges d'herbe avait bruni et Molly le ramassa pour le ramener à la maison principale. Une pile de bois se tenait à côté de la cheminée, avec un fagot de petit bois.

Elle ne voyait aucun signe que quelqu'un avait été là. Alors que manigançait Malcolm ? Se cachait-il, son père lui rendant la vie tellement infernale que le garçon avait besoin d'un endroit sûr où vivre ?

Son téléphone vibra et elle le porta à son oreille.

Il n'est pas ce que vous croyez.

Molly raccrocha. Puis regretta de ne pas avoir continué à écouter. Mince !

Rapidement, elle quitta l'annexe, oubliant tout à fait Malcolm. Elle remit Bobo dans la maison principale, monta dans la Citroën et conduisit directement à l'appartement de Frances et Nico.

— Quelle surprise, un lundi matin ! dit Frances, encore en peignoir mais réussissant néanmoins à avoir l'air glamour.

— Tu viens de parler français à nouveau, dit Molly, en entrant, avant d'embrasser ses amis sur les joues et de se laisser tomber sur le canapé. Désolée de faire irruption, Nico. J'ai une urgence.

— Je peux aider, ou je ferais mieux de disparaître ?

Molly réfléchit.

— Reste, dit-elle. Non, va-t'en. Désolée. Laisse-moi en parler à Frances d'abord, et je t'appellerai si besoin ? C'est... toute l'affaire est un peu embarrassante.

— Pas de problème, dit Nico.

Il l'embrassa sur le haut de la tête.

— J'allais sortir de toute façon. On se voit pour le déjeuner, mon amour, dit-il à Frances, qui lui sourit comme une jeune mariée, ce qu'elle était pratiquement.

— D'accord, alors, j'espérais que ça disparaîtrait tout seul, dit Molly, voulant et ne voulant pas parler à Frances des appels.

— Un plan raisonnable.

— Oui. Eh bien, ça n'a pas marché. Je suis sûre à quatre-vingt-dix-neuf pour cent que ce n'est rien, juste une cinglée qui cherche à causer des problèmes. Mais il est temps que j'admette... ça me perturbe. Ça me fait douter des choses. Je...

— Crache le morceau ?

— Ouais, d'accord. C'est... je reçois des appels anonymes.

— De qui ?

— Frances. Des appels *anonymes*.

— Ah, oui. Ne fais pas attention à moi. Continue.

— Elle utilise quelque chose pour déguiser sa voix. C'est une femme, je peux dire au moins ça. Elle dit... elle ne dit rien de très concret, mais sous-entend que Ben... me trompe.

Frances hocha lentement la tête.

— Intéressant.

— Pas l'adjectif que j'aurais choisi.

— Eh bien, c'est tordu, c'est sûr. Méchant, aussi. Il n'y a pas de pénurie d'adjectifs dans le cas présent, Molls. Mais ce à quoi je pense, c'est : pourquoi ? Quel est le but ? Pense-t-elle vraiment qu'elle va réussir à vous séparer, Ben et toi, avec quelque chose d'aussi transparent, et franchement, digne du collège ?

Molly haussa les épaules, se sentant un peu stupide d'avoir accordé de l'attention à ces messages.

— Si elle utilise un logiciel de déguisement de voix, alors penses-tu que c'est quelqu'un que tu connais ?

Molly la fixa du regard.

— Je n'y avais même pas pensé.

— Tu as gardé les enregistrements, bien sûr ?

— Oui. J'ai pensé à aller voir Charlot. Mais que va-t-elle faire ? Et tu sais... c'est humiliant. Je ne veux pas courir dans le village en pleurant à cause de quelques stupides canulars téléphoniques !

Frances pencha la tête. Ses cheveux noirs raides, fraîchement coupés la veille, brillaient en cascade sur ses épaules. Son visage était pâle, sans maquillage.

— Tu me laisserais écouter ?

— Elle parle en français.

Frances eut un petit sourire en coin et tendit la main pour prendre le téléphone de Molly.

— Je peux gérer ça, ô toi de peu de foi. Je n'arrive pas à croire que je n'entends parler de ça que maintenant. Pas parce que je pense qu'il y a quelque chose à craindre. Allez, ne me fais pas cette tête. Tu sais parfaitement bien que c'est un point sensible pour toi – Ben ne t'a jamais donné une seule raison de t'inquiéter, n'est-ce pas ? C'est toi qui traînes des pieds, pas Ben.

Molly s'enfonça dans les coussins.

— Tu penses vraiment que je suis ridicule ?

— Tu es ridicule, ma chérie. Tu l'as toujours été, dit Frances en appuyant sur PLAY, et le téléphone commença à grésiller.

Demande-lui ce qui s'est passé l'année dernière.

— Comme c'est mystérieux, dit Frances en levant les yeux au ciel. Si c'est censé inspirer la peur ou le doute ou je ne sais quoi, c'est vraiment raté. Un échec total.

Elle rendit le téléphone.

— Je pense que tu devrais t'excuser auprès de Ben.

— Je ne l'ai jamais accusé de quoi que ce soit !

— Mais tu y pensais. Tu as cru cette voix stupide.

— Tu es tellement stricte, tu sais ça ?

Frances rejeta la tête en arrière et éclata de rire, si fort que Molly ne put s'empêcher de la rejoindre. Elle n'était pas totalement rassurée – et elle ne pouvait pas l'être, pas tant que la voix n'aurait pas un nom et une personne qui lui était associée, et que Molly ne comprendrait pas pourquoi ces appels étaient passés – mais au moins pour le moment, elle était capable de mettre tout ça de côté.

— Allons faire un saut à la pâtisserie Bujold pour prendre des croissants aux amandes et du café. Tu pourras me raconter toute l'affaire Petit et regarder comment je déniche le meurtrier dans ta liste de suspects.

— Oh, tu es si douée que ça ?

— Mais oui. J'ai appris des meilleurs, dit Frances en se penchant pour donner à Molly un gros baiser affectueux sur la joue.

⚜

MOLLY PROFITA de l'occasion pour acheter des pâtisseries pour ses hôtes négligés, et une fois rentrée, les sépara en deux sacs et se prépara à leur rendre visite. Il semblait être déjà tard, la journée lui ayant échappé. Bobo boudait de ne pas avoir eu sa promenade, et le bol de croquettes du chat roux était vide. Molly s'arrêta pour nourrir les animaux, puis repartit.

Elle frappa à la porte du cottage où Peggy et Wilson Tanner séjournaient, espérant ne pas interrompre leur déjeuner.

— Bon sang, c'est Molly ! s'exclama Wilson en ouvrant grand la porte. Entrez donc au chaud.

— J'ai pensé que vous aimeriez peut-être un petit quelque chose de la pâtisserie, dit Molly en tendant le sac.

— Vous êtes si attentionnée, Molly ! Nous devrons peut-être acheter des vêtements plus grands quand nous rentrerons chez nous, mais ça nous va très bien.

Peggy se leva péniblement du canapé et tituba de façon instable vers eux.

— Nous avons tellement apprécié Castillac, merci pour tout, dit-elle en prenant les mains de Molly dans les siennes. Mes jambes ne sont plus aussi fortes qu'avant, alors ce charmant Christophe nous a conduits partout. Nous sommes allés jusqu'à Beynac pour voir le château sur la falaise, et nous avons roulé le long de la Dordogne...

Elle secoua la tête.

— Nous savions d'après les photographies que c'est une région magnifique. Mais les photographies ne sont rien comparées à la réalité.

— C'est généralement le cas, dit Molly.

— Sauf quand ce n'est pas le cas. Peggy et moi avons fait quelques voyages où les photographies semblaient bien meilleures que ce qu'il y avait réellement, n'est-ce pas ?

— Eh bien, Wilson a raison. Il y avait cette plage... oh peu importe. Que puis-je vous servir à boire, Molly ? Wilson et moi sommes assez emballés par ce pineau que l'homme du magasin, comment s'appelle-t-il déjà, chéri ? L'endroit avec toutes les terrines en vitrine.

— Je ne m'en souviens pas, dit Wilson joyeusement.

— Il a un petit coup de fouet, dit Peggy d'un air malicieux.

Elle prit la bouteille, à moitié vide, et regarda Molly d'un air interrogateur.

— Bien sûr, je veux bien en goûter un peu. Qu'avez-vous pensé de Beynac ?

— Époustouflant. Je pouvais si facilement imaginer les soldats sur les remparts, en train de scruter la plaine à la recherche d'une armée en approche.

— Oui ! Et comme ce serait effrayant, que vous soyez en train d'attaquer ou d'être attaqué !

— Je pense que je préférerais faire pleuvoir des flèches vers le bas plutôt que vers le haut, dit Wilson. Ça devait en tuer tellement avant même qu'ils n'atteignent les murs du château.

Peggy s'assit à côté de Wilson et leva son verre.

— Aux vaillants guerriers ! dit-elle.

Ils trinquèrent et sirotèrent le pineau.

— Qu'avez-vous d'autre de prévu ?

— Eh bien, nous voulons voir Domme et le château de Hautefort. Christophe dit qu'à Rocamadour, nous nous gèlerons les fesses à cette période de l'année, avec le vent qui souffle si fort là-haut. Mais ça ne nous dérange pas.

— J'aime assez mon postérieur. Et le tien, dit Wilson à sa femme, et Molly sourit à son accent distingué de Virginie.

Molly resta encore quarante-cinq minutes à écouter leurs

récits de tout ce qu'ils avaient vu et quelques histoires de leur famille et de chez eux.

— Bon, je devrais y aller, il est temps de faire quelques courses. Y a-t-il quelque chose que je puisse vous rapporter ?

— Oh mon Dieu, dit Peggy. J'ai été si paresseuse pendant ce voyage, nous avons mangé au restaurant presque à tous les repas.

— Chez Papa ?

— Oh oui. Les frites !

— Le Café de la Place est excellent aussi. Très bon cassoulet, le plat parfait par ce temps.

— Merci encore pour tout, Molly. Je dois dire que c'est peut-être le premier voyage que nous ayons fait où rien n'a mal tourné. Pas de stress, pas de drame, juste du calme et de la beauté partout où nous regardons.

Molly appréciait beaucoup les Tanner, et elle était contente qu'ils soient si reconnaissants envers la région qui lui était si chère. Elle les avait peut-être négligés jusqu'à ce matin, mais au moins son propre stress et son drame n'avaient pas débordé jusqu'au cottage, et le son de la voix robotique disant *il n'est pas ce que tu crois* n'était audible que pour elle-même.

olly mangea un morceau de pain avec du fromage de chèvre de Lela Vidal avant de prendre le scooter pour aller au village. Il faisait trop froid pour ça et le trajet était inconfortable, bien que moins pénible une fois qu'elle atteignit la périphérie de la ville et ralentit. Elle cherchait Malcolm et espérait le trouver en train de flâner dans la rue, comme à son habitude, plutôt que chez lui.

Le village semblait désert, sans personne dans les rues et les fenêtres et portes hermétiquement fermées. Molly ressentit soudain l'envie de sentir à nouveau le soleil chaud sur son visage. Et en pensant aux endroits chauds, quel meilleur endroit pour une lune de miel qu'une plage, n'importe où ? Elle et Ben n'avaient même pas discuté d'un voyage, sauf de manière très vague, et bien sûr, s'ils ne résolvaient pas l'affaire Petit, ils n'iraient nulle part de sitôt, incapables de justifier les dépenses d'un voyage.

Molly parcourut une rue puis une autre sur son scooter pétaradant, à la recherche de Malcolm. Elle avait le prétexte de lui demander s'il y avait du progrès concernant la situation des nains de jardin de Lucie Severin, mais ce qu'elle voulait vraiment savoir, c'était ce qu'il faisait dans son annexe. Si les choses allaient très mal chez lui, elle voulait qu'il puisse y rester, mais elle devinait que l'arrangement devrait rester tacite, sinon il s'enfuirait.

Il était peut-être un criminel ordinaire, mais Malcolm Barstow avait sa dignité.

Elle monta et descendit, traversa une ruelle, fit demi-tour... personne n'était dehors, ni les femmes qui ne manquaient jamais un jour pour balayer le trottoir devant chez elles, ni Malcolm.

Se sentant momentanément vaincue, Molly s'arrêta à la pâtisserie Bujold pour se remonter le moral, enfreignant la règle qu'elle s'était fixée la veille de ne pas passer à la boutique deux jours de suite.

— Ma très chère Molly, dit Edmond, s'illuminant quand elle entra. Pour l'amour du ciel, ferme bien la porte derrière toi. Elle n'arrête pas de s'ouvrir avec le vent et je vais attraper la mort si le temps ne change pas bientôt.

— Je commence à penser que je devrais déménager sous les tropiques, dit-elle en se penchant par-dessus le comptoir pour lui faire la bise. Le froid me rend grincheuse, peut-être que je devrais juste rester à la maison pour ne pas l'infliger aux autres.

— Inflige-le-nous, ma chère, dit Edmond.

Molly s'approcha de la vitrine des confiseries et les examina.

— Tu vois, je n'ai même pas envie de pâtisserie.

— Quoi ?

Les yeux d'Edmond s'écarquillèrent d'alarme.

— Ne plaisante jamais, jamais avec la pâtisserie. Regarde la dernière rangée à droite. Tu me dis que tu n'as pas envie de goûter ce macaron à la lavande ?

Molly sourit.

— Eh bien, maintenant que tu le mentionnes... Je ne crois pas avoir déjà essayé cette sorte. C'est la première fois que tu en fais ?

— Oh non, non. Tu te focalises juste sur une chose – d'abord c'était les croissants aux amandes, puis les éclairs – et tu ne vois rien d'autre. J'en fais depuis plusieurs mois maintenant. C'est le préféré absolu de Lucie Severin.

— Ah, dit Molly. Eh bien, d'accord, voyons si Lucie s'y connait. Je me demandais...

— Oui ?

Edmond s'affaira, prenant une assiette et mettant en marche la machine à expresso, sachant que Molly en voudrait un.

— Un petit oiseau m'a dit quelque chose à propos de Lucie Severin...

Edmond rougit, ses oreilles devenant d'un rose vif.

— Je le savais !

— Molly, s'il te plaît. C'est... d'accord, c'est vrai, pendant un moment, Lucie et moi... mais c'est fini maintenant. Juste un bref éclair, et puis retour à l'amitié, rien de plus.

— Tu es le pâtissier le plus mélodramatique de tout le département.

— De toute la France.

— Sans aucun doute, dit-elle en riant.

— Alors dis-moi... Je n'ai généralement pas le plaisir de ta compagnie comme ça quand tu es sur une affaire. D'habitude, tu passes en coup de vent, l'air harcelé, et tu repars à peine un mot dit, serrant ton sac comme si la mort était juste derrière toi sur un balai. Maintenant je te vois pour une agréable conversation deux jours de suite. Que se passe-t-il ? Une impasse ?

— Bien essayé. Et un bon angle, en faisant appel à ma fierté de cette façon. Mais non, je ne partage aucun détail de l'enquête avec toi. Une étoile d'or pour l'effort, cependant !

Edmond souffla et lui tendit la tasse d'expresso.

— Tu n'aurais pas vu Malcolm Barstow aujourd'hui, par hasard ?

— Ce petit voleur ! Non, je ne l'ai pas vu, et j'en suis reconnaissant ! Tu sais qu'il a tendu le bras par-dessus le comptoir pendant que j'avais le dos tourné, a attrapé des petits pains frais, et s'est enfui en courant ? Et ne pense pas une seconde qu'il reviendra plus tard avec de l'argent, oh non.

— Je n'excuse pas du tout cela, bien sûr, dit Molly, mais il a des petits frères et sœurs qui ont parfois faim. Les parents de cette famille...

— Oui, oui, sans doute que les Barstow père et mère ne sont pas des modèles. Mais il y a des programmes gouvernementaux pour s'occuper de ça, tu sais que le filet de sécurité français est célèbre dans le monde civilisé...

Molly voyait qu'Edmond s'embarquait dans l'une de ses diatribes, et elle ne l'écouta plus tout en savourant le macaron, qui était superbe. Edmond continuait de parler. Lentement, Molly recula vers la porte, et quand il fit une pause pour reprendre son souffle, elle dit au revoir et se retrouva dans la rue glaciale.

Elle allait devoir se rendre chez les Barstow, aussi peu attrayante que soit cette perspective. Elle monta sur le scooter, le ventre au moins chaud, heureuse et rassasiée par les merveilleux efforts d'Edmond, et fila vers chez les Barstow, priant pour que Malcolm soit à la maison.

La maison était l'une des plus délabrées de Castillac. Molly nota mentalement de se renseigner sur l'identité du propriétaire et de voir si quelque chose pouvait être fait pour le forcer à mieux entretenir le bâtiment. Elle supposait qu'il y avait des réglementations – Dieu savait qu'en France, il n'en manquait pas, du moins du point de vue d'une Américaine – mais elle devinait aussi que le propriétaire pourrait délibérément négliger l'entretien dans une tentative de forcer les Barstow à partir.

Molly frappa fort à la porte, mais ses gants étouffèrent le son. Il n'y avait pas de heurtoir. Elle entendit un bébé pleurer à l'intérieur et s'apprêtait à frapper à nouveau lorsque la porte s'ouvrit brusquement.

— Malcolm ! Je suis contente de te voir. Je peux te dire un mot ?

— Un seul ?

Il lui sourit mais son visage semblait tendu.

— Plusieurs, en fait.

Il attrapa une veste – pas assez chaude pour le temps qu'il faisait – et rejoignit Molly sur le trottoir.

— Marchons pour nous réchauffer, dit-elle. Tu as vu les prévisions météo ? Combien de temps ce froid est-il censé durer, d'ailleurs ? J'en ai vraiment marre.

Malcolm marchait à côté d'elle en faisant un petit saut à chaque pas pour essayer de se réchauffer. Il haussa les épaules.

— Je ne regarde pas les prévisions météo, dit-il. Et puis, notre télé est en panne depuis une éternité.

— J'imagine que tu t'es donc blotti avec un livre ?

— Ouais, c'est ça, un rat de bibliothèque dévoué. Comme si j'avais tellement de temps libre que je pouvais rester allongé à lire des histoires.

Un pâté de maisons derrière eux, un homme observait attentivement Molly et Malcolm. Il portait un chapeau baissé de façon à ce que son visage ne soit pas facilement visible. Alors que Molly et Malcolm avançaient, il les suivait, se glissant parfois dans une ruelle, hors de vue, mais réapparaissant avant qu'ils ne s'éloignent trop.

— Malcolm.

Il haussa à nouveau les épaules.

— Ok, alors, j'ai été vérifier chez Severin, comme vous me l'avez demandé.

— Et ?

— Rien pour l'instant. C'est encore tôt. Pour autant que je puisse en juger, les nains sont exactement là où ils étaient quand vous m'avez emmené là-bas. Je n'ai vu personne rôder non plus. Mais vous savez...

— Oui ?

— Il fait un froid de canard dehors. Je n'ai pas pu maintenir la surveillance pendant de longues périodes. Je ne voudrais pas me transformer en glaçon.

— Ce n'est pas une question de vie ou de mort, dit Molly. Je ne voudrais pas avoir ta mort sur la conscience.

Il esquissa un sourire en coin et pendant un instant, il ressembla à son ancien lui-même insouciant.

— Alors, comment vont les choses, Malcolm ? À la maison... toujours pareil ?

— Euh, pas vraiment. Pas avec le vieux de retour.

— Ça fait un bon moment cette fois-ci, non ? D'habitude, il ne se fait pas arrêter peu de temps après sa sortie ?

— Ouais. Mais pas jusqu'à présent. Il reste à la maison la plupart du temps, il ne sort pas là où il s'attire des ennuis. C'est bien pire de mon point de vue, cependant.

— C'est pire pour lui de rester en dehors des ennuis ?

— Nan, c'est pas ça – c'est qu'il est là à la maison, tout le temps à respirer dans le cou de tout le monde. Ses amis minables viennent, ils sont bruyants et ils boivent – c'est juste... beurk. J'aimerais qu'il se fasse arrêter une bonne fois pour toutes et nous laisse en paix. Ce type, Alfie Welton, a pratiquement emménagé tellement il est là souvent. Et la maison n'est pas si grande.

Ils marchèrent quelques pâtés de maisons avant que Molly ne dise :

— J'imagine que tu es en quelque sorte l'homme de la maison quand il n'est pas là. Je peux comprendre que son retour puisse être... compliqué pour toi, surtout s'il ramène d'autres hommes en plus.

Malcolm ne répondit pas. Ils marchèrent un peu plus loin avant qu'il ne dise :

— Écoutez, ma mère est malade et je devrais probablement rentrer. Désolé de ne pas avoir de nouvelles des nains, mais je vais y retourner, peut-être en début de soirée.

— Il y a autre chose dont je voulais te parler.

— Ouais ?

— En fait, c'est deux choses. La semaine dernière, quand je préparais le cottage pour les locataires, j'ai trouvé un rouleau de billets dans la salle de bain.

Malcolm releva brusquement la tête.

— Quelle chance, dit-il.

— Tu sais quelque chose à ce sujet ?

— Pourquoi je saurais quelque chose ? C'est votre cottage. Vous croyez que je me balade dans le village en cachant des liasses de billets ici et là ? Dans mes rêves, dit-il, avec un rire que Molly trouva forcé.

— L'autre chose, c'est que – je t'ai vu sortir de l'annexe de La Baraque ce matin. Écoute, si les choses sont difficiles à la maison et que tu as besoin d'un logement, on peut en parler, mais je ne veux pas—

— Ça n'arrivera plus jamais, marmonna Malcolm. Je dois rentrer. Je vous recontacterai.

— À propos de cet argent... dit-elle, mais il était déjà parti en courant dans la rue et il disparut au coin.

Molly courut après lui, dépassant l'homme au chapeau ; elle vit le garçon passer tout droit devant sa maison puis s'engouffrer dans une ruelle.

Oh Malcolm, pensa-t-elle, souhaitant pouvoir... quoi ? L'accueillir chez elle, avec les enfants Valette ? Son propre petit orphelinat, rempli des enfants de Castillac que leurs parents ne comprenaient pas. Elle leva les yeux au ciel face à sa propre pensée en atteignant son scooter et se dirigea vers La Baraque et un poêle à bois poussé au maximum.

30

Bobo insista pour une promenade quand Molly rentra chez elle, alors à contrecœur elle mit un bonnet plus chaud et sortit dans le pré, la chienne courant devant elle et sautant occasionnellement en l'air de pur bonheur, ce qui rendait Molly heureuse malgré le temps. Elle essaya, autant que possible, de laisser ses pensées vagabonder à leur guise, errant ici et là sans essayer de les forcer dans une direction particulière. Elle avait découvert que se laisser aller de cette façon produisait parfois les réflexions les plus utiles, et sinon, cela lui offrait un repos mental bien nécessaire.

Elle pensa à Claude Blanchon, et à ce qu'il avait dû ressentir lorsque son père avait été dénoncé aux nazis, puis emmené, pour ne plus jamais être revu. Est-ce que ne pas connaître les détails exacts de son sort rendait les choses bien pires, ou cela n'avait-il pas d'importance ? Certaines choses étaient impossibles à savoir à moins de les avoir vécues soi-même.

Mais il ne fallait pas beaucoup d'imagination pour deviner que le désir de vengeance serait fort, même chez la personne la plus pacifique. Assez fort pour durer plus de soixante ans ? Assez fort pour agir, même en tant que vieil homme ? Molly pensait que oui.

Surtout avec Petit vivant juste à côté, et ne faisant rien pour améliorer l'opinion de quiconque à son sujet au fil de toutes ces années.

Elle frissonna, la température semblant avoir chuté de quelques degrés supplémentaires depuis qu'elle avait quitté la maison. Sifflant Bobo en faisant demi-tour, Molly essaya d'imaginer Claude en train de se faufiler derrière Bernard Petit, un cendrier levé dans une main.

Eh bien, peut-être. Ce n'était pas difficile de ressentir sa rage, son frisson à l'idée que justice soit enfin rendue – mais Claude Blanchon aurait-il vraiment pu grimper par cette fenêtre de cuisine ? Il ne semblait ni assez agile ni assez fort. Même si peut-être que l'idée de venger son père aurait rendu tout cela possible.

Ou peut-être que Blanchon avait simplement frappé à la porte d'entrée, et que Petit l'avait laissé entrer. La fenêtre de la cuisine aurait pu être laissée ouverte par Sarah Berteau complètement par accident, sans aucun rapport avec le meurtre. Molly ne voyait aucune raison pour que le meurtrier n'ait pas pu entrer directement par la porte d'entrée, s'il s'agissait de quelqu'un que Petit connaissait. C'était seulement que la fenêtre ouverte – par ce temps effroyablement glacial – semblait si évocatrice, qu'elle et Ben avaient supposé que c'était ainsi que le tueur était entré dans la maison.

Les suppositions stupides seront notre perte, murmura-t-elle dans un souffle, atteignant avec soulagement les portes-fenêtres et se glissant à l'intérieur, Bobo la poussant juste derrière elle.

Elle venait à peine d'enlever son manteau quand on frappa à la porte. Espérant que c'était Malcolm, elle l'ouvrit en grand pour voir Simon Valette debout devant elle, dans son manteau en cachemire et son foulard Hermès.

— Simon !

— Je peux entrer ?

— Bien sûr !

Molly était déstabilisée. Que faisait Simon, à se présenter comme ça chez elle ?

— Tu as les joues roses, dit-il avec une expression chaleureuse.

— Je pense que ce dont tu parles, c'est de gelures, dit-elle en riant. Bobo a insisté pour une promenade, même par ce temps affreux.

— On se plaint comme si l'Arctique était descendu sur nous.

— Je sais. Mais se plaindre est un peu comme les commérages, ici à Castillac. Les sports de village, tu sais.

— Je ne le sais que trop bien. Tu m'offres un verre ?

Molly hésita. Où était Ben ? Elle aurait souhaité que Simon amène les filles avec lui.

— Bien sûr. Il est presque six heures, n'est-ce pas ? Que puis-je te servir ? J'ai du rhum, une bouteille de blanc ouverte qui n'a rien de spécial, de la vodka...

— Que dirais-tu d'un shot de vodka avec un peu de citron ?

Cela semblait terriblement bon. Elle mit deux verres sur le comptoir et prépara les boissons. Ils levèrent leurs verres, trinquèrent et les vidèrent d'un trait.

— Ah, dit Simon. Merci. Asseyons-nous près du poêle, tu veux bien ? Je me suis présenté si grossièrement à ta porte parce que tu ne répondais pas à mes appels.

Il leva une main.

— Je ne te le reproche pas, Molly. Tu ne veux peut-être simplement pas me parler. Mais... je n'y crois pas vraiment. Dans tous les cas, dit-il, baissant la voix et prenant sa main dans la sienne, tu m'as manqué. Et tu manques aux filles.

— Je les ai vues vendredi dernier, dit Molly, s'inquiétant à l'idée qu'elles aient pu avoir besoin d'elle depuis et qu'elle ne s'en soit pas rendu compte.

— Pour elles, c'était il y a quelques années.

Molly poussa un grand soupir et pencha la tête vers lui.

— Tu as vraiment l'habitude d'obtenir tout ce que tu veux, n'est-ce pas ?

— Étrange chose à dire, étant donné les événements récents chez moi. Non, je ne dirais pas ça, pas même un peu.

Molly se mordit la lèvre, souhaitant pouvoir reprendre ses mots.

— Je voulais dire... Je ne voulais pas...

— Ce n'est pas mal de vouloir t'avoir dans ma vie, dit-il simplement. Peut-être que le moment n'est pas le meilleur. Et je suis conscient que tu es fiancée et que cela signifie que certains diraient que je donne un coup de poignard dans le dos de Ben. D'accord. Je suis coupable de cela, même si blesser Ben n'est pas mon intention. Mais voilà, Molly : depuis la première fois que je t'ai rencontrée, j'ai été fortement attiré par toi. Tu le sais − tu l'as ressenti aussi. Je n'en doute pas. Mais avec Camille... je n'étais pas libre de parler ou d'agir ou de faire quoi que ce soit d'autre que de rêvasser dans ma propre tête, à l'idée d'être avec toi.

La gorge de Molly se serrait et elle déglutit difficilement. Elle secoua la tête.

— Ne dis pas non, pas encore, dit Simon.

Il parlait franchement, sans supplier.

— Dis simplement que tu vas y réfléchir. Considère vraiment l'idée d'être avec moi, d'être une vraie mère pour Chloë et Gisèle. Assure-toi que ce n'est pas le chemin que tu veux suivre.

Simon se leva, la prenant par surprise.

— Je vais partir. Je t'aime beaucoup, tu le sais, et cela n'a rien à voir avec Camille, ou les filles, ou quoi que ce soit d'autre que toi. Tu es une femme tout à fait remarquable, une telle surprise à trouver, cachée dans ce petit village. Et j'ai de la chance de te connaître.

Il se pencha et l'embrassa sur la joue, pas d'une typique bise en l'air mais en posant bien ses lèvres sur sa peau. Elle inhala une odeur de feu de bois, de pierres, avec une note d'après-rasage aux herbes. Puis Simon prit ses épaules dans ses mains fortes et l'embrassa sur la bouche.

Les yeux de Molly s'écarquillèrent et elle se recula.

— Simon ! dit-elle.

— Réfléchis-y simplement, dit-il, et il marcha rapidement vers la porte et disparut avant qu'elle ne puisse dire quoi que ce soit d'autre.

MOINS D'UNE demi-heure plus tard, Ben rentra, ajoutant ses propres plaintes envers la météo à la grande pile que les habitants de Castillac avaient générée jusque-là ce jour-là.

— Oh, Molly, dit-il en l'enlaçant. J'ai l'impression qu'on s'est à peine vus ces derniers jours. Tu veux que je nous prépare un verre pour qu'on puisse discuter de l'affaire ? Ou tu as besoin de te changer les idées ? J'ai plusieurs choses à te dire, des choses importantes mais rien de très excitant.

Molly le serra à son tour dans ses bras, essayant de faire le vide dans son esprit encombré de pensées, et de simplement profiter de la sensation du corps solide de Ben contre le sien. Peut-être n'avait-elle pas été assez claire avec Simon ; elle se promit d'être limpide la prochaine fois, pour qu'il n'y ait ni erreur, ni confusion. Elle poussa un long soupir et étreignit Ben plus fort.

— J'ai pensé à Claude Blanchon toute la journée, dit-elle en allant au placard pour prendre une bouteille de vin blanc pétillant afin de préparer un kir.

— Et alors ?

— Parmi tous les suspects, c'est lui qui a le meilleur mobile.

Ben garda le silence un instant.

— Je ne suis pas sûr que l'opinion des autres compte beaucoup à cet égard. Un mobile est ce qu'il est pour la personne qui le possède.

— C'est... philosophique.

Il haussa les épaules.

— Rien de si profond. Je pense simplement qu'on ne peut pas les soupeser aussi nettement. Quelqu'un pourrait commettre un meurtre parce qu'une autre personne lui a coupé la route, tandis qu'un autre le remarquerait à peine. Nous avons tous des déclencheurs différents.

— Oublions l'affaire un instant. Penses-tu que tout le monde a un déclencheur pour le meurtre ? Toi y compris ? Et moi, d'ailleurs ?

— Bien sûr.

Molly y réfléchit. Puis elle rit.

— Je ne sais pas pourquoi j'ai posé la question, car en y réfléchissant ne serait-ce qu'un instant, je peux imaginer plusieurs situations où je pourrais être poussée à tuer quelqu'un.

— Nous sommes tous comme ça, si on est honnête. Même si, heureusement, ces circonstances sont suffisamment extrêmes pour que la plupart d'entre nous ne soient jamais mis à l'épreuve.

— Évidemment, je ne suis pas mère. Mais si quelqu'un faisait du mal à mon enfant, je veux dire *vraiment* du mal ?

Ben hocha la tête.

— Je comprends. Et tu dis que pour toi, le fait que Blanchon ait perdu son père, tué pendant la guerre, ce serait suffisant ?

— Suffisant pour que je veuille tuer la personne qui l'a dénoncé, oui. Ce qui n'est pas la même chose que de le faire – c'est là où tu veux en venir ? Parce que je suis d'accord, avoir le déclic, même pour une raison totalement compréhensible, ce n'est pas la même chose que de passer à l'acte. Donc, voilà ce que je te demande : penses-tu que Blanchon serait allé jusqu'au bout de cette impulsion ?

— Je peux imaginer la haine envers Petit grandir au fil des années.

— Pareil. Et je peux aussi imaginer Petit presque se délecter de la haine de Blanchon, et faire des choses pour l'énerver encore plus.

Ben leva les yeux au plafond et se caressa le menton, pensif.

— Peut-être devrions-nous retourner parler à l'autre voisin,

Chavanne. Il pourrait nous raconter quelques histoires sur le quartier et sur les relations entre Petit et Blanchon.

— Tu penses que Chavanne est hors de cause ? Peut-être que je n'ai pas assez insisté sur le fait qu'il était extrêmement bizarre et menaçant avec moi. Il jouait amoureusement avec ce pistolet, Ben. C'était tellement flippant. Et cette histoire avec le chien, la dispute à propos de l'arbre...

— Non, pas hors de cause. Mais comme tu l'as dit, étant donné son comportement avec le pistolet et son état physique, il semble plus probable qu'il aurait tiré sur Petit plutôt que de l'assommer.

— Voici ce à quoi je pensais. Oublions la fenêtre de la cuisine. À la place, la sonnette de la maison de Petit retentit, c'est le tueur, quelqu'un que Petit connaît, qu'il laisse entrer. Ils ont une sorte d'affaire en cours ensemble – peut-être que Petit écrit un chèque, regarde un dossier, je ne sais pas, ça pourrait être n'importe quoi qui l'amène à s'asseoir à son bureau. À ce moment-là, le tueur voit le cendrier posé là, s'en empare, frappe à l'arrière de la tête, et le tour est joué. Peut-être que c'était prémédité, mais probablement pas. Il ou elle essuie le cendrier et s'enfuit, verrouillant la porte d'entrée derrière lui. Ou elle.

— Tu es pointilleuse avec les pronoms. Est-ce parce que Laurine est en haut de ta liste de suspects, ou y a-t-il une autre femme que tu as découverte avec un lien dans cette affaire ?

— Je ne fais simplement aucune supposition. J'essaie de décrire une façon dont Petit aurait pu se retrouver mort même si le tueur était beaucoup plus faible que lui, même un vieil homme comme Chavanne ou Blanchon. Pas d'escalade de murs ou de passage par les fenêtres. Juste marcher droit jusqu'à la porte d'entrée, et bam.

— Tu n'es pas gênée par le mensonge de Franck ou le vol à l'étalage de Laurine...

Molly haussa les épaules.

— Pour lui, non. Apparemment, les liaisons ici en France sont monnaie courante, dit-elle avec un sourire moqueur. Pour elle, je mettrais ça sur le compte d'une erreur de jeunesse. Elle a gardé un emploi pendant plusieurs années, semble avoir réussi, ce n'est pas du tout une voleuse. Et soyons honnêtes, à part pour Madame Tessier, le vol à l'étalage est loin d'être comparable au meurtre.

— Je ne l'aime pas, dit Ben. Mais je ne pense pas qu'elle ait tué son père.

Molly acquiesça.

Ils étaient installés sur le canapé l'un à côté de l'autre, sans se toucher, en train de siroter leurs boissons et de regarder le feu vacillant dans le poêle à bois. Pendant environ quinze minutes, ils restèrent ainsi, poursuivant leurs réflexions privées, essayant d'imaginer les possibilités du meurtre de Petit, espérant tomber sur la combinaison qui leur donnerait ce sentiment de *oh oui, c'est ça, ça aurait très bien pu se passer comme ça...*

Finalement, Molly prit la parole.

— Écoute. Je n'aime pas dire ça. D'une part, j'aimerais vraiment que cette affaire se termine parce que nous avons une fête à organiser. Tu sais que c'est dans à peine une semaine !

—Je sais. J'ai juste désespérément envie que ce meurtrier soit attrapé d'abord. Et ce que je pense vraiment, c'est qu'aucune de ces personnes ne semble convenir. Objectivement, ça pourrait être n'importe lequel d'entre eux, si on passe en revue la liste des mobiles, des moyens et des opportunités. La plupart des gens que nous avons examinés n'ont pas de véritable alibi, ils vivent seuls, ils voyageaient, peu importe. Laurine est probablement la seule à avoir un alibi vérifié. Blanchon et Chavanne vivent seuls, ce n'est pas surprenant qu'ils ne puissent pas justifier de leurs allées et venues. Mais subjectivement ? On a l'impression qu'il y a quelqu'un d'autre là-bas, quelqu'un que nous n'avons pas remarqué parce que notre attention a été accaparée par tous les suspects évidents. D'une manière ou d'une autre, nous devons élargir notre champ de recherche. Nous n'avons pas échoué à prouver l'affaire parce que le tueur a été si rusé que nous n'avons pas pu l'attraper

– c'est parce que nous ne regardons pas la bonne personne. Et si Laurine avait raison à propos de Franck ?

Molly haussa les épaules.

— D'après ce que j'ai vu l'autre soir, elle a du pain sur la planche.

— Que veux-tu dire par « du pain sur la planche » ?

Molly rit.

— Qu'elle veut te séduire ? Je ne lui en veux pas, ajouta-t-elle en lui prenant la main et en la serrant. Seulement, c'est clairement une manipulatrice. Elle veut tout l'héritage de son père et veut écarter Franck. C'est peut-être vrai ou non, mais tu dois admettre que c'est tout à fait crédible. Et vu le manque de preuves pour étayer sa version, c'est probablement la vérité.

Ben finit son verre, l'inclinant pour en avoir jusqu'à la dernière goutte.

— Je ne veux pas dire que tu as raison. Mais... je pense que tu as raison.

La journée avait été longue et il n'y avait pas grand-chose dont se réjouir. Molly voulait poser sa tête sur l'épaule de Ben, mais elle avait l'impression que ce serait presque un mensonge, avec tant de choses qu'ils devaient se dire et qui restaient non dites. Mais ce n'était pas le moment pour cette conversation, pensa-t-elle, sachant qu'elle cherchait probablement des excuses mais peu disposée à changer d'avis.

Elle préparerait une omelette pour le dîner et parlerait de tout sauf de ces appels robotisés, du problème de Simon, de cette peur qu'elle n'arrivait pas à chasser – que ce rêve éveillé avec Ben était sur le point de s'effondrer autour d'elle.

31

Mardi, Ben partit tôt pour Bergerac, et en voyant un réfrigérateur presque vide, Molly se rendit au village pour prendre son petit-déjeuner seule au Café de la Place.

La vague de froid s'était atténuée, mais il ne faisait toujours pas assez chaud pour manger en terrasse. À l'intérieur, Pascal afficha son sourire caractéristique et l'odeur de viande et d'oignons rôtis était réconfortante. Se sentant un peu seule, Molly regarda autour d'elle pour trouver quelqu'un à rejoindre, mais elle ne vit personne qu'elle connaissait.

— C'est un peu plus civilisé dehors, non ? dit Pascal en s'essuyant les mains sur son tablier alors qu'il s'approchait de la table de Molly.

— Il fait plus chaud. Mais...

Molly haussa les épaules.

— Je ne dirais pas que c'est *agréable*.

— J'aimerais que ce soit août toute l'année.

— Toi et moi aussi. Quel chef-d'œuvre ta mère a-t-elle concocté aujourd'hui ? Je prendrai le Spécial pour l'instant, mais je reviendrai peut-être pour le déjeuner.

Pascal haussa un sourcil mais garda ses pensées pour lui.

— Le Spécial, tout de suite, dit-il avant de disparaître derrière les portes battantes de la cuisine.

Au cours de l'heure suivante, Molly but plusieurs cafés crème, grignota un des croissants d'Edmond et sirota un grand verre de jus d'orange fraîchement pressé. Une fois résignée à manger seule, cela ne la dérangeait pas et elle laissa ses pensées vagabonder. Elle pensa à quel point elle aimait La Baraque et comment c'était la première maison qui lui donnait vraiment l'impression d'être chez elle. Elle pensa à Bernard Petit et se demanda s'il avait eu la moindre idée de ce qui allait arriver, dans les moments précédant sa mort. Puis, avec un peu de culpabilité, elle se demanda si Simon prétendait l'aimer parce qu'il avait traversé tant de tragédies récentes et qu'il s'accrochait simplement à n'importe quelle bouée de sauvetage à portée de main. Et d'un point de vue plus pratique, elle se demanda s'ils parviendraient à rester amis après son mariage avec Ben.

Mais surtout, elle se demandait si Ben allait être honnête avec elle et toujours la soutenir.

Et si elle serait capable de faire de même pour lui.

Quand elle eut étiré le petit-déjeuner presque jusqu'à l'heure du déjeuner, elle paya l'addition et sortit, avec l'intention de rendre une nouvelle visite à Madame Tessier. Toujours perdue dans ses pensées, Molly ne regarda pas la rue dans les deux directions comme d'habitude et ne vit pas l'homme avec une casquette rabattue sur le visage, en train de se faufiler à côté de la maison de la presse, alors qu'il l'observait. Elle ne le vit pas non plus la suivre tandis qu'elle se frayait un chemin à travers l'enchevêtrement de rues jusqu'à la rue Saterne où vivait Madame Tessier.

Molly sentit son téléphone vibrer dans sa poche et le sortit, se préparant toujours mentalement au cas où ce serait Lawrence en train de jouer son rôle d'annonciateur de décès récents. Elle vit le numéro de Ben et ressentit un rapide soulagement.

— Salut, dit-elle, souhaitant qu'il soit là en personne.

— Une percée, enfin, dit-il, sa voix pleine d'énergie.

— Quoi ? Dis-moi !

— J'ai parlé à... bref, pour faire court, tu souhaitais qu'on trouve quelqu'un de nouveau, un nouveau suspect, et c'est ce que j'ai fait. De plus, je ne pense pas que Léo en ait la moindre idée.

— À propos de quoi ? Qui ?

— Stéphane Burnette. C'était un associé de Petit, ils importaient beaucoup de tissus indiens, ils avaient un grand projet pour les vendre à des maisons de couture à Paris, peut-être par l'intermédiaire de Laurine ?

— Elle est mêlée à tout ça après tout ?

— Non, pas que je sache. Ce qui s'est passé, c'est qu'une affaire entre Petit et Burnette a mal tourné. En gros, Petit a utilisé l'argent de Burnette pour acheter le tissu, a organisé la vente et a gardé tout le profit pour lui.

Molly soupira.

— On dirait juste une personne de plus à ajouter à la liste de ceux qui détestaient Bernard.

— Peut-être. Mais au moins c'est quelqu'un de nouveau, et cette trahison était récente. On peut le trouver, voir ce qu'il a fait. Si ce n'est pas lui, peut-être qu'il saura quelque chose.

— Tu as l'impression qu'on tire sur des fils et encore des fils mais qu'il n'y a jamais vraiment de dénouement ?

— Quelque chose comme ça. J'ai de l'espoir pour celui-ci, cependant, Molly.

— Comment as-tu découvert son existence ?

— J'ai appelé quelqu'un qui me devait un service et j'ai pu entrer dans la maison de Petit. J'ai parcouru ses papiers, en notant tous les noms que je trouvais. Puis j'ai parlé à Laurine, qui a corroboré ce qui s'est passé. Elle a même dit que Burnette était furieux quand il l'a découvert, allant jusqu'à se rendre à Paris pour la coincer devant son appartement, en hurlant. Elle a appelé la police.

— Hmmm.

Aucun des deux ne parla pendant un moment.

— Tu lui fais confiance, Ben ?

— À ce sujet ? Oui. Et de toute façon, l'histoire est là dans les registres financiers de Petit, donc ce n'est pas comme si on devait la croire sur parole sans aucune autre preuve.

— Mais tu as dit qu'elle n'était pas mêlée à ça.

— Eh bien, je voulais dire... elle a peut-être négocié la vente du tissu pour son père, mais ça ne change rien au fait que Burnette s'est fait avoir, ce qui était l'idée de Petit.

— À moins qu'elle n'ait encaissé le paiement et tout reversé à son père au lieu de le partager avec Burnette.

Ben soupira.

— D'accord, si tu veux. Laurine est peut-être impliquée. Mais Molly, le point principal de ce que je te dis, c'est qu'on a un homme qui s'est fait escroquer de manière flagrante par Petit et qui avait toutes les raisons d'être furieux contre lui. Alors trouvons-le, vérifions son alibi, la procédure habituelle.

— Laurine pense qu'il est innocent ? Elle doit le penser, si elle nous dit que c'était son frère.

Ben serra les lèvres de frustration.

— Écoute, je vais voir Tessier. Je lui vais lui demander si elle connaît... comment il s'appelle déjà ? Stéphane Durkette ?

— Burnette.

Quelque chose dans cet échange fit rire Molly, et ils se dirent au revoir en se sentant légèrement mieux l'un envers l'autre. Elle prit un raccourci par une ruelle étroite qui menait à la maison de Tessier, impatiente de lui demander si elle avait déjà entendu parler de Stéphane Burnette.

L'homme à la casquette s'engagea dans la ruelle juste derrière elle, en marchant rapidement pour la rattraper.

Molly s'arrêta soudain, se retourna, et vit l'homme s'arrêter brusquement. Elle réfléchit, puis se dépêcha de traverser la ruelle et émergea rue Saterne avant qu'il ne puisse l'atteindre. Madame Tessier arrivait de l'autre côté de la rue, un sac à provisions à la main, et Molly lui fit signe.

— Oh, ma chère, entre, entre, je pensais à toi. Tant de jours sont passés, et si mes informations sont correctes, il n'y a eu aucune arrestation, et toi et Ben tournez en rond ?

— Je ne sais pas d'où vous tenez vos informations, dit Molly en faisant une grimace. Mais je ne peux pas dire que ce soit incorrect.

Elles entrèrent à l'intérieur où le chauffage était poussé au maximum, malgré la douceur du temps. Molly s'effondra sur le canapé en velours et essaya de se concentrer.

— Stéphane Burnette, dit-elle, sans attendre que Madame Tessier range ses courses.

— Ah, oui. Je ne le connais pas, mais j'ai entendu ce nom. De Bergerac, je crois. Une sorte de Don Juan.

— Pour de vrai, ou dans sa tête ?

Madame Tessier gloussa.

— Peut-être les deux. Dis-moi, as-tu trouvé autre chose sur Laurine ?

— Vous pensez vraiment que c'était elle, à cause de cette vieille histoire de vol à l'étalage ? Ou vous cherchez juste un potin croustillant ?

— Je suis toujours à la recherche de potins croustillants, cela va sans dire. Quant à savoir si elle est coupable, il serait imprudent de ma part de l'affirmer.

— Mais que vous dit votre intuition ?

— Je croyais que l'intuition était sous-estimée dans le métier de détective privé.

— Vous êtes d'humeur difficile, Madame Tessier !

Elle rit de nouveau.

— Veux-tu que je nous fasse du thé ? Ensuite, nous pourrons avoir une vraie conversation. Je promets de ne pas être aussi contrariante.

Molly accepta le thé sans enthousiasme et attendit impatiemment que Madame Tessier revienne.

— Ah, nous y voilà, dit la femme plus âgée, alors qu'elle arrivait avec un petit plateau, deux tasses de thé, et quelques biscuits sur une assiette. Je sais que le thermomètre indique que la température a augmenté, mais mes vieux os mettent du temps à se débarrasser du froid.

Molly sourit, espérant que la sueur ne commencerait pas à couler le long de son visage.

— Alors. Stéphane Burnette ? Quoi d'autre ? Avez-vous une idée du genre d'homme qu'il est ?

Madame Tessier fit un haussement d'épaules exagéré.

— Parle à Inès Bériot. Elle vit à Bergerac, elle vend des épices au marché le mercredi. Elle est mariée, donc elle ne sera peut-être pas très désireuse d'en parler, mais il se trouve que je sais qu'elle a eu une liaison avec Burnette l'année dernière.

— Oh, c'est bien. Et la liaison est terminée maintenant ? Savez-vous qui y a mis fin ?

— Lui. Elle prétendait avoir le cœur brisé, mais ensuite elle s'est mise avec le vendeur de légumes du stand d'à côté, donc je dirais que son cœur s'est réparé assez rapidement.

Molly hocha la tête, réfléchissant déjà à ce qu'elle dirait à Inès.

— Est-ce la meilleure piste que tu as ? Quel est le mobile de Burnette ? demanda Madame Tessier.

— Petit l'a trahi dans une affaire.

Tessier agita la main en l'air.

— Oh, vraiment ? J'imagine que c'est monnaie courante avec un homme comme Petit. Les gens se font arnaquer tout le temps, et si tu fais des affaires avec un homme comme Bernard Petit, il faudrait être aveugle pour ne pas réaliser dès le départ que perdre son argent est une possibilité distincte.

— Peut-être, mais il n'y a aucune raison qu'une personne aveugle – ou trop optimiste, ou naïve, choisissez l'adjectif que vous voulez – ne puisse pas être assez exaspérée pour tuer quelqu'un.

— Objectivement, je ne peux pas dire le contraire. C'est juste que... ma vision de l'affaire est quelque chose de plus... disons, romantique ? Ou non, c'est aller trop loin – plus émotionnel. Pas seulement une question d'argent.

— Mais une situation comme celle-là suscite beaucoup d'émotions, vous ne croyez pas ? Votre confiance est brisée, vous vous sentez trahi, on vous a menti, et cetera. Un meurtre qui en découlerait ne serait guère un calcul froid uniquement lié à l'argent.

Madame Tessier soupira.

— Je t'adore, Molly, vraiment, mais je t'apprécierais encore plus si tu considérais mes opinions comme les joyaux qu'elles sont.

MOLLY DÉCIDA de rentrer chez elle au lieu de retourner au Café de la Place pour déjeuner, bien que la perspective d'un bol fumant de cassoulet fût tentante. Elle espérait que Ben était revenu de Bergerac et qu'ils pourraient discuter du développement concernant Burnette.

En marchant vers sa voiture, elle croisa quelques villageois qui profitaient de la fin de la vague de froid, et elle s'arrêta pour bavarder avec certains d'entre eux. Alors qu'elle remontait la rue Saterne, elle eut soudain la sensation que quelqu'un l'observait, mais quand elle se retourna brusquement pour regarder, il n'y avait personne. Elle leva les yeux vers les bâtiments environnants, mais ne vit personne qui regardait dehors.

En tournant au coin, elle faillit heurter la chef Charlot et Paul-Henri, dont les visages étaient très sérieux.

— Chantal, Paul-Henri, bonjour à vous deux.

— Bonjour, Molly, dit la chef Charlot sans sourire.

Paul-Henri offrit également son salut, l'expression sombre.

— J'ai entendu parler du cambriolage chez les Bisset, dit Molly.

— Ce n'est pas comme si nous pouvions faire du gardiennage

pour chaque maison de toute la commune, répliqua sèchement Charlot.

— Bien sûr que non ! Je ne vous reprochais rien, dit Molly.

— Les gens ne prennent aucune précaution, ils ne prennent même pas la peine de fermer leurs portes à clé. Et puis ils sont choqués, *choqués*, quand un voleur entre tranquillement et les dépouille.

— Est-ce qu'il a emporté beaucoup de choses ?

— En effet, si Jules Bisset est honnête sur la quantité qu'il avait dans son coffre-fort, et je n'ai eu aucune indication que Monsieur Bisset soit un menteur.

— C'est vrai. Je suppose que les gens se méfient un peu des banques ces jours-ci. Tant de nouvelles sont inquiétantes.

— Ce n'est pas inquiétant pour moi parce que je n'ai pas une énorme pile d'investissements qui sont à risque. Je mène une vie modeste, Molly, comme la plupart des gendarmes. Une vie de service, si je peux me permettre.

Même Paul-Henri leva les yeux au ciel à ces mots, et il était généralement l'un des hommes les plus patients.

— Quoi qu'il en soit, dit-il. Les Bisset nous attendent.

— Je ne veux pas vous retenir, dit Molly. Je me demandais juste, avez-vous des suspects ? Devrais-je mettre en place une sécurité supplémentaire à La Baraque ou pensez-vous que cette affaire sera résolue assez rapidement ?

— Eh bien, le criminel résident du village est de retour en ville depuis quelques semaines. Malheureusement, jusqu'à présent, les Bisset affirment que le voleur n'était pas Fletcher Barstow, même s'il est connu pour être attiré par l'argent comme un papillon par la flamme, dit Charlot.

— Jusqu'à présent ? Vous pensez qu'ils pourraient changer d'avis ?

— Je ne pense pas qu'il soit déraisonnable de penser que Fletcher aurait pu utiliser un déguisement ou quelque chose du genre. Donc Paul-Henri et moi allons leur montrer quelques croquis – à quoi il pourrait ressembler avec un faux nez, une moustache, ce genre de choses.

— Et son accent ? Je suppose que le voleur parlait français ? Fletcher a toujours parlé anglais, pas que je lui aie parlé plus de quelques fois.

— Oui, bien sûr, nous nous en occupons, dit Paul-Henri. Le voleur a bien parlé en français, mais Madame Bisset se demande si l'accent était celui d'un natif. Nous avons quelques fichiers audios à lui faire écouter, des Britanniques de différentes régions du Royaume-Uni avec leurs accents français variés, tous terriblement tristes à entendre. Ce serait drôle si ce n'était pas dans le cadre d'une enquête.

— Intéressant ! J'espère qu'il est coupable et que vous l'attraperez. Ce serait le mieux pour la famille, j'en ai peur.

— Oh, je sais à quel point vous chérissez Malcolm. C'est le sujet de conversation du village, dit Charlot, avec un ton désagréable dans la voix.

Molly jeta un coup d'œil à Paul-Henri et vit son cou rougir, devinant qu'il était la source des ragots.

— Eh bien, oui, j'avoue avoir un faible pour lui. Ce n'est pas sa faute si son père est un désastre et si sa mère n'a pas la force de lui tenir tête. Le gamin fait de son mieux pour sa famille, et je respecte ça.

— Jamais je ne respecterai un hors-la-loi, renifla Charlot.

Molly hocha la tête.

— Je comprends. Bon, je devrais y aller. Bonne chance et comme je l'ai dit, j'espère que Fletcher finira derrière les barreaux, là où est sa place.

— Il a prouvé à maintes reprises qu'il n'est pas un très bon criminel, dit Charlot. J'ai donc toute confiance qu'il ne s'en sortira pas cette fois non plus. J'ai d'ailleurs quelque chose pour vous, dit Charlot, un sourire authentique illuminant son visage pour une fois. C'est à propos du meurtre de Petit.

Les yeux de Molly s'élargirent.

— Dites-moi, répondit-elle en touchant le bras de Charlot.

— Ce n'est peut-être rien. Mais j'ai entendu de quelqu'un que je connais à Bergerac que Bernard Petit était connu pour garder de grosses sommes d'argent chez lui. C'était de notoriété publique, d'après ce qu'on m'a dit.

— Je n'en ai pas entendu mot.

Charlot haussa les épaules.

— Comme je l'ai dit, ce n'est peut-être rien. La maison a-t-elle été fouillée, y avait-il des signes de recherche, quelque chose comme ça ?

— Pas que je sache.

— Vous avez bien un lien avec Léo Lagasse, n'est-ce pas ?

— Ben le connaît. Mais bien sûr, ce n'est pas comme s'il nous appelait chaque fois qu'il obtient une nouvelle preuve.

— Ni l'inverse, dit Charlot avec un sourire narquois.

— Eh bien, merci pour l'info. J'apprécie vraiment, dit Molly. Même si ça n'explique pas son meurtre, ça donne un sens à l'embauche de Ben par Petit l'automne dernier. Il avait une longue histoire à propos de parapluies volés ou quelque chose comme ça, mais maintenant la raison pour laquelle il voulait installer ces caméras vidéo semble évidente.

— Chef, dit Paul-Henri, qui ne s'intéressait pas beaucoup aux personnes qu'il n'avait pas rencontrées et aux affaires sur lesquelles il ne travaillait pas. Les Bisset !

Ils se dirent au revoir et Molly rejoignit sa voiture pour rentrer chez elle. Donc, les Bisset et peut-être Petit avaient beaucoup d'argent liquide chez eux... était-ce une pratique courante en France, ou à Castillac en particulier ? Sinon, comment le voleur avait-il su quelle maison cambrioler ? Les Bisset se méfiaient-ils des banques ou s'agissait-il d'autre chose ?

Oh, arrête, se dit-elle en sortant de la voiture et en se préparant à l'assaut de Bobo qui fonçait vers elle. Tu enquêtes sur un meurtre, pas sur un vol.

Concentre-toi, ma fille. *Concentre-toi.*

— RÉMY SE SENT un peu déprimé, rien de grave, mais je vais le retrouver pour dîner Chez Papa si ça ne te dérange pas, dit Ben au téléphone, juste avant le dîner.

— Bien sûr que ça ne me dérange pas, dit Molly. Je voulais cependant te parler de Stéphane Burnette. Madame Tessier m'a un peu parlé de lui, mais rien de très révolutionnaire. Quand est-ce que je te verrai ?

— Je ne rentrerai pas tard, dit-il. Je t'aime.

— Je t'aime aussi, dit Molly, se sentant un peu honteuse de prononcer ces mots — même si elle les pensait — alors qu'elle n'avait toujours pas pu se résoudre à lui parler des messages téléphoniques et de la voix robotisée. Elle ne lui avait rien dit non plus sur le fait d'avoir été suivie.

Ni à propos de Simon Valette.

C'était comme si, une fois que leur franchise mutuelle avait été restreinte, elle avait complètement disparu.

Tout à coup, elle réalisa que les deux choses pouvaient être vraies : que celui qui laissait les messages essayait de causer des problèmes, *et... aussi... en plus...* Ben n'était peut-être pas aussi fidèle qu'elle l'avait pensé.

Je me suis dit que c'était soit l'un, soit l'autre, mais c'était une supposition, pensa-t-elle. Il était tout aussi possible que ce soit *et aussi*. Dans un soudain accès de déprime, elle poussa plus de bois dans le poêle et se laissa tomber sur le canapé, manquant de peu de mettre sa tête dans ses mains. Le chat roux sauta sur le dossier du canapé et la fusilla du regard.

— Ne commence pas, dit Molly.

❧ 32 ☙

Le lendemain matin, le placard était toujours vide, et bien que Molly ne cessât d'établir des règles sur la fréquence à laquelle elle pouvait se rendre à la pâtisserie Bujold, pour ensuite les enfreindre (souvent le jour même), elle enfila un manteau et, reconnaissante que le temps plus doux se maintienne, partit en scooter pour le village, attirée par le réconfort délectable d'un croissant aux amandes chaud, tout juste sorti du four d'Edmond.

Le soleil brillait et les villageois étaient de sortie, certains adossés à un mur de pierre, le visage tourné vers le ciel, avec des expressions de soulagement et de contentement. Molly avait envie de s'arrêter pour les rejoindre — et en profiter pour glaner des nouvelles sur le cambriolage des Bisset — mais sa bouche salivait si désespérément pour le croissant qu'elle continua jusqu'à la pâtisserie. Une fois arrivée, elle fut surprise de voir Malcolm en sortir, portant un grand sac blanc.

— Bonjour, Malcolm. Je croyais que tu étais persona non grata ici.

— Bonjour Molly. Persona non-quoi ?

— Persona non grata. Une personne indésirable. Tu n'as jamais étudié le latin ?

— Personne n'étudie le latin, chère vieille dame, dit Malcolm avec un grand sourire, et son sourire était si charmant que Molly sourit à l'insulte.

— Tu achètes un petit-déjeuner ? dit-elle en montrant le sac.

— Ouais. Les petits...

— Je suis sûre qu'ils seront reconnaissants. Je suis certaine que mon enfance aurait été très différente si les pâtisseries d'Edmond en avaient fait partie.

Malcolm rit un peu nerveusement.

— Au fait, j'allais venir vous voir plus tard. J'ai découvert qui était le ré-arrangeur de nains.

— Vraiment ?

— Quoi, vous doutez de moi ?

— Non, non... c'est plutôt que je n'étais même pas sûre de savoir si Lucie Severin imaginait des choses. Je veux dire, c'est difficile de trouver une raison pour laquelle quelqu'un ferait une chose pareille, non ? À moins qu'ils n'essaient de la rendre folle, ce qui est possible mais ne semblait pas très probable.

— Si vous voulez connaître le motif, ça va vous coûter plus cher.

Molly rit.

— Dis-moi qui l'a fait.

— C'est votre locataire du gîte.

Molly le fixa du regard.

— Qui ?

— Je ne connais pas son nom. Je ne pensais pas que ce serait très professionnel de ma part d'aller la voir et d'exiger une présentation. Au bout du compte, je l'ai vue le faire – et ça a pris une éternité, laissez-moi vous dire ça. Heureusement qu'il ne faisait pas si froid parce que je suis resté assis là pendant des heures à attendre qu'elle finisse. Elle déplaçait un nain de quelques mètres, reculait, le regardait, puis le déplaçait encore de quelques mètres sur le côté. Encore, encore et encore, jusqu'à ce que je sois à deux doigts de perdre la tête.

Molly secouait la tête.

— C'est tellement étrange, n'est-ce pas ? Tu es sûr que c'est une de mes locataires ? À quoi ressemblait-elle ?

— À quelque chose sorti d'un livre de contes. Une cape rouge avec une capuche. J'ai cru pendant un moment que c'était le Petit Chaperon rouge, vous voyez ?

Molly secouait la tête, ayant du mal à y croire. Les gens étaient si bizarres.

— Bref, elle a enfin terminé et elle est partie, et je l'ai suivie jusqu'à La Baraque. Elle séjourne dans le pigeonnier.

— Daisy McPherson, murmura Molly.

— Hé, peut-être que c'est elle qui a aussi dépouillé les Bisset, dit Malcolm, en levant les yeux vers Molly avec espoir.

— Hm, dit Molly distraitement. Écoute, Malcolm, à propos de la liasse de billets que j'ai trouvée dans le cottage. J'ai envoyé un e-mail aux hôtes qui y ont séjourné en dernier et ça ne leur apparte-nait pas. C'est vrai que je n'ai pas de preuve, mais je te demande d'être honnête avec moi maintenant. C'est toi qui l'as mise là, n'est-ce pas ?

Malcolm baissa la tête, ressemblant presque à un personnage de dessin animé, et Molly retint un sourire.

— Eh bien, ouais. Vous allez me le rendre ?

— À qui appartient cet argent ? N'essaie pas de me dire que tu l'as trouvé par terre sur le trottoir. Et écoute – si tu as des ennuis, je ne peux pas t'aider si tu ne me dis pas ce qui se passe.

Il marcha plus vite et Molly trottina pour le rattraper.

— Malcolm, allez !

— Je l'ai volé à l'épicerie, d'accord ? J'y étais un jour et Ninette est allée à l'arrière pour aider quelqu'un, et elle a laissé la caisse grande ouverte. J'ai juste pris ce que je pouvais et je suis parti. Je sais que je n'aurais pas dû, mais je ne sais pas, quelque chose m'a pris.

Molly secouait la tête.

— Oui, je suis d'accord que tu n'aurais pas dû. J'aimerais te le rendre pour que tu puisses le rapporter, mais j'ai l'impression que ce serait trop optimiste de ma part.

— Ce n'est pas *tant* d'argent que ça.

Molly lui lança un regard sceptique.

— Tu plaisantes ? C'est beaucoup d'argent, et de toute façon, le montant n'est pas la question. Ce n'est pas à toi, Malcolm, tu l'as volé. Je veux que tu ailles parler à Ninette et que tu lui dises ce que tu as fait. Quand j'aurai de tes nouvelles ou des siennes me confirmant que tu l'as fait, je rendrai l'argent. C'est clair ?

Elle vit une forme sombre surgir sur le côté et se retourna pour voir Fletcher Barstow se diriger vers eux, l'air renfrogné.

— Hé ! dit-il en attrapant Molly par le bras. Laisse mon gamin tranquille, tu m'entends ?

Molly dégagea son bras.

— Ne me touchez pas !

— P'pa, dit Malcolm d'une voix basse.

Fletcher saisit à nouveau Molly par le bras et le serra.

— J'ai dit laisse-le tranquille. C'est mon fils, pas ton petit jouet !

Molly se débattit pour se libérer mais l'emprise de Fletcher était trop forte.

— P'pa ! Laisse-la tranquille ! cria Malcolm.

Une clochette tinta et Edmond Nugent sortit en trombe de la pâtisserie Bujold, brandissant un rouleau à pâtisserie.

— Monsieur Barstow ! cria-t-il en levant le rouleau et en le faisant tournoyer en l'air.

À contrecœur, Barstow lâcha prise.

— Rappelle-toi ce que j'ai dit, dit-il à Molly, tout en saisissant le col de la veste de Malcolm et en commençant à le tirer dans la rue en direction de leur maison.

— Un fléau pour le village, marmonna Edmond. Eh bien, au moins le petit vaurien a payé les pâtisseries cette fois-ci.

— Je sais que c'était à la dernière minute, merci d'être venue, dit Ben à Molly alors qu'ils se tenaient devant Le Petit Nuage, un petit restaurant à Bergerac.

Molly s'irrita, pensant qu'il lui parlait comme si elle était une cliente ou une simple connaissance plutôt que la femme qu'il allait épouser dans quelques jours.

— La matinée a été mouvementée, marmonna-t-elle, ne disant rien de sa confrontation avec Fletcher Barstow. Alors, c'est quoi le plan ? On va déjeuner avec les voisins de Petit ?

— Voici mon raisonnement. Nous avons parlé au groupe individuellement, mais ces gens vivent côte à côte depuis des décennies. La rue Lafayette est comme son propre petit écosystème. J'ai pensé qu'il serait intéressant de voir comment ils interagissent entre eux, pas seulement avec nous.

Molly haussa les épaules.

— D'accord. C'est une idée correcte.

— Juste correcte ?

Molly haussa à nouveau les épaules et détourna le regard.

— Et Stéphane Burnette ? Je croyais que c'était ton cheval de bataille dans cette affaire ?

— C'est l'un des sujets que je veux aborder.

— Voilà Blanchon qui arrive.

Ils regardèrent le trottoir et virent l'homme s'approcher, un sourire aux lèvres et ses cheveux blancs flottant dans le vent.

Ils se saluèrent et entrèrent. L'endroit était confortable, avec des boiseries sombres et un petit feu dans la cheminée. Molly sentit l'odeur de la soupe à l'oignon et cette perspective lui remonta considérablement le moral.

Alors que le serveur apportait les menus, Jean Chavanne entra et les rejoignit.

— Merci à tous d'être venus, dit Ben. Au moins, vous n'avez pas risqué de vous geler le nez en sortant de chez vous.

— Quand on m'invite à déjeuner, je viens, dit Chavanne. Même quand c'est avec des flics.

— Nous ne sommes pas—

— C'est tout comme, dit Chavanne. Pour mettre cartes sur table, je pensais avoir été assez clair sur le fait que je n'ai aucun intérêt à ce que le meurtrier de Petit soit attrapé. À mon avis, notre voisin était une plaie pour l'humanité, et je ne pourrais pas être plus heureux de sa mort.

— Jean n'a jamais été du genre à mâcher ses mots, dit Blanchon d'un ton sec, en ouvrant son menu.

— Je me demande si l'un de vous savait que Petit gardait beaucoup d'argent chez lui. Du liquide. Vous en avez entendu parler ?

Blanchon et Chavanne ne dirent rien au début. Blanchon semblait absorbé par son menu, et Chavanne choisit ce moment pour avaler la moitié d'un verre d'eau.

— C'était toujours la rumeur, finit par dire Blanchon. C'était un homme méfiant. Il pensait probablement que les autres étaient aussi pourris à l'intérieur que lui, donc ça a une certaine logique. Une des choses sur lesquelles il rabâchait, c'était comment les banquiers vous volaient votre argent, comment ils achetaient aussi des politiciens qui faisaient des lois en leur faveur, pour faciliter ce vol...

— Oh oui, il n'arrêtait pas d'en parler, admit Jean à contrecœur.

— L'un de vous a-t-il déjà vu de l'argent chez lui ? Ou un coffre-fort, une boîte, quelque chose comme ça ? demanda Ben.

Blanchon et Chavanne le fixèrent.

— Chez lui ? On n'y est jamais allés. On n'était pas invités, dit Chavanne.

— Et nous ne l'avons jamais invité chez nous non plus, ajouta Blanchon.

— Pour qui nous prenez-vous, pour que nous laissions une espèce d'ordure comme Petit entrer dans nos maisons ? dit Chavanne.

— Je ne voulais pas vous offenser, dit Ben. Avez-vous déjà mangé ici ? Qu'est-ce qui est bon ?

—Je vais prendre la soupe à l'oignon, dit Molly.

—Je prendrai le Châteaubriand aux truffes, puisque c'est vous qui payez, dit Chavanne.

Le serveur prit leurs commandes et disparut dans la cuisine. Ben prit une profonde inspiration et réessaya.

— Nous enquêtons sur certains associés de Petit, commença-t-il.

— Ça ne serait pas surprenant d'apprendre qu'il a été assassiné pour de l'argent, dit Blanchon. Ce serait même approprié, en fait. C'était tout ce qui l'intéressait, à part le plaisir qu'il prenait à faire du mal aux gens. J'apprécie une touche de justice poétique.

— Et Stéphane Burnette ? dit Ben. Vous en avez déjà entendu parler, ou vous l'avez déjà rencontré ?

— Le vin va-t-il finir par arriver ? dit Chavanne en tournant la tête pour chercher le serveur.

Blanchon se tapota le menton.

— Nous ne fréquentions pas Petit, vous savez. Comme nous venons de le dire, personne n'allait et venait pour des dîners ou quoi que ce soit. Et cette froideur s'étendait à toutes nos interactions, peu importe où nous le voyions – même si je ne devrais pas parler pour Jean. Oh, je prends un chemin détourné pour arriver à mon but, qui est : je n'ai été présenté à personne qui aurait pu entrer dans la maison de Petit. Ce Stéphane Burnette inclus.

Ben et Molly se tournèrent vers Chavanne, mais il secoua la tête et garda les yeux fixés sur le serveur, qui se déplaçait rapidement vers une table voisine, les bras chargés d'assiettes fumantes.

— Peut-être avez-vous vu Petit dehors à un moment donné, en train de parler à... à n'importe qui, vraiment. Ou entendu une dispute ou deux dans le jardin. Vous pouviez entendre les conversations par-dessus la clôture ?

— Pour qui nous prenez-vous ? dit Chavanne. Vous pensez qu'on se balade l'oreille collée aux murs, à écouter des bribes de conversation ? Je vais vous dire, en ce qui me concerne, Bernard Petit pouvait aller se faire voir. Je vaquais à mes occupations et je l'ignorais autant que possible.

— Ce qui n'était pas toujours facile, car quand il était d'humeur, il pouvait vous poursuivre sur le trottoir, en pestant sur ceci ou cela.

— Ceci ou cela ? dit Molly. Y avait-il des sujets particuliers qui l'intéressaient ?

— Des obsessions, plutôt, marmonna Chavanne.

— Les banques, dit Blanchon. C'est surtout ce que j'ai retenu. Les banquiers conspiraient contre tout le monde, on ne pouvait pas leur faire confiance, ils tiraient toutes les ficelles dans l'ombre. Je...

Le serveur posa une carafe de vin de table et une corbeille de pain tranché sur la table et se précipita vers la cuisine.

— Oui ?

— J'hésite parce qu'il n'est pas juste de dire du mal des morts quand ils ne sont pas là pour se défendre.

— Tu as perdu la tête ? cria Chavanne. Claude, souviens-toi de qui on parle, bon sang. Dis tout le mal que tu veux, il mérite chaque syllabe !

Blanchon sourit faiblement.

— C'est juste que... quand Bernard se lançait sur les banquiers – et laissez-moi vous dire que je ne suis pas non plus un grand fan, je suis socialiste jusqu'au bout des ongles – mais pour Bernard...

Molly et Ben attendaient patiemment. Parfois, on avait l'impression que les mots d'une personne n'allaient jamais réussir à sortir de sa gorge, pas avant qu'ils ne soient tous morts et enterrés.

— Je croyais que ses sentiments étaient antisémites, dit Blanchon en se couvrant le visage de ses mains.

— Eh bien, *évidemment*, dit Chavanne. C'était un fan des nazis !

— Bon débarras, murmura Molly, mais Chavanne l'entendit.

— Enfin, vous semblez comprendre la situation, dit-il en adressant un large sourire au serveur harassé qui se dirigeait enfin vers eux.

Après le déjeuner, Molly et Ben raccompagnèrent les deux hommes jusqu'à la rue Lafayette et les remercièrent pour leur honnêteté, même si rien de ce qu'avaient dit Chavanne ou Blanchon ne semblait particulièrement utile. Bernard Petit était un homme horrible qui s'efforçait d'offenser et de nuire aux autres, et la longue quête pour trouver son meurtrier donnait parfois l'impression qu'ils dépensaient tous ces efforts pour obtenir justice pour quelqu'un qui ne le méritait pas. Ils marchaient sans parler, se forçant à continuer, ne serait-ce que pour pouvoir clore l'affaire et s'en libérer.

— Ça a été une longue journée, et j'ai plein de choses à te dire, dit Molly alors qu'ils retournaient vers le centre-ville. Mais avant de rentrer chez moi, je veux retrouver quelqu'un dont Madame Tessier m'a parlé. Elle s'appelle Inès Bériot, tu la connais ?

— Non. Elle connaissait Petit ?

— Je ne sais pas. Mais selon Tessier, Inès a eu une liaison avec Stéphane Burnette l'année dernière.

Ben hocha la tête.

— Bien. Découvre si elle sait où il se trouve.

— Bien sûr, dit Molly, avec une légère pointe d'agacement.

Ben passa son bras autour de ses épaules.

— Tout sera bientôt terminé. J'ai l'impression qu'on touche au but, même si les dominos n'ont pas encore commencé à tomber. Et ensuite, tu feras de moi l'homme le plus heureux de tout le Périgord.

— C'est tout ? demanda Molly, réprimant un sourire.

— Non, dit Ben en l'embrassant sur le côté de la tête, avant de disparaître dans une rue latérale où sa voiture était garée.

Molly continua jusqu'à la cathédrale, où se tenait le marché du mercredi. Bien qu'on fût en milieu de semaine en hiver, il y avait plus de clients que d'habitude, certains achetant déjà des décorations ou des cadeaux de Noël, et Molly se laissa porter, bavardant avec tel ou tel vendeur et écoutant les conversations.

Quand elle tourna après Lela Vidal, la fromagère, elle vit un étal avec des bols d'épices tenus par une femme habillée de façon élaborée, et devina qu'il s'agissait d'Inès Bériot. Aucun autre client ne disputait l'attention d'Inès, et Molly engagea une longue conversation sur les mérites des différents types de vanille et la bonne façon de torréfier les graines de coriandre, avant d'en venir enfin – et plutôt maladroitement – au sujet de Stéphane Burnette.

— J'adore les motifs exotiques de votre robe, dit-elle à Inès, qui parut très flattée du compliment. J'ai entendu dire que quelqu'un de Bergerac importait ce genre de tissu, mais je ne pense pas l'avoir vu dans les magasins ou sur le marché. Ça ne vous dérange pas si je vous demande où vous l'avez eu ?

L'expression d'Inès s'assombrit.

— J'adore vraiment ce tissu, dit-elle en saisissant l'ourlet de sa robe entre ses doigts. Touchez-le ; non seulement le motif est beau et inhabituel, mais la qualité du tissu lui-même est très élevée.

— Si doux, acquiesça Molly en touchant un éléphant bleu près de l'ourlet.

Elle attendit un moment, essayant de déterminer si Inès avait besoin d'être un peu plus poussée.

— Eh bien, malgré le fait que cette robe soit si fabuleuse, je n'aime même plus la porter, dit Inès. J'ai eu le tissu de la part d'un... ami. Qui s'est avéré être l'une des personnes les moins fiables que j'aie pu rencontrer. Il m'a vraiment brisé le cœur.

— Oh là là, dit Molly. Je connais bien ça.

Bon, pensa-t-elle, jusqu'ici tout va bien. Voyons si elle va continuer à parler.

— Maintenant, je ne veux plus du tout l'aider à faire des affaires, peu importe à quel point j'aime ces éléphants bleus.

— Vous êtes adorable, dit Inès. Mais vous ne pourriez rien obtenir de lui, même si vous le vouliez. Il a quitté la ville depuis longtemps. Il devait venir chez moi pour mon dîner d'anniversaire, si vous pouvez le croire, et il n'est jamais venu.

— Eh bien, c'est horrible. Je dirais que vous vous en êtes bien débarrassée, mais ça n'est jamais vraiment une consolation.

— Non, vraiment pas. Surtout quand vous découvrez qu'il s'est mis avec quelqu'un d'autre, cette vieille hippie d'Alaina Petit. On veut au moins être remplacée par quelqu'un de jeune et de séduisant, non ?

Molly hocha la tête, luttant pour contenir son excitation face à cette nouvelle. De toutes les personnes avec qui Burnette aurait pu la tromper !

— Je ne sais pas. Est-ce vraiment mieux ?

— Eh bien, c'est mauvais dans tous les cas.

— Oui. J'espère que vous avez pu passer à autre chose, au moins ?

— En effet, dit Inès, et son large sourire était de retour.

Elle et Molly parlèrent encore cinq minutes du nouvel amant

d'Inès et de toutes les façons dont il était supérieur à Stéphane Burnette. Inès n'avait aucune idée d'où Stéphane était parti, mais Molly ne s'en inquiétait pas, pas encore.

Voilà les dominos qui tombent, pensa-t-elle joyeusement.

Burnette avait-il séduit la femme de Petit pour se venger de s'être fait avoir dans l'affaire ? Ou Petit avait-il trahi Burnette à cause de la liaison ?

La poule ou l'œuf ?

Dans un cas comme dans l'autre, elle et Ben avançaient enfin, et elle se dépêcha de rentrer à La Baraque, impatiente de faire son rapport.

❧ 34 ❧

Ben fit irruption dans La Baraque, trouvant Molly aux fourneaux.

— Je suis tellement en retard, désolé... Je suis resté coincé sur la route de campagne derrière un tracteur en panne. J'y suis resté des heures, sans réseau.

— Je commençais à me poser des questions, dit Molly alors qu'elle remuait des carottes au beurre dans une casserole en cuivre.

Elle tendit sa joue pour qu'il l'embrasse et reprit son activité.

— J'avais invité les clients du gîte à dîner. Je sais que le timing est mauvais, mais j'avais besoin de leur parler, et ça semblait une bonne idée sur le moment. Mais oublie ça, ce n'est pas important ! Laisse-moi te raconter ce que l'adorable Inès Bériot m'a dit.

Molly finit de mettre la table tout en relatant la conversation. Quand elle en arriva à la connexion avec Alaina Petit, Ben frappa dans ses mains, très satisfait.

— Ce qui s'est passé est évident, dit-il. Burnette est un coureur de jupons qui a couché avec la femme de Petit. Petit a ensuite joué l'idiot et a conclu un accord commercial avec lui, expressément pour se venger. Et continuant ce jeu du tac au tac,

Burnette est ensuite venu assommer Petit. Burnette gagne ! Dommage qu'il doive savourer sa victoire en prison.

— Tu fais peut-être quelques suppositions, dit Molly. Mais je suis d'accord, ta version des événements semble au moins plausible. On n'a toujours pas eu de nouvelles de la femme de Petit ? Elle devrait pouvoir éclaircir ton idée. Je...

— Oui ?

Ben posa ses mains sur la taille de Molly alors qu'elle se tenait devant la cuisinière, et il embrassa sa nuque.

— Tu vois des failles dans mon scénario ? Je pense vraiment que Burnette pourrait être le coupable.

— Je me sens juste fatiguée pour le moment, fatiguée de tous ces gens horribles qui réagissent à tout, toujours égoïstement. J'ai eu un pincement au cœur en me disant... qui se soucie de qui a tué Petit, il était horrible de toute façon et son meurtrier, qui qu'il soit, est tout aussi horrible.

— Quand nous partirons en lune de miel, nous ferons une pause.

— Pas de meurtre ? Pas de gens affreux ?

— Pas si je peux l'éviter, dit Ben en l'embrassant sur le haut de la tête. Alors, de quoi dois-tu parler aux clients ?

— J'ai vu Malcolm ce matin. Il m'a dit que la personne qui déplace les nains de jardin de Lucie Severin n'est autre que Daisy McPherson, qui séjourne dans le pigeonnier.

— La femme qui s'habille comme si elle était dans une pièce de théâtre ?

— Eh bien, on pourrait dire ça.

— Quand on me l'a présentée, elle portait une sorte de tenue médiévale, une longue robe avec un corset ou quelque chose comme ça ? Pourquoi diable s'amusait-elle avec les nains de Lucie Severin ?

— Aucune idée. Et voyons, toute explication qu'elle pourrait donner – si elle peut seulement en exprimer une – sera absurde. Parce qu'il n'y a aucune raison qui aurait du sens.

Ben hocha la tête.

— Je sais qu'on a eu ce gros déjeuner, mais je meurs de faim. Quand est-ce qu'ils arrivent ?

— D'une seconde à l'autre. Je pensais... peut-être que ça ne servira à rien, mais je résiste à l'idée de la confronter directement. Il me semble que ça ne serait pas productif – elle nierait ou s'énerverait, tu ne crois pas ?

— Probablement.

— Alors je me suis dit que j'inviterais tout le monde et que je ferais un petit discours sur le respect de la propriété, et peut-être qu'elle comprendrait le message.

— Honnêtement, Molly... je laisserais tomber. Elle a joué avec des nains, et alors ? Quel est le mal, vraiment ? Lucie pourrait être ennuyée, je peux comprendre en quelque sorte, qu'une étrangère entre dans son jardin sans demander. Mais Daisy partira à la fin de la semaine, non ? Nous avons l'affaire Petit à gérer.

Molly ouvrit le four pour vérifier le filet mignon de porc.

— Pas cette semaine, elle ne part que la semaine prochaine. D'habitude, je suis ravie quand les clients demandent à rester une deuxième semaine, surtout à cette période de l'année. Mais tu as raison. Ce n'est pas grand-chose. Peut-être que je peux trouver le temps de passer voir Lucie – lui expliquer qu'une de mes clientes est un peu excentrique mais inoffensive.

Elle se redressa et regarda Ben dans les yeux pour la première fois depuis qu'il était rentré.

— Merci de m'avoir calmée. Je suis quand même contente d'avoir engagé Malcolm, ça lui a donné quelque chose d'utile à faire, même si son père n'est pas très content de moi. Et maintenant, on a ce dîner à passer. Les Tanner sont absolument charmants, tu les aimeras si tu arrives à comprendre leur bel accent de Virginie.

— Je peux juste m'asseoir ici et faire le beau.

— Ça aussi, dit-elle en lui donnant une tape sur l'épaule et en souriant, juste au moment où on frappa à la porte-fenêtre et qu'ils purent voir les Tanner leur faire signe à travers la vitre.

❧

BEN FIT la demi-heure de route jusqu'à Bergerac le lendemain. Il avait essayé sans succès la majeure partie de la matinée de trouver une adresse ou un numéro de téléphone pour Stéphane Burnette, et il décida qu'il était temps d'avoir une conversation avec Léo, qui disposait de beaucoup plus de ressources à la gendarmerie de Bergerac. Ben espérait avoir une discussion informelle et essaya donc le café à côté de la statue de Cyrano. Bingo : le grand détective était là, assis à une table avec une tasse d'expresso délicate, tenant la vedette devant deux journalistes, que Ben ne connaissait pas mais identifiables par les carnets et les dictaphones qui encombraient la petite table.

Ben fit le tour en passant derrière Lagasse, pour essayer d'être discret, d'observer et tenter d'entendre la conversation. Peut-être s'agissait-il d'une sorte de conférence de presse, et le détective était sur le point de procéder à une arrestation, ou il venait juste de placer quelqu'un en garde à vue ? Ben espérait ardemment que non.

— Vous savez que je ne vais pas donner ce genre d'information, dit Léo, s'adossant dans sa chaise et souriant avec bienveillance aux journalistes.

— Bien sûr, nous ne demandons rien qui pourrait compromettre l'enquête, dit une jeune femme qui portait des lunettes à petites montures rondes, vêtue d'un costume à carreaux. Mais allez, Léo... on a des deadlines, et plus important, des lecteurs avides de nouvelles sur le meurtre.

— Ouais, lance-nous un os, Léo ! dit l'autre, un homme plus âgé avec le stéréotype du crayon derrière l'oreille.

Léo sourit largement.

— Juste un petit quelque chose... ça satisferait vos chiens enragés ?

— N'importe quoi ! clamèrent-ils.

Ben observait, amusé de voir à quel point Léo en profitait. Il savait que le détective n'allait rien leur donner de valable – il n'avait peut-être même rien de valable.

Léo tourna la tête pour s'étirer et était sur le point de parler quand du coin de l'œil il vit Ben et fit un signe du menton dans sa direction.

— Bon, maintenant j'ai des affaires à régler, dit-il aux journalistes. Revenez dans une heure. Je vous donnerai quelque chose de juteux à ce moment-là. Promis.

Ils grognèrent mais s'éloignèrent, et Ben se glissa sur la chaise en face de Léo.

— J'espère que tu te pointes parce que tu as quelque chose pour moi, dit Léo. Cette fichue affaire me met dos au mur, je te jure, et tu sais que la dernière chose au monde que je veuille faire est de l'admettre. À toi plus que n'importe qui.

Ben résista à l'envie de sourire.

— C'est une affaire difficile, c'est certain. Peut-être pourrions-nous partager quelques informations, dans notre intérêt mutuel.

— Peut-être. Laurine Petit te met la pression, elle veut des résultats ?

— Ce n'est pas du tout ce qu'elle semble vouloir, murmura Ben.

Léo rit.

— C'est ce que j'entends dire. Elle est tellement cinglée que je la soupçonnerais, mais son alibi est en béton. Elle t'a déjà mis dans son lit ?

Ben leva les yeux au ciel.

— Je ne vais pas dignifier ça d'une réponse. Écoute, j'ai quelques questions à te poser, si tu te sens d'humeur généreuse.

— Presque toujours, dit Léo, avec une lourde ironie. Mais je ne pense pas que tu seras très satisfait de ce que je peux te dire.

Léo se pencha par-dessus la table et chuchota fort.

— Les résultats de la police scientifique ne sont toujours pas revenus. L'endroit pourrait être couvert de l'ADN du meurtrier et nous sommes assis ici, sans en savoir plus. Nous avons interrogé les voisins, les gens avec qui il travaillait, sa famille. Plusieurs fois. Je suppose que notre conclusion est la même que la tienne : Bernard Petit était un homme qui méritait de mourir, du moins selon toutes les personnes qui le connaissaient.

— C'était un vrai prince, ça ne fait aucun doute, dit Ben.

— Nous avons un mobile solide pour pas moins de huit personnes.

— Exactement. Même si certains sont plus forts que d'autres.

— Certes, mais quelle différence cela fait-il ? Certaines personnes ne te tueraient pas même si tu torturais leur chien. D'autres pourraient le faire si tu leur marchais sur le pied le mauvais jour.

La même conversation que j'ai eue avec Molly, pensa Ben.

— Nous n'avons trouvé aucun témoin du tout, poursuivit Léo. C'était une nuit glaciale et apparemment tous ceux qui habitent près de la rue Lafayette étaient chez eux au coin du feu, sans regarder par les fenêtres. Personne n'a rien vu, rien entendu, ne sait rien.

— Donc tu dis que votre enquête est un échec complet ? dit Ben, les yeux pétillants.

— Totalement, dit Léo.

Une pause, puis il éclata d'un rire tonitruant.

— Un fiasco total et absolu.

Les deux hommes rirent jusqu'aux larmes, puis redevinrent rapidement sérieux.

— Bon, dit Léo. Que veux-tu savoir ?

— Deux ou trois choses. Avez-vous retrouvé la femme de Petit ?

— Nous lui avons parlé au téléphone. Elle est en Inde. Elle a plein de gens pour attester qu'elle y est depuis plusieurs semaines. Une impasse, et je peux le dire avec certitude.

— Elle n'est pas suspecte. Mais j'ai trouvé quelqu'un avec qui elle aurait eu une liaison, si la rumeur est vraie. Alors qu'elle était encore mariée à Petit et vivait dans la maison de la rue Lafayette. Ce même homme s'est fait arnaquer par Petit dans une affaire.

Léo bâilla.

— Bah, ajoute-le à la liste. Je ne suis pas impressionné.

Ben ne connaissait pas assez bien Léo pour savoir s'il feignait le désintérêt.

— Ça ne te semble pas prometteur ? Tu voudrais te retrouver dans la position de cocu si tu étais un homme comme Bernard Petit ?

— Eh bien, non. Même s'il détestait sa femme à ce moment-là – ce qui était le cas, selon tous les témoignages – il s'en prendrait quand même à toi pour te le faire payer. De manière assez sauvage, je suppose.

— Exact. Je crois que c'est exactement ce que Petit a fait, en attirant l'homme dans une affaire, puis en le poignardant dans le dos.

— Quel genre d'affaire ?

— Oh, Petit avait besoin d'un investisseur pour financer l'importation d'un tissu coûteux. Il l'a ensuite vendu – peut-être par l'intermédiaire de Laurine, mais je ne pense pas que ça ait de l'importance – puis n'a pas remboursé l'investissement ni partagé les bénéfices.

— Comment sais-tu cela ?

— J'ai... j'ai trouvé des documents dans...

Ben s'interrompit, réalisant trop tard qu'il n'avait aucun statut officiel lui permettant d'entrer dans la maison de Petit, et encore moins de fouiller dans ses documents financiers et sa correspondance personnelle.

— Eh bien, Benjamin Dufort, dit Léo, en s'adossant sur sa chaise et en mettant ses mains derrière sa tête avec un sourire. Tu t'es introduit sur une scène de crime. Hm. C'est assez sérieux. Je vais jouer à la fois le rôle du juge et du jury. Ça va te coûter un autre repas à La Grenouille, mon ami. Plus le nom de cet homme que tu gardes bien secret ?

Parfois, pensa Ben, je peux être un tel idiot.

— Parce que je suis un homme avec un sens infini de la justice, et parce que je pense tant de bien de toi, comme de quiconque paie le déjeuner à La Grenouille, je vais te donner quelques bribes d'information avant que tu ne révèles le nom de cet homme. Ça te va ?

— J'ai sauté le petit-déjeuner, alors j'espère que tes bribes sont substantielles.

— Voyons voir. Tu t'intéresses à la situation financière de Petit, comme tu le devrais, donc ce que nous avons trouvé pourrait t'intéresser. Il était cynique envers les banques, apparemment, ou peut-être que je tire des conclusions hâtives sur ses raisons de garder de grosses sommes d'argent chez lui. Jusqu'à présent, les gendarmes ont trouvé plus de soixante-quinze mille euros, répartis en divers endroits. Une cachette était sous le plancher d'une chambre au premier étage. Une autre était sans cérémonie fourrée dans une boîte à chaussures dans son placard. Peux-tu imaginer garder plus de dix-mille euros dans une boîte à chaussures ?

— Je ne peux pas. Je ne peux même pas imaginer tenir dix-mille euros en liquide dans ma main.

Léo ricana.

— Nous avons encore un coffre-fort que nous n'avons pas ouvert. On espère trouver une clé mais jusqu'à présent, pas de chance.

— Et le testament ? Tu as des réflexions sur Franck et Laurine ?

— Des réflexions ? Tu me demandes si je les soupçonne ? Franck semblait être un type correct. Il a quitté Bergerac et il est retourné à Bordeaux pour finir le semestre. Quant à Laurine... elle en a un grain, ou peut-être plusieurs, mais son alibi est en béton. Je ne vois pas pourquoi elle s'est embêtée à t'engager, était-ce seulement pour être près de ton joli minois ?

Ben leva les yeux au ciel, bien qu'il ne puisse pas répondre lui-même à cette question de manière satisfaisante, maintenant qu'aucune preuve n'avait été trouvée indiquant que son frère avait quoi que ce soit à voir avec le meurtre de leur père.

— Donc pour répondre à ta question – le testament est le document le plus banal que tu puisses imaginer. Je serai honnête, j'ai été assez déçu. Je pensais qu'un homme comme Petit profiterait de l'occasion pour embêter tout le monde depuis l'au-delà. Léguer tout son argent à un chat, ou le bloquer d'une manière qui rendrait presque impossible d'obtenir quoi que ce soit sans dépenser la majorité en avocats.

Ben secoua la tête, se souvenant de Molly en train de parler de la difficulté de travailler si dur pour trouver justice pour une personne si méchante, si dépourvue de vertus.

— Très bien alors, dit-il, à mon tour. L'homme qui a cocufié Petit et qui a ensuite été ruiné par lui – son nom est Stéphane Burnette. Y a-t-il une chance que tu en aies entendu parler ?

— Je n'en ai pas entendu parler. Mais Bergerac n'est pas un petit avant-poste, tu sais. Nous avons près de cinquante mille habitants maintenant, donc tu ne peux pas t'attendre à ce que j'aie l'œil sur chacun d'entre eux.

— Bien sûr que non, dit Ben. J'espère que vous le trouverez rapidement, et que nous aurons quelques réponses.

— Moi aussi, dit Léo en tendant la main pour une poignée. J'aimerais te dire de faire une réservation à La Grenouille pour la semaine prochaine, afin que nous puissions porter un toast à notre victoire mutuelle.

— On pourrait être en train de s'avancer un peu.

— Peut-être.

＊ 35 ＊

Molly avait un poulet qui rôtissait au four, entouré de pommes de terre pour qu'elles puissent absorber le délicieux jus. La nuit tombait tôt, bien sûr, même si la température n'était pas aussi rude qu'elle l'avait été. Mais il faisait assez froid, et assez sombre, pour rendre ses inquiétudes plus difficiles à supporter.

Elle ne s'était jamais considérée comme une personne anxieuse, pas vraiment, mais en ce mois de décembre, la liste semblait interminable. Les filles Valette, qui suivaient stoïquement leur chemin après le suicide tragique de leur mère. Le courageux fauteur de troubles Malcolm Barstow, qui essayait de veiller sur sa famille par tous les moyens possibles. La pensée de ces enfants et de ce qu'ils devaient endurer – eh bien, Molly comprenait parfaitement que le monde était plein de conflits et l'avait toujours été. Seulement, parfois, c'était plus facile à supporter que d'autres.

Elle regardait par la fenêtre du salon de La Baraque, espérant voir la voiture de Ben entrer dans l'allée, pensant que ce serait un soulagement quand le printemps arriverait. Noël avait beau être une belle fête, et elle se délectait d'une bûche de Noël autant que n'importe qui, mais d'une certaine façon, la vue des plantes qui commençaient à pousser et le chant printanier des oiseaux lui donnaient une sorte d'optimisme, une assurance que tout dans le monde allait plus ou moins bien, malgré le fait qu'elle passait une grande partie de sa vie à penser à la mort et au meurtre.

Et elle espérait que son nouveau mariage serait sécurisé et établi d'ici là, les questions troublantes réglées. Oubliées.

Elle songea à se faire un kir mais ne voulait pas quitter la fenêtre. Ses pensées se tournèrent, comme elles le faisaient habituellement dans les moments calmes, vers l'affaire. Ben avait fait du bon travail en découvrant des choses sur Stéphane Burnette, et c'était exactement le genre de travail qu'elle n'était pas très douée pour faire : éplucher des emails et des dossiers financiers, et essayer de reconstituer l'histoire à partir des divers fragments d'informations recueillis. Molly était bien meilleure pour parler aux gens.

La voiture de Ben apparut dans l'obscurité de la rue des Chênes, et elle réalisa que si elle était vraiment si douée pour parler aux gens, alors la personne avec laquelle elle ferait mieux de commencer était Ben. Elle avait laissé les absurdités des messages robotiques durer beaucoup trop longtemps, ainsi que l'histoire avec Simon Valette. Ce n'était pas qu'un couple marié devait partager chaque pensée ou sentiment qu'il éprouvait, bien sûr que non. Mais c'était autre chose. Ces choses s'interposaient entre eux, peu importe à quel point elle avait essayé de prétendre que ce n'était pas le cas.

Il était temps de tout avouer. Temps d'être adulte. Sinon, à quoi bon se remarier ?

Molly se sentait nerveuse, même un peu effrayée, en entendant les pas de Ben s'approcher de la porte et Bobo courir pour l'accueillir.

— Bonsoir, dit-elle, et elle tomba dans ses bras, le serrant fort.

— Bonsoir à toi aussi, répondit-il, respirant son parfum puis reculant pour regarder son visage. Le poulet sent incroyablement bon. Des pommes de terre ?

— Bien sûr. Et une salade. J'ai une tablette de chocolat noir qui coûte cher à partager pour le dessert.

— Parfait. Allez, Molly, dis-moi ce qui te préoccupe.

Il lui prit la main et la conduisit jusqu'au canapé.

— Tu veux boire quelque chose ? dit-elle.

— Arrête de gagner du temps.

Ils s'assirent.

— J'ai remarqué que quelque chose te tracassait. Alors, dis-moi tout. Est-ce que j'ai fait quelque chose qui t'a contrariée ?

— Non ! Oh, pas du tout. Ce n'est pas toi, dit Molly.

Sa voix tremblait légèrement alors qu'elle continuait.

— Eh bien, ça va paraître ridicule, honnêtement. J'aurais dû dire quelque chose il y a des siècles.

Ben attendit.

— Eh bien, par où commencer ?

Il continua d'attendre. Quand elle resta silencieuse, il lui reprit la main et la serra, mais autrement ne la pressa pas de parler. Parfois, son expérience de détective lui était utile dans sa vie personnelle ; il savait comment attendre qu'un suspect parle et ne pas essayer de le forcer à parler parce que le silence était inconfortable.

$$\approx \quad 36 \quad \approx$$

Le lendemain matin, Molly et Ben se réveillèrent en se sentant comme de jeunes mariés. Ils restèrent au lit plus longtemps qu'ils n'auraient dû, à parler, se faire des caresses et rire.

— C'est tellement mieux comme ça, dit-il en replaçant une mèche rebelle derrière l'oreille de Molly, comme il le faisait souvent quand il se sentait affectueux.

— Tu m'étonnes.

Molly embrassa sa poitrine et y reposa sa tête.

— Écoute, je sais que je me suis comportée de façon ridicule. Je veux dire, je savais tout du long que c'était ridicule. Mais je ne pouvais pas m'empêcher de réagir ainsi, j'étais coincée dans cette situation.

— Oublie ça, chérie. C'est fini maintenant. Même si je devrais peut-être avoir une conversation virile avec Simon Valette.

— Ce n'est pas nécessaire !

Ben sourit.

— Je plaisante. Alors... quelqu'un veut nous séparer. Pourquoi ?

— Oh ! Je ne sais pas pourquoi je n'y ai pas pensé il y a des semaines. Est-ce que ça pourrait être Laurine qui passe ces appels ? Elle est si effrontée, la façon dont elle te court après. Peut-être qu'elle s'est dit qu'elle me ferait fuir et qu'ensuite tu serais libre de la ravir comme elle le désire si désespérément.

Ben réfléchit.

— Le truc, c'est que les appels sont si passifs, cachés. Alors que Laurine...

— ...ne tourne pas autour du pot. Elle est directe, dit Molly. Pas seulement directe, mais agressive. Si elle voulait me faire croire que tu me trompais, je pense qu'elle viendrait me le dire en face.

— Tu marques un point.

— Eh bien, as-tu des ex encore obsédées par toi dont je devrais connaître l'existence ? demanda Molly.

— Elles sont toutes parfaitement saines d'esprit. Et ennuyeuses, comparées à toi. Peut-être qu'un Yankee a entendu dire que tu étais fiancée et est venu pour tout saboter ?

Molly rit.

— C'est drôle, je me souviens de la première fois où j'ai appris le mot sabotage, et comment cela signifiait jeter un sabot dans une machine pour la casser. Pour une raison quelconque, j'ai pensé que c'était la chose la plus glorieuse que j'aie jamais entendue. Un pays où les gens jettent des chaussures pour causer des problèmes !

— Ces messages robotisés, ce sont des sabots, en quelque sorte.

— Tu es un génie ! dit Molly en se redressant. Penses-tu que ça pourrait être l'assassin de Petit, en train d'essayer de nous distraire ?

Molly haussa les épaules.

— Peut-être que Burnette s'est inquiété, pensant qu'on se rapprochait. Il aurait pu faire de la surveillance sur la maison de Petit et t'avoir vu à l'intérieur, même t'avoir vu assis au bureau de Petit en train de regarder ses dossiers.

Ils se regardèrent, imaginant un homme tapi dans le froid de la rue Lafayette, en train de plisser les yeux en voyant Ben travailler sur les papiers de Petit. Assis dans le même fauteuil où Petit avait été tué.

— Mais on ne sait même pas où est Burnette. Il pourrait être en Inde avec Alaina pour ce qu'on en sait.

— Léo faisait semblant que le tuyau ne valait rien. Mais je parie qu'il s'est précipité au poste pour lancer une alerte sur Burnette. Les gendarmes de tout le pays vont le chercher maintenant, les manifestes de vol seront vérifiés, toute l'affaire.

— Est-ce que ça te manque d'avoir les pouvoirs de la gendarmerie à portée de main ?

— Jamais. Enfin, presque jamais.

— Est-ce qu'on va réussir à résoudre cette affaire avant le cinq décembre ?

Ben l'attira à lui et l'embrassa.

— Je m'en fiche vraiment, dit-il. Je vais t'épouser ce jour-là, même si l'affaire est encore en cours, que la nourriture pour la réception est brûlée, que La Baraque prend feu...

En riant, Molly sauta du lit.

— Dans ce cas, je vais prendre une douche et m'y mettre. Je ne peux rien faire contre les incendies aléatoires, mais au moins je peux commencer à faire un menu pour la fête. Du moment que tu penses qu'il n'y a rien d'autre à faire pour l'instant à part attendre que Léo trouve Burnette ? Je... je dois admettre, Ben, qu'autant je veux que Burnette soit le tueur, autant on a dit depuis le début que cette affaire était une question d'opportunité, pas de motif. Et pourtant c'est exactement ce sur quoi on se concentre avec Burnette.

— Tu n'as pas tort, dit Ben. Mais on doit le trouver avant de pouvoir vérifier un alibi, pas vrai ? Ce n'est pas l'étape finale, c'est seulement la première étape.

Molly sourit et hocha la tête, se dirigeant vers la salle de bain pour sa douche. Mais une fois sous l'eau chaude, en commençant à se laver les cheveux, son sourire avait disparu depuis longtemps. On n'avance pas dans cette affaire, dit la petite voix qu'elle avait appris à respecter.

Tout le monde voulait le tuer. Et jusqu'à présent, presque n'importe qui aurait pu le faire.

❧

MOLLY PASSA BEAUCOUP de temps sous la douche, ayant eu l'intention de planifier le menu mais finissant par repasser et repasser ses conversations avec Franck Petit, Claude Blanchon et Inès Bériot. Parfois, c'était comme si elle avait un magnétophone dans son cerveau, et elle pouvait s'asseoir, avec l'eau chaude coulant sur sa tête, et entendre les conversations mot pour mot comme si elle venait de les terminer quelques instants auparavant.

Parfois, si elle avait beaucoup de chance, les paroles de la personne semblaient accrochées, comme si la bande était devenue collante, et quand elle se concentrait sur ce petit bout, un autre sens lui apparaissait. C'était fou, la façon dont les gens étaient si enclins à penser que leur première impression était la bonne. Si souvent, cette impression était influencée par un million de choses sans rapport : à quel point le déjeuner avait été satisfaisant, si le partenaire avait été de bonne humeur au petit-déjeuner, la une du journal, si la pâtisserie n'avait plus de croissants aux amandes quand on en avait *vraiment* besoin... la liste était interminable.

Mais avec l'affaire Petit, quand Molly écoutait tous ceux à qui elle avait parlé, elle ne rencontrait aucun accroc. Il n'y avait pas de moment où elle se disait : Hm, qu'est-ce que c'est encore ? Pas de moment où elle ressentait du doute, après avoir laissé les mots s'imprégner et avoir réfléchi à l'apparence de la personne en les prononçant.

— Molly ! Il ne va plus rester d'eau dans toute la Dordogne !

Elle abusait effectivement de l'eau, c'était une mauvaise habitude et pourtant la culpabilité n'avait jusqu'à présent produit aucun changement dans son comportement.

— Désolée ! cria Molly, tournant le robinet et posant le pied sur une serviette de bain moelleuse.

Elle entendit le téléphone de Ben sonner, puis le son bas de sa voix, mais ne put discerner les mots, et elle se sécha rapidement avant de s'habiller, laissant ses cheveux sauvages et humides.

— C'était Léo. J'ai de mauvaises nouvelles. Stéphane Burnette a déposé le bilan il y a seulement quelques mois.

— Mais ça—

— Il s'est suicidé. À Londres, deux jours avant que Petit ne soit assassiné.

Molly s'effondra sur le lit.

— Donc on est de retour à la case départ.

— J'en ai bien peur.

— Je n'aime pas ça, dit-elle. Je sais que je ne connaissais pas Burnette et que je n'avais aucun lien avec lui, mais entendre parler d'un autre suicide...

Ben se tenait à côté d'elle, une main sur son épaule. Ils pensaient tous les deux à Camille Valette, puis aux filles, et ensuite à cette affaire sans fin avec trop de suspects...

— Peut-être qu'on devrait juste retourner au lit et en rester là pour aujourd'hui, dit Molly en essayant de plaisanter.

Mais aucun d'eux ne rit.

QUATRIÈME PARTIE

❧ 37 ❧

Le rendez-vous à la mairie pour le mariage n'était que dans un peu plus d'une semaine. Cinquante de leurs amis devaient venir à La Baraque pour célébrer après – et Molly et Ben n'étaient pas du tout prêts. Après une brève tentation de faire appel au traiteur de La Métairie, l'intention avait été de faire une fête simple – mais à seulement huit jours de l'événement, ce serait une non-fête si elle ne mettait pas l'affaire Petit de côté et ne commençait pas à rayer des éléments de sa liste. Elle n'avait pas de menu, pas de nourriture, pas de robe. À ce rythme, les invités arriveraient dans une maison en désordre décorée avec les fleurs d'Angela Langevin, et Molly habillée en jean.

Ce n'est pas drôle, se dit-elle.

Concentre-toi.

Mais c'était presque impossible, avec leur principal suspect qui leur avait été arraché juste au moment où il se développait si bien. Molly savait, même seulement en surface, que Stéphane Burnette était trop beau pour être vrai, ou plutôt qu'il avait semblé de mieux en mieux, alors qu'elle et Ben devenaient désespérés de boucler cette fichue affaire. Ils étaient coincés. Dans une boucle sans fin, le vaste éventail de suspects défilait dans ses pensées, et

Molly était à court d'idées pour en éliminer ne serait-ce qu'un seul.

Peut-être qu'ils se sont tous réunis pour le faire ? Une grande conspiration, comme dans ce livre d'Agatha Christie, lequel était-ce déjà ?

Oh, si seulement, pensa-t-elle, découragée. Bon, au moins je peux aller au village et faire quelques progrès pour la fête. Si la nourriture est assez bonne, peut-être que personne ne remarquera ce que je porte ou les moutons de poussière qui roulent sur le sol.

Est-ce que je vais vraiment me remarier ? Cette idée la remplissait de joie, d'un bonheur profond, et d'une pincée de peur. Elle appela Frances et prit rendez-vous pour aller chercher une robe le lendemain. Après s'être excusée auprès de Bobo pour avoir sauté leur promenade matinale, Molly fila au village et se rendit directement à la poissonnerie de Bedin pour voir les huîtres.

Décembre était le mois parfait, lui assura Bedin, et elle commanda de grandes quantités de quatre sortes différentes. Ensuite, la cave à vins, où Monsieur Durocher lui fit presque avoir une crise cardiaque en disant qu'il était impossible d'obtenir assez de champagne à une date si tardive, étant donné que Noël était pratiquement au coin de la rue. Les commandes commençaient en *octobre*, dit-il avec un reniflement.

— Oh, je sais, c'est ma faute, j'ai été tellement désorganisée et distraite. Je suis terriblement désolée, dit-elle, pratiquement à genoux pour supplier. Mais je me marie, et nous ne pouvons absolument pas nous passer de champagne ce jour-là entre tous !

Elle avait l'air si pathétique que Monsieur Durocher eut pitié.

— Je ne voudrais pas être responsable d'un quelconque malheur, dit-il avec un petit sourire. Peut-être – même si je ne promets rien – que je peux trouver quelque chose caché quelque part. De combien de bouteilles avez-vous besoin ?

— Ce sera... J'aurais dû apporter ma liste... Je pense que nous en sommes à cinquante personnes. Qui sont d'humeur à célébrer.

— Je vous tiendrai au courant. À l'avenir...

— Je sais, je sais. Planifier à l'avance ! Encore une fois, mes sincères excuses pour avoir rendu cela difficile. J'apprécie beaucoup votre aide.

De retour dans la rue, Molly prit une profonde inspiration et souffla. Si tout ce qu'ils servaient était du champagne et des huîtres, qui pourrait se plaindre ? Je vais juste passer chez le traiteur et voir si je peux obtenir un pâté sympa, et Edmond pourra apporter du pain, pensa-t-elle, commençant à se sentir mieux quant aux perspectives de la fête.

En marchant dans la rue Picasso, alors qu'elle regardait à peine où elle allait, Molly pensait que l'annexe était peut-être un meilleur endroit pour tenir la réception. Elle était déjà propre, pour commencer, et l'espace était assez grand et vide pour faciliter l'installation de tables pour la nourriture et les boissons. En plus, il y avait de la place pour danser.

— Tiens, qui voilà, railla une voix d'homme, et Molly releva brusquement la tête.

— Bonjour, M. Barstow, dit-elle en ralentissant mais sans s'arrêter.

Il n'y avait personne d'autre dans la rue.

— Pourquoi est-ce que chaque fois que je sors de chez moi, tu es là ?

— Que voulez-vous, je bouge beaucoup.

— J'ai des affaires à régler, dit-il. Toi, en revanche, tu ne fais que te mêler des affaires des autres. Je suis content de t'avoir croisée, cependant. Tu devrais savoir : j'ai parlé à Malcolm hier et il ne va plus traîner avec toi. J'ai mis fin à ça, c'est clair.

Molly tressaillit, devinant correctement que Barstow avait battu son fils. Il n'y avait rien à répondre à cela, et elle marcha plus vite, le dépassant. Mais il se retourna et la suivit.

— Si vous posez une main sur moi, je hurlerai si fort que je vous percerai les tympans, dit-elle avec un regard furieux.

— Je mettrai mes mains où bon me semble.

Il tendit sa paume épaisse et saisit le bras de Molly. Elle vit une lourde bague en or briller dans le soleil d'hiver alors qu'elle ouvrait la bouche et laissait échapper un cri strident, faisant pratiquement trembler les fenêtres des maisons voisines dans la rue étroite.

Une vieille femme se pencha du deuxième étage d'une petite maison en pierre.

— Laissez-la tranquille ! Allez-vous-en ! cria-t-elle à Barstow, qui avait retiré sa main pour la plaquer sur son oreille.

Molly voulait le pousser contre un mur et lui donner quelques bons coups de pied, mais elle se retint, saluant plutôt la vieille femme penchée à sa fenêtre et partant en courant dans la rue. Elle passa devant l'école primaire puis la mairie, et ne s'arrêta pas jusqu'à ce qu'elle arrive à la pâtisserie Bujold.

— Est-ce que tout—

— Cet horrible Fletcher Barstow, dit Molly, le cœur battant encore la chamade.

— C'est le pire ! Tu vas bien ?

— Oui, haleta-t-elle, encore essoufflée. Je vais bien. Mais je suis en colère. Comment les gens peuvent-ils traiter leurs enfants si mal ?

— Ne peut-on pas simplement le menotter et l'arrêter en prévention ? Il est certain de faire quelque chose d'illégal bientôt, s'il ne l'a pas déjà fait. Demandons simplement à Charlot de l'arrêter et finissons-en.

— Un excellent plan. Ouf. Je vais commencer à porter un sifflet ou quelque chose comme ça.

— Un sifflet ? Tu vas devoir faire mieux que ça. Tu sais, le type qui a cambriolé les Bisset avait un pistolet.

— J'ai entendu ça. Je pensais que les armes n'étaient pas légales en France, mais j'ai récemment découvert que ce n'est pas le cas.

Edmond éclata de rire.

— Eh bien, comme tout ici, c'est un peu un imbroglio bureaucratique. Donc oui, nous autorisons certaines armes dans certaines circonstances. Les fusils de chasse ne posent pas de problème. Pour les armes de poing, les pistolets et les revolvers, il est toujours possible d'en posséder légalement. Il y a des règles et des limitations, cependant. Ce n'est pas le Far West comme chez toi aux États-Unis, avec des gens qui agitent des fusils d'assaut en l'air quand ils vont chez le coiffeur ou acheter cet horrible fromage américain à l'épicerie du coin.

— Nous ne parlons pas de fromage, Edmond. Dis-moi, quel type de pistolet avait le voleur, si tu le sais ?

— Paul-Henri m'a dit qu'Anna Bisset pensait que ça pouvait être un Luger. Son père est un tireur accompli, à ce que j'ai entendu. Il était sniper pendant la guerre. Donc elle pourrait en savoir plus sur les armes que la moyenne des gens.

— Les Lugers... Je n'y connais rien en armes, ils pourraient être autorisés ? Y en a-t-il beaucoup qui circulent ?

— Ça dépend. Ils ne sont plus fabriqués, à ma connaissance. Les nazis les utilisaient, comme tu t'en souviens peut-être. Si tu as l'âge requis, une formation, les bons certificats...

— Bon sang, ce pays adore les certificats !

— En effet. Et nous aimons aussi ne pas nous faire faucher par des armes automatiques au supermarché.

— Edmond, je n'ai pas le temps d'avoir un débat sur le contrôle des armes maintenant. On peut faire ça le mois prochain ? Je me demande juste... avant que je file, écoute, peux-tu apporter une tonne de pain pour la réception du mariage ? C'est dans une semaine à partir de demain. Je ne peux pas parler maintenant, j'ai quelque chose à vérifier.

Elle était partie avec le tintement de la clochette de la porte, son double expresso non bu et pas une seule pâtisserie mangée. Edmond la regarda filer dans la rue et poussa un long soupir de désir avant de boire lui-même l'expresso.

DANS LA RUE LAFAYETTE, Molly frappa fermement à la porte verte et attendit. Puis elle frappa à nouveau, écoutant le bruit de Jean Chavanne qui traînait des pieds vers la porte. C'était probablement une course folle, pensa-t-elle, mais elle avait appris au fil des ans que de telles courses devaient être respectées, car de temps en temps, elles portaient leurs fruits.

— Monsieur Chavanne, bonjour, dit-elle, quand il entrouvrit la porte.

— Madame Sutton, dit-il.

— Puis-je entrer ?

Il n'ouvrit pas la porte plus grand.

— Je ne crois pas avoir autre chose à dire. Et vous avez le don d'apparaître juste au moment où je m'apprête à prendre l'apéro et manger quelques noix.

— Des noix de pécan.

— Je varie mon régime.

— S'il vous plaît, Monsieur Chavanne, ça ne prendra pas longtemps.

Il s'éclaircit bruyamment la gorge et ouvrit la porte. Ils allèrent dans le salon et s'assirent aux mêmes places que la première fois que Molly était venue.

— Ce que je voulais vous demander était...

Elle regardait droit vers Chavanne mais quelque chose attira son attention et son regard dériva au-dessus de sa tête, là où le tableau du bateau se trouvait la dernière fois. À sa place, il y avait un petit tableau d'un artichaut. C'était une nature morte, et plutôt bien exécutée, avec une bouteille de vin couleur rubis et un bouquet de fleurs sauvages. Elle pouvait voir le contour de l'ancien, plus grand tableau sur le papier peint lumineux qui entourait le plus petit tableau, non décoloré par le soleil.

Molly ferma brusquement la bouche. Elle plissa les yeux vers l'artichaut, puis vers Chavanne, essayant de comprendre...

— Voulez-vous boire quelque chose, alors ? demanda-t-il. Je ne suis pas comme certaines personnes, qui aiment avoir de la compagnie quand elles boivent. Je préfère boire seul. Mais puisque vous êtes là, et plutôt comme un chewing-gum collé sous ma chaussette dont je ne peux pas me débarrasser, peut-être que je peux vous en préparer un pendant que j'y suis ?

— Ce serait charmant, dit Molly en réfléchissant intensément. Alors parlez-moi de cette arme que vous m'avez montrée la dernière fois que j'étais ici. Appartenait-elle à votre père ? J'ai entendu dire... qu'il était soldat pendant la Seconde Guerre mondiale, c'est correct ?

Chavanne posa la bouteille. Il plaça ses mains sur le petit bar au dessus en marbre et baissa la tête un moment.

— Vous souhaitez me mettre dans l'embarras, c'est ça ? Pourquoi me harcelez-vous ainsi, en évoquant des choses dont vous ne savez rien ?

— J'essaie seulement de découvrir ce qui est arrivé à Bernard. Pas de vous causer des ennuis. C'est juste que...

Elle regarda à nouveau le tableau.

— Puis-je revoir le pistolet ? Cela vous dérangerait-il ?

Chavanne versa un peu de whisky dans un verre et en but une gorgée.

— Vous êtes agaçante et intrusive, vous le savez ? Vous êtes comme un de ces insectes qui se glissent dans votre pantalon à la plage, ils ne piquent pas trop fort mais ils remontent le long de vos jambes et vous démangent pendant des jours. Insupportable.

— Vous n'avez plus l'arme, n'est-ce pas ?

Chavanne but une autre gorgée. Molly vit ses épaules s'affaisser.

— Elle appartenait à mon père. Ou plus précisément, elle appartenait à un Allemand que mon père a tué, et mon père a ramené l'arme à la maison comme une sorte de souvenir. Vous comprenez ce que signifie le mot souvenir, n'est-ce pas ?

Molly hocha la tête. Elle sentit les larmes monter même si elle n'avait pas encore entendu l'histoire que Chavanne allait raconter.

— Il s'est avéré que se souvenir était tout ce que mon père

pouvait faire, une fois rentré à la maison. Se souvenir de ce qu'il avait vu dans les camps. Se souvenir de la violence quotidienne partout, pas seulement des nazis, mais des Français aussi.

— Ça a dû être si dur.

— Oui. Il ne s'en est pas remis. Il s'asseyait dans ce fauteuil...

Chavanne pointa du doigt un fauteuil élimé à côté de la cheminée.

— ...et tenait le Luger sur ses genoux. De temps en temps, il le pointait sur sa tempe.

— Quel âge aviez-vous ? chuchota Molly.

Chavanne balaya sa question d'un geste.

— J'ai fini par lui prendre l'arme, dit-il. J'ai mis un plan en place. J'ai attendu qu'il s'endorme dans le fauteuil un après-midi, et je l'ai prise sur ses genoux et je l'ai cachée. Et puis, à cet âge avancé, quand je passe tant de temps assis dans ce fauteuil à attendre ma propre mort, je me suis surpris à jouer avec l'arme de la même manière.

Il versa un verre à Molly et le lui tendit. Ses yeux étaient rouges et il avait l'air épuisé, comme s'il n'avait pas eu une bonne nuit de sommeil depuis très longtemps.

— Je ne comprends pas pourquoi tout cela a de l'importance, dit-il. Petit n'a pas été abattu. Personne n'a été abattu, d'après ce que j'ai entendu. Ne pouvez-vous pas simplement me laisser tranquille ?

— Il faut que je sache où est le pistolet maintenant, dit Molly doucement. Vous l'avez échangé contre ce tableau, n'est-ce pas ?

Elle leva les yeux vers l'artichaut au-dessus de sa tête.

Il le regarda aussi, avec une expression plus douce, presque affectueuse.

— On dirait qu'on pourrait prendre cet artichaut et le plonger dans l'eau bouillante pour le manger à déjeuner, dit Chavanne, en finissant son verre et en s'affalant dans son fauteuil. Il déifie le légume par sa technique. Un sacré tour de force, vous ne trouvez pas ?

— Avec qui avez-vous fait l'échange ? demanda Molly. Vous n'avez pas d'ennuis, du moins pas en ce qui me concerne. Je trouve que le tableau est magnifique et je peux comprendre pourquoi vous le vouliez... et aussi pourquoi vous étiez peut-être prêt à vous débarrasser de ce Luger. Mais Jean, il est important que vous me disiez à qui vous avez donné cette arme. C'était Fletcher Barstow, n'est-ce pas ?

Jean Chavanne s'enfonça davantage dans son fauteuil et refusa de répondre.

❧

LA CHEF CHARLOT attendait à la gendarmerie quand Molly arriva.

— Je sais, il est tard et c'est vendredi soir, dit Molly, les paumes levées. Mais je promets... enfin, je ne peux pas vraiment promettre quoi que ce soit, mais j'ai... j'ai une assez bonne idée de qui a cambriolé les Bisset, au moins.

— Il est temps de rentrer au coin du feu, dit Charlot en croisant les bras, réticente à se faire de faux espoirs. Bon, allez-y, ne me faites pas languir.

— Si Ben n'avait rien dit à propos des artichauts, je n'aurais jamais fait le rapprochement, ou du moins, les artichauts ont rendu le lien évident, dit Molly.

— Les artichauts ?

— La collection de tableaux chez les Bisset. Ben m'a dit qu'ils étaient fous d'artichauts... de peintures d'artichauts, je veux dire. Puis il y avait le pistolet... Anna Bisset a dit qu'il avait l'air ancien, peut-être même pas réel. Ça m'a fait penser à une autre arme qu'on m'a agitée sous le nez l'autre jour...

— Molly ? Est-ce que vous pourriez simplement m'expliquer ça de façon ordonnée ? Vous n'avez pas l'air de dire grand-chose de sensé.

— D'accord. Désolée, il y a encore des points à éclaircir et j'essaie de comprendre... mais c'est Fletcher Barstow qui a cambriolé les Bisset.

— Dommage qu'Anna Bisset dise que ce n'est pas le cas.

— Non ? Elle en est sûre ?

— Elle l'est. Et elle est observatrice, c'est un bon témoin. Le cambrioleur ne ressemblait pas à lui et ne parlait pas comme Fletcher Barstow. Alors... y a-t-il autre chose ? La semaine a été longue. J'aimerais rentrer tôt pour une fois.

Déçue, Molly laissa Fletcher de côté pour le moment et passa à Malcolm. Elle n'avait eu aucune nouvelle de Ninette concernant l'argent qu'il avait volé, et elle réalisa qu'elle s'était probablement laissé berner par un mensonge.

Et pas un très bon, d'ailleurs.

— Désolée, Chantal. Je me suis un peu emballée. Je me demandais juste... vous ou Léo avez-vous déjà demandé à Fletcher où il était le soir du meurtre de Petit ?

— Ce n'est pas mon affaire. Ce n'est pas à moi de poser cette question.

— C'est vrai. Oui. Eh bien...

Molly était gênée d'avoir demandé un rendez-vous. Elle devait ralentir et remettre ses idées en place, c'était clair.

— Désolée, marmonna-t-elle avant de s'enfuir, pensant si fort à Malcolm et à cette liasse de billets qu'elle faillit rentrer dans un panneau de stationnement.

❧ 38 ☙

B en accueillit Molly à la porte de La Baraque. Elle sentit l'odeur du dîner sur la cuisinière.

— Tu as encore fait des merveilles, chérie, bien que je ne comprenne pas comment.

— Je me suis ridiculisée, voilà ce que j'ai fait, dit-elle en jetant son manteau et en allant se placer devant le poêle à bois. Je n'aurais jamais dû aller voir Chantal, je n'étais pas prête. Elle m'a posé des questions directes, j'ai commencé à y répondre... et toute ma théorie s'est effondrée comme un ballon dégonflé. J'espère qu'elle me pardonnera de lui avoir fait perdre son temps.

Molly était morose.

— Sers-moi un kir, tu veux ? Ou six.

— Que s'est-il passé ? D'après ton message, je pensais que tu étais à deux doigts d'une arrestation.

— C'est ce que je croyais aussi. Je me suis juste... un peu emballée, et j'ai sauté quelques étapes. Je pensais avoir coincé Fletcher Barstow pour le cambriolage des Bisset, mais apparemment c'est complètement faux.

— Euh, quel rapport entre le cambriolage et notre affaire ?

— Il y en a un. Je ne sais pas encore lequel. Je veux que Fletcher soit coupable des deux. Je n'arrive juste pas... à le prouver.

— Tu veux qu'il retourne en prison. Ce n'est pas la même chose que d'avoir—

— Je sais, dit rapidement Molly. Il a bien obtenu le Luger de Chavanne, ça je le sais. Et je parierais n'importe quoi que la même arme a été utilisée pour cambrioler les Bisset. Et... cet argent du cottage ? Je parie que c'est l'argent de Petit.

Ben tendit un kir à Molly.

— D'accord, réfléchissons un peu à tout ça. Comment Chavanne s'est-il retrouvé avec Barstow, d'ailleurs ? Je ne pense pas qu'il fréquenterait le genre d'endroits où je m'attendrais à voir traîner Fletcher Barstow.

— Il y a un café pas loin de la maison de Chavanne. J'y ai passé du temps le jour où j'ai rencontré Claude Blanchon et où nous nous cachions du froid. Apparemment, selon Chavanne, l'endroit est en activité depuis les années 30. Pendant la guerre, le marché noir y prospérait... et encore aujourd'hui, dans l'arrière-salle, il y a un marché de biens illégaux. Tu n'en as jamais entendu parler ?

— Bergerac n'était pas mon district, dit Ben. Dans un coin de ma tête, je me souviens... enfin, peu importe. Donc, c'est là que Chavanne est allé pour se débarrasser du Luger ? Pourquoi s'en soucier, après toutes ces années ?

— Il m'a dit... ses mots exacts : « La tentation de me faire sauter la cervelle devenait de plus en plus forte, et je n'étais pas sûr de pouvoir continuer à y résister. »

— Pourquoi ne pas le faire alors ? Non que je lui souhaite du mal.

— Il est catholique. Enfin, pas un catholique pratiquant, selon lui. Mais quand même, je suppose qu'il ne voulait pas prendre le risque.

Ils s'assirent sur le canapé, la tête entre les mains, pour essayer de réfléchir, de voir un angle qu'ils auraient manqué jusqu'à présent.

— On a une arme mais aucune idée de qui l'a utilisée. Le meurtre n'était pas un coup de feu. On dirait que le cambriolage et le meurtre n'avaient rien à voir l'un avec l'autre, pourtant...

Ben passa son bras autour de ses épaules.

— Tu penses qu'ils sont liés.

— Je le *sais*.

— Tu es sûre que ce n'est pas juste parce que tu veux que Barstow soit à nouveau enfermé ?

— Oh, je le veux tellement que j'en salive. Je ne supporte pas la façon dont il traite Malcolm, sans parler du fait qu'il m'accoste chaque fois qu'il me voit dans la rue. Castillac peut très bien se passer de lui. *Mais*. Cet argent vient bien de quelque part, Ben. Et je parierais cent euros qu'il vient de la maison de Bernard Petit.

— J'ai appris à ne pas parier contre toi, chérie. Mangeons, et suivons la règle française de ne pas parler boulot à table.

Molly n'était pas sûre d'y arriver, mais une fois assise et en train de déguster le fameux ragoût de bœuf aux épices secrètes de Ben, elle put au moins faire un effort crédible pour faire semblant de penser à autre chose, même si Fletcher Barstow et Jean Chavanne tourbillonnaient dans son esprit jusqu'au dessert.

— Oh là là, soupira Molly, tandis que la vendeuse sortait robe après robe du portant avec un grand geste théâtral, et que Frances les rejetait les unes après les autres.

— Pas son style, dit Frances, qui avait commencé à parler en français mais était passée à l'anglais pour exprimer l'ampleur de sa désapprobation envers les robes. Nous cherchons quelque chose sans... pas de volants, pas de fioritures, pas d'amas de dentelle. Juste une robe blanche – ou crème fera très bien l'affaire. Probablement avec une jupe ample et un corsage ajusté, dit-elle en examinant son amie d'un œil critique. Tu vas la porter à la mairie ou te changer avant la fête ?

— Me changer après, dit Molly. J'ai cette idée de vouloir que la cérémonie soit... plutôt sérieuse. Je suis vraiment sincère cette fois, tu sais ? Alors je garderai la robe fantaisie pour la fête après.

— Compris, dit Frances, en tenant une robe devant Molly et en faisant la grimace.

— J'ai l'impression d'être un morceau de viande, dit Molly.

— Tu *es* un morceau de viande quand tu cherches la bonne robe. Nous devons juste trouver celle qui mettra en valeur ta vianditude de la meilleure façon. Je sais que nous allons la trouver.

Elle secoua la tête en direction de la vendeuse, qui s'empressa d'aller chercher d'autres options dans une arrière-salle.

— Mais il faut qu'on la trouve aujourd'hui, dit Molly.

— Vraiment, as-tu si peu confiance en moi ? Penses-tu que je serai incapable de trouver une excellente robe pour ma meilleure amie pour son excellent mariage avec l'homme de ses rêves les plus fous ? Tu me blesses, vraiment.

— Oh, Frances, dit Molly.

— Tu boudes juste parce que tu pensais avoir résolu cette affaire.

— Je sais.

— Eh bien, peut-être que tu l'as résolue.

La vendeuse présenta une autre robe et Frances secoua la tête et lui lança un regard noir.

— Hein ?

— Écoute, d'après tout ce que tu dis, ce Fletcher Barstow est une menace. Tu ne peux pas simplement trouver un moyen de lui faire porter le chapeau pour le meurtre ?

— Frances ? Es-tu en train de suggérer que je fasse en sorte d'envoyer un homme innocent en prison ?

— Tu n'arrêtes pas de dire qu'il n'est *pas* innocent. Ne t'a-t-il pas agrippée dans la rue toutes les cinq minutes ? Est-ce qu'il ne bat pas ses enfants ? Qu'est-ce qu'il n'a pas fait, c'est ce que j'aimerais savoir.

Molly soupira. Elle aimait bien se laisser porter par l'enthousiasme de son amie, et ce serait tellement satisfaisant si Barstow était en prison. Et ce serait tellement plus agréable de faire les magasins pour cette stupide robe si l'affaire était terminée et réglée.

— Hé, sans vouloir remuer le couteau dans la plaie, mais qu'est-il arrivé à la voix de robot ? Les appels se sont-ils arrêtés ? As-tu fini par découvrir qui te faisait marcher ?

Molly chercha une chaise du regard et s'assit.

— Frances, dit-elle d'une voix basse. Je suis juste... peux-tu y aller doucement avec moi aujourd'hui ? Je me sens un peu fragile.

— Toi ? beugla Frances et la vendeuse accourut pour voir ce qui n'allait pas. Tu n'es pas fragile, Molly Sutton, juste un peu déçue. Ce sentiment passera bien assez tôt. Oui ! cria-t-elle, en prenant la dernière proposition des mains de la vendeuse. Maintenant, file dans la cabine d'essayage et essaie celle-ci, ordonna-t-elle. Elle va être parfaite, mais s'il faut des retouches, ça va être juste...

Molly prit la robe et disparut derrière un rideau. Elle l'accrocha à un crochet et se regarda dans le miroir. Elle avait des cernes sous les yeux, sa peau était pâle et tirait sur le gris, ses cheveux étaient tout plein de frisottis.

Elle allait se marier dans une semaine. Cette pensée fit naître un petit sourire sur son visage, malgré tout.

Elle aurait le soutien de Ben, et il aurait le sien.

Et à long terme, une affaire non résolue ne valait pas grand-chose dans ce monde de fous, pas vrai ? *Pas vrai ?*

Elle enfila la robe. Il fallait faire un ourlet, car Molly avait les jambes plutôt courtes, mais le corsage lui allait comme un gant, et le tissu crème faisait rayonner sa peau.

— Tu veux voir ? appela-t-elle à Frances.

— Bien sûr que je veux voir, espèce de folle ! Sors de là !

Se sentant timide, Molly sortit de derrière le rideau, essayant de ne pas marcher sur le tissu de la robe.

La vendeuse applaudit et Frances rayonna.

Tout n'était pas perdu.

❧ 40 ☙

Le lundi se leva nuageux avec la menace de neige, peut-être
même d'une grosse chute de neige, inhabituelle dans cette
partie de la Dordogne.

— Je suppose que je vais aller à Bergerac voir si harceler Léo
me mène quelque part, dit Ben, alors que lui et Molly finissaient
une cafetière et se préparaient à commencer la journée.

— C'est bien. Reste à l'écoute pour un texto. Si j'arrive à faire
avouer à Malcolm ce que je suis presque sûre d'être la vérité sur
cet argent, peut-être que Léo se précipitera à Castillac pour avoir
un mot avec Fletcher.

— J'ai hâte d'être vendredi, dit-il en l'embrassant sur la
bouche.

— Menteur, rit Molly.

Ben éclata de rire.

— Ouais, d'accord, je suis terrifié. Mais pas parce que—

— Je sais, je sais. J'étais terrifiée aussi à mon premier mariage.
Concentre-toi juste sur le champagne et les huîtres et tout ira
bien.

— Tu n'es pas vexée ?

— Devrais-je l'être ?

— Non !

Elle l'embrassa et sortit en trombe, en route pour errer dans les rues enneigées à la recherche de Malcolm.

Castillac était un petit village ; il n'y avait pas tant de rues, ni tant d'endroits chauds où se cacher. Elle essaya la maison des Barstow, mais il n'y eut pas de réponse. Il n'était ni à la station-service, ni à l'épicerie, ni au bar, ni à la pizzeria. Molly était sur le point d'abandonner quand elle vit une silhouette mince dans une veste marron disparaître rapidement au coin d'une rue, et elle se lança à sa poursuite, glissant dans la neige, qui avait commencé doucement mais tombait maintenant plus fort.

— Malcolm ! cria-t-elle, le son de sa voix résonnant dans la rue calme.

Le garçon s'arrêta et se retourna. Quand elle le rattrapa, elle vit qu'il portait une très belle écharpe en laine qui semblait neuve.

— Joli, dit-elle en montrant l'écharpe d'un geste.

Malcolm haussa les épaules.

— D'accord, gamin, crache le morceau. La vérité cette fois, plus de plaisanteries. Cet argent n'a rien à voir avec Ninette, n'est-ce pas ?

— Il gèle dehors, on ne peut pas aller quelque part à l'intérieur ?

Il ne portait pas rien sur la tête et ses cheveux étaient mouillés.

— Viens, alors, dit-elle, le conduisant au Café de la Place. On peut prendre un chocolat pendant que tu me racontes ce qui se passe vraiment.

Pascal les installa près du feu. Le restaurant était imprégné d'une odeur de laine séchée et de bouillon de poulet.

— Tu as pris cet argent à ton père, n'est-ce pas ? dit Molly à voix basse.

Malcolm haussa les épaules.

— Malcolm !

— Si je ne l'avais pas fait, il aurait tout dépensé pour lui-même ! C'est ce qu'il fait, Molly, il obtient de l'argent mais se fait plaisir toute la journée et on est toujours fauchés, ma mère est malade...

Il s'arrêta.

Molly pouvait voir que cet éclat lui avait coûté ; ce n'était pas un gamin qui se permettait de se plaindre.

— Tu sais où il l'a eu ? demanda-t-elle doucement.

— Non. Je le jure. Ce n'est pas comme s'il me disait quoi que ce soit, ajouta-t-il amèrement.

— Quand l'as-tu volé ? C'est important. Réfléchis bien avant de répondre.

Pascal arriva avec deux chocolats chauds, et Malcolm en prit une longue gorgée, se brûlant la bouche.

— Eh bien, c'était juste avant que vous ne le trouviez. Vous aviez laissé le cottage déverrouillé, Molly, ce que vous ne devriez vraiment jamais faire, il y a des gens qui en profiteraient.

Molly attendit, retenant son souffle. Elle savait que c'était l'argent de Petit – au fond d'elle-même, elle l'avait toujours su.

— Et donc j'étais dans le cottage – vous ne devriez vraiment pas laisser le chauffage allumé comme ça non plus, je veux dire, ce n'était pas douillet mais c'était bien mieux que d'être dehors—

— Malcolm.

— Ouais, d'accord. Donc bref, je cherchais un endroit sûr pour le cacher, et dans l'allée arrive Christophe. Je l'ai vu dehors et j'ai pensé qu'il amenait peut-être un hôte et que je ferais mieux de filer en vitesse. Alors j'ai fourré l'argent sous le lavabo et je me suis faufilé par une fenêtre arrière.

— D'accord, mais c'était quand ? C'est important.

— Je ne l'ai pas noté dans mon agenda.

— Très drôle.

Molly essaya de se rappeler quand Christophe était passé. Était-ce après le meurtre de Petit ? Peu importe. Rapidement, elle envoya un texto à Ben, le pressant de contacter Léo.

Il était temps de mettre la pression sur Fletcher Barstow.

MOLLY n'en croyait pas ses oreilles.

— Comment ça, l'alibi de Barstow est en béton ? C'est impossible.

— C'est le cas. Et Léo n'était pas très content de venir jusqu'ici pour lui parler non plus. On dirait dit que quitter les limites de Bergerac fait prendre feu aux gens, vu comment il se comportait.

— Attends, attends, *attends*. Malcolm a avoué avoir volé l'argent qu'on a trouvé dans le cottage à son père. Fletcher a forcément dû le voler à Petit — tu sais parfaitement bien qu'il ne l'a pas gagné ! Et ce n'est pas non plus celui des Bisset : le timing ne correspond pas et Anna est absolument sûre que Fletcher n'était pas le voleur. D'où aurait-il pu l'obtenir autrement ? Que diable se passe-t-il ?

— Tout ce que je peux te dire, c'est que selon Léo : la nuit où Petit a été assassiné, Fletcher Barstow était au Tire-Bouchon en train de boire de la bière. Dix personnes ont confirmé son histoire. Il n'aurait pas pu tuer Petit, je suis désolé de le dire.

Molly était furieuse.

— Il l'a *fait*. Je sais qu'il l'a fait !

Ben leva un sourcil.

— Pas sans magie, j'en ai peur.

Molly se mordilla la lèvre.

— Eh bien, s'il ne l'a pas fait lui-même, il a fait en sorte que quelqu'un d'autre le fasse. Malcolm m'a dit il y a un moment que Fletcher avait un tas d'amis louches qui traînaient chez lui. Il a dû demander à l'un d'eux de le faire.

— Pas une mauvaise idée, mais comment le prouver ?

— J'aimerais le savoir. J'aimerais vraiment le savoir.

LE SOURIRE de Pascal n'était pas tout à fait aussi éblouissant que d'habitude lorsqu'il installa Fletcher Barstow et son ami, Alfie Welton, qui étaient entrés au Café de la Place pour échapper à la neige et célébrer à quel point tout se passait bien.

— Le déjeuner est pour moi, dit Fletcher, écartant les bras comme s'il faisait un geste très grandiose.

Alfie enleva son chapeau et le mit sous sa chaise.

— Si on se faisait vraiment plaisir, on déjeunerait à La Métairie, dit Alfie, ouvrant un menu et le scrutant d'un air renfrogné.

— Allez, dit Fletcher en souriant. Les choses ne vont pas si mal, non ?

Alfie se contentait de fixer le menu sans répondre. Après quelques minutes à plisser les yeux pour déchiffrer les plats proposés, il dit :

— Je veux le cassoulet.

— Alors tu l'auras, dit Fletcher, le sourire revenant sur son visage tandis qu'il considérait sa situation. Le détective de Bergerac s'était satisfait de son alibi et ne viendrait plus l'embêter, sa poche était bourrée d'euros, il était assis dans une pièce chaude sur le point de déguster un énorme déjeuner préparé par un très bon cuisinier. Pas si mal du tout.

— Je voulais te dire, il y a quelque chose chez elle... peut-être ses cheveux ? J'ai toujours eu un faible pour les rousses, dit Alfie en prenant une fourchette et en la faisant tourner dans tous les sens pour attraper la lumière.

— *Elle ?* Tu parles de Sutton ?

— Ouais, dit Alfie.

Il n'avait pas l'intention d'énerver Fletcher – il n'était pas un homme à intentions, à proprement parler – mais maintenant qu'il voyait les oreilles de Fletcher rougir et son visage laid devenir encore plus laid, Alfie en rajouta.

— Et tu dois lui reconnaître un certain mérite, une femme comme ça qui déménage dans un autre pays, sans homme pour la protéger. Ça demande du caractère.

— Je vais t'arracher le cuir chevelu de ta tête vide et l'accrocher à ma ceinture, grogna Fletcher. Qu'est-ce qui te prend, nom de Dieu ? Molly Sutton est la *pire*, une sorcière aux cheveux frisés sur un balai, une femme qui se mêle des affaires de tout le monde et ne laisse jamais personne tranquille. Sans parler du fait qu'elle essaie de mettre le grappin sur Malcolm. Je ne le permettrai pas. Et toi – tu la fermes, ou tu peux oublier ton cassoulet, ou quoi que ce soit d'autre.

Fletcher prit un menu mais ses mains tremblaient et le menu vacillait. Il le reposa et fusilla Alfie du regard, qui se délectait de l'irritation de son ami comme s'il s'agissait du plus délicieux soleil printanier.

— Castillac sera sacrément mieux une fois qu'elle sera partie, dit finalement Fletcher, se retournant pour chercher Pascal, qui avait été plutôt lent à venir prendre leur commande. Et hé, on pourrait même faire d'une pierre deux coups, et se débarrasser de Ben Dufort par la même occasion. Laissons-les fourrer leur nez dans les affaires d'un autre village.

— Eh bien, de mon point de vue, les rousses peuvent être têtues. C'est quelque chose que j'aime chez elles, pour être honnête, dit Alfie, observant attentivement Fletcher pour voir comment ses paroles étaient reçues.

— J'ai quelques idées, dit Fletcher, le sourire revenant sur son visage. Ne t'inquiète pas.

Alfie s'était avéré assez doué pour suivre les instructions, ce qui compensait presque le fait qu'il n'ait jamais une seule idée originale. Mais ce n'était pas grave, Fletcher avait un million d'idées – ce puits ne tarissait jamais. Il se pencha en arrière sur sa chaise et siffla Pascal, prêt à commander un plat du terroir.

Toutes les personnes invitées à la fête avaient répondu oui. Angela Langevin avait les fleurs en main, des caisses de champagne étaient empilées dans une grange non chauffée à La Baraque où la température restait juste au-dessus de zéro, et Bedin n'avait signalé aucun problème avec les huîtres. Même la robe était arrivée, ourlet et retouches faits.

Tout était prêt, sauf les mariés.

— Laurine a appelé trois fois, annonça Ben au petit-déjeuner mercredi. Heureusement, elle est occupée avec quelque chose chez Vogue, et je m'attends à ce qu'elle reste à Paris dans un avenir proche. Mais... elle n'a pas tort d'être contrariée. L'assassin de son père court toujours. On a complètement échoué cette fois.

— Allons donc, dit Molly, elle se fiche éperdument de l'assassin de son père. Elle utilise juste ça comme prétexte pour t'appeler, pensant probablement qu'elle pourra t'éloigner du mariage au dernier moment. Une fois qu'il est devenu clair qu'on n'allait pas envoyer son frère en prison et lui remettre tout le domaine, elle a perdu tout intérêt.

Ben haussa les épaules.

— Tu as eu des nouvelles de Franck ?

— Non, et je ne m'attends pas à en avoir avant la fin des vacances. Il a des examens, et je suis sûre que c'est ce sur quoi il se concentre. Ces deux-là, ils ont tourné la page, Ben. Ils ont réussi à se construire des vies qui n'ont rien à voir avec leurs parents. Et je dois dire que je les respecte pour ça. Ils ne sont même pas restés pour fouiller la maison de leur père, ce qui, compte tenu du trésor caché à l'intérieur, est vraiment admirable.

Ben posa ses mains sur les épaules de Molly et se pencha pour l'embrasser.

— J'aimerais juste qu'on puisse clore ce chapitre, dit-elle. J'ai hâte que samedi arrive, je suis ravie de devenir ta femme, mais cette affaire Petit me rend folle. Je n'arrive pas à lâcher prise.

— De toute façon, on n'a jamais pris le temps de faire des projets de lune de miel, alors on peut se remettre au travail dès lundi matin si c'est ce que tu veux faire.

— Ça semble un peu triste, non ?

— Pas pour moi. Mais, Molly ? Personne n'a un taux de réussite de cent pour cent. Il se peut que Bernard Petit s'avère être notre premier échec. Il y a quelque chose à dire sur le fait d'en finir. Attends, je vois la flamme dans tes yeux ! Je n'abandonne pas, chérie ! dit-il en riant.

— J'espère bien, dit Molly, en posant sa tête sur son épaule.

Son téléphone vibra et ils se séparèrent. Molly porta le téléphone à son oreille et son visage devint pâle.

— Qu'est-ce que c'est ?

— Écoute.

La voix robotique à nouveau.

Sauve-toi.

Le mariage était dans quatre jours, mais qui que ce soit, elle n'abandonnait pas.

❦ 42 ❦

Mercredi, jeudi, vendredi...

En France, le seul endroit où l'on pouvait se marier légalement était la mairie. Rendre la cérémonie privée, juste Molly et Ben, avec Lawrence comme témoin, semblait parfait et si romantique. Molly portait un tailleur en laine qui mettait en valeur ses courbes ; Ben était élégant dans un costume bleu foncé. Des tourbillons de neige rendaient difficile pour lui de voir la route alors qu'ils se rendaient à leur rendez-vous en fin d'après-midi, tandis que Frances s'affairait à préparer La Baraque pour la fête.

Avant d'entrer, Molly l'arrêta.

— Tu te souviens du jour où on s'est rencontrés ? C'était rue des Chênes, au-delà de La Baraque, tu étais tout en sueur après ton jogging...

— Oh, je m'en souviens très bien, dit Ben.

Il était heureux mais terriblement nerveux.

— Tu es sûr de vouloir faire ça ? demanda Molly en le regardant dans les yeux une dernière fois pour se rassurer.

— À mille pour cent, Molly.

Il sourit et lui prit la main, puis ils entrèrent. Annette et les autres employées se levèrent d'un bond, ayant attendu la cérémonie avec impatience toute la semaine. Lawrence arriva avec un petit bouquet de roses roses parfaites.

— Ma chère, chuchota-t-il à son oreille. Tu es magnifique. Ben est un homme très chanceux.

Ben était peut-être chanceux, mais il se sentait excité et nerveux, priant de n'avoir rien oublié de ce que la mairie exigeait.

— Je crois qu'on a tout ce dont vous avez besoin, dit-il à Annette.

Il sortit un dossier d'une sacoche en cuir qui contenait tous leurs documents.

— Excellent ! dit-elle joyeusement. J'ai juste quelques formulaires à vous faire remplir...

— C'est la France ! dit Lawrence. Plus il y a de formulaires, mieux c'est !

Molly et Ben remplirent les formulaires. Annette tamponna celui-ci et celui-là, imprima leur certificat, et l'affaire fut conclue. Ils tombèrent dans les bras l'un de l'autre pendant que les femmes de la mairie essuyaient des larmes de joie.

— Je n'ai pas le droit de dire quelques mots ? dit Lawrence.

— Bien sûr que si, rit Molly.

— J'avais tout un discours de préparé, dit-il, mais je vais juste dire ceci : je suis tellement heureux que vous vous soyez trouvés. Et puissiez-vous avoir de nombreuses années de bonheur devant vous.

— Tu as fait de moi l'homme le plus heureux du monde, dit Ben, puis il se pencha pour embrasser Molly.

— Félicitations à vous deux. J'ai hâte de porter un toast à votre avenir encore et encore ce soir !

Molly et Ben marchèrent jusqu'à sa voiture, tous deux heureux que la cérémonie soit terminée et impatients de profiter de la fête.

— Tu es silencieuse, dit-il, alors qu'ils montaient en voiture.

— Mais heureuse, dit-elle. Très, très, très heureuse.

Ils s'embrassèrent, puis restèrent assis un moment dans le calme et dans l'obscurité, à regarder la neige tomber.

— J'ai une petite idée, dit Molly.

Ben sourit.

❧

FRANCES ÉTAIT aux commandes et rendait tout le monde presque fou.

— J'ai compris, dit Angela, qui accrochait des guirlandes de verdure au-dessus des portes-fenêtres. Vraiment, je sais ce que je fais.

Frances grommela et passa à Edmond, qui tranchait des baguettes pour le pâté.

— C'est mieux en diagonal, dit-elle.

— Vraiment ? Tu vas dire à un pâtissier – un pâtissier primé, je te ferai savoir – comment trancher le pain ? Frances, je sais que tout ça est stressant, mais s'il te plaît, va embêter quelqu'un d'autre. Tout va bien se passer, vraiment.

— Eh bien, dis-moi juste où est Molly, dit Frances. Elle devait être là il y a une heure. Je devrais être en train de lui coiffer les cheveux maintenant.

Edmond fit une pause, le couteau à pain suspendu en l'air.

— Si je connais Molly, c'est probablement lié à l'affaire sur laquelle ils travaillent. Ce type de Bergerac que personne n'aimait ? Personnellement, je pense que tout le monde devrait juste se calmer et accepter que celui qui a fait le coup a rendu service à tout le monde.

Bedin avait installé le bar à huîtres, avec un assortiment d'huîtres sur de la glace. Lawrence mettait le bar en ordre, une tâche assez simple puisqu'ils ne servaient que du champagne.

— La fête commence dans vingt minutes ! Ce serait bien si les invités d'honneur étaient là ! marmonna quelqu'un.

— Regardez, voilà Ben – je suis sûre que la mariée rougissante est avec lui, dit Angela.

Ben se dirigea droit vers Lawrence.

— Je vais prendre un whisky, tu veux te joindre à moi ?

— Tu te souviens quand tu prenais cet élixir à base de plantes ? Je pense que le whisky est un bien meilleur plan.

Ben avala un shot.

— C'est bizarre. Je suis si heureux, vraiment. Mais...

— Pas besoin d'expliquer, dit Lawrence. Prends-en un autre. Mais peut-être un seul.

— Ça va aller, dit Ben.

— Où est Molly, d'ailleurs ?

— À mi-chemin de la maison, elle voulait descendre et marcher. Elle est folle de la neige, elle a dit qu'elle voulait juste un moment seule avant la fête.

— C'est une belle soirée, dit Lawrence.

Frances essaya d'enrôler Ben pour aider Angela à accrocher des lumières scintillantes au-dessus de la porte, mais il secoua la tête et se glissa dehors. Molly et lui avaient convenu qu'il lui donnerait juste quelques minutes seule sur la route, puis ferait demi-tour discrètement. Cela avait semblé être un plan raisonnable – ils avaient convenu que si quelqu'un la suivait, il était important que Ben continue jusqu'à La Baraque, pour tendre le piège correctement. Mais au fil des minutes, il commença à s'inquiéter et trottina rapidement le long de la rue des Chênes vers le village, juste à l'intérieur des arbres pour ne pas être facilement repéré.

Pendant ce temps, Lawrence finit son whisky, réfléchit un moment, puis enfila son manteau et se glissa par les portes-fenêtres quand personne ne regardait. Il n'aimait pas l'idée que Molly marche seule sur cette route isolée après la tombée de la nuit. Peut-être que cela faisait de lui un homme vieux jeu ou surprotecteur, mais il était bien trop vieux pour se soucier de ce que quiconque pourrait penser de lui.

La neige ne tombait plus dru mais doucement, légèrement, et il semblait à Lawrence que le décor de son pays d'adoption était encore plus beau que d'habitude – les branches des arbres ployaient sous la neige et la glace scintillait sur la route. Il jeta un coup d'œil vers Castillac mais ne vit pas Molly. Il resserra son écharpe et commença à marcher. La musique filtrait de La Baraque et il avait hâte de ce qu'il savait être une grande fête, mais pour le moment, il ne se sentait pas festif mais plutôt appréhensif.

Lawrence passa le premier virage de la route et put voir une longue ligne droite qui allait presque jusqu'au bord du village. Ben avait dit qu'il l'avait déposée à mi-chemin de la maison. N'aurait-il pas dû la voir maintenant ?

Lawrence marcha plus vite. De temps en temps, il s'arrêtait et tournait son oreille vers le village, à l'écoute.

Molly ne s'était pas précipitée dans une de ses chasses aux chimères habituelles. Elle ne reviendrait pas sur ses pas pour frapper à la porte de Barstow ou vérifier un détail ou un autre auprès de Madame Tessier.

Elle marchait en partie dans la neige pour prendre l'air après l'émotion du mariage, ressentant une immense gratitude pour la façon dont sa vie avait repris son cours, et pour Ben, pour Castillac, pour la France. Mais surtout, elle servait d'appât, avec l'aide secrète de son adorable et tout nouveau mari, l'oreille aux aguets pour détecter quelqu'un derrière elle, à pied ou à bord d'un véhicule.

La nuit était froide et calme. Elle respirait profondément l'air frais, chargé du parfum des pins voisins, et elle écoutait le bruit sourd de ses chaussures à petits talons sur la route enneigée.

Molly se dandinait comme un ver à l'hameçon, un appât appétissant, espérant que Fletcher Barstow était aux aguets et la suivait, comme elle le croyait depuis des jours.

Depuis que Dufort/Sutton Investigations avait été engagé pour l'affaire Petit, Molly savait qu'elle était suivie. Parfois elle était distraite et ne le voyait pas, mais elle l'avait surpris suffisamment de fois pour être sûre qu'il la suivait — bien que ce ne soit toujours que des aperçus, pas des regards assez longs pour identifier de qui il s'agissait.

Molly avait deviné que celui qui la suivait dans ces occasions était Fletcher Barstow, même si ce n'était pas correct.

Elle avait convaincu Ben que, si on lui en donnait l'occasion, Fletcher se montrerait, et qu'elle pourrait le piéger pour qu'il avoue avoir planifié le meurtre de Bernard Petit.

Parfois, la seule façon de prouver quelque chose était de prétendre qu'on avait les preuves alors qu'on ne les avait pas.

Parfois, la meilleure façon de résoudre une affaire était de saisir une poignée de suppositions — les meilleures qu'on puisse trouver — et de les mettre sur la table, en espérant qu'il s'agisse d'as.

Ben devait être caché dans l'obscurité maintenant, à la surveiller. Elle n'avait pas peur... enfin, peut-être un peu.

Mais jusqu'à présent, la route derrière elle était déserte, l'appât n'étant peut-être pas suffisamment alléchant.

Molly était sûre que Fletcher mourait d'envie de se vanter, après que Léo Lagasse l'avait laissé partir. Il voudrait s'assurer qu'elle sache comment il avait déjoué tout le monde, comment il avait rempli ses poches avec l'argent de Petit mais ne pouvait être arrêté pour son meurtre grâce à son alibi solide.

Eh bien, peut-être que Fletcher n'avait pas été celui qui avait ramassé le cendrier — mais elle savait que toute l'idée venait de Fletcher. L'argent que Malcolm avait subitement trouvé, la bague tape-à-l'œil — ça n'était pas apparu comme par magie. Et le rouleau de billets sous le lavabo du cottage datait précisément du moment où il avait été volé.

Molly avait appris à connaître quel genre d'homme était Fletcher Barstow, et elle devinait que si elle le manipulait correctement — si elle agissait de façon peu impressionnée, sans peur — il lui raconterait tout sur son génie.

Mais où était-il ? Il y avait des gens dans la rue quand elle et

Ben étaient sortis, tout juste mariés, de la mairie. Assurément, avec la vitesse habituelle des commérages à Castillac, Fletcher aurait rapidement entendu la nouvelle, et pourrait avoir l'idée de les narguer, elle et Ben. Il serait certainement particulièrement content de la trouver seule pour pouvoir exulter de sa victoire, espérant gâcher sa journée spéciale.

Elle était sur le point d'abandonner quand, juste avant le dernier virage de la route, avant la longue ligne droite, elle entendit une moto derrière elle.

Avec une soudaine bouffée de peur, elle envisagea de plonger dans la forêt. Mais Molly Sutton était tout sauf indécise, et elle continua à marcher d'un pas régulier.

Continue juste à respirer, se dit-elle. Et fais-le parler.

— Tiens, regardez qui voilà, dit Fletcher, coupant le moteur de sa toute nouvelle moto et la poussant à côté d'elle.

— C'est une belle soirée, dit Molly, qui continuait d'avancer, les yeux fixés sur le virage devant. Quoi de neuf ?

— J'ai entendu dire que tu t'étais mariée. Ça veut dire que ça ne te dérange pas d'avoir un mari qui te trompe ? C'est tellement ouvert d'esprit de ta part, Molly.

Elle fut déstabilisée un instant. Sa gorge se dessécha et elle concentra son attention sur le bruit de ses chaussures, qui s'enfonçaient alors qu'elle glissait un peu sur la route enneigée, réfléchissant intensément.

Oh, pensa-t-elle, *je comprends maintenant.*

— Alors c'est votre femme qui m'appelle ? dit-elle. Je me demandais bien qui c'était. Vous pensiez que ces appels me bouleverseraient assez pour que je ne puisse pas faire mon travail, c'est ça ?

— Je ne sais pas de quoi tu parles.

— Vous n'aimez pas faire votre sale boulot vous-même, n'est-ce pas ?

Fletcher eut l'air suffisant.

— C'est un de mes talents, on pourrait dire.

— Bof, dit Molly. Je ne suis pas sûre que ce soit le mot que je choisirais.

Ils marchèrent quelques mètres, la neige commençant à s'accumuler sur leurs têtes.

— Vous savez, Fletcher, les gens aiment me dire des choses. Les gens m'ont dit *beaucoup* de choses sur vous, par exemple.

Fletcher plissa les yeux vers elle.

— Quel genre de choses ?

— Vous essayez et vous essayez encore, mais vos entreprises criminelles ne semblent jamais aboutir, n'est-ce pas ? Sans doute que vous retournerez en prison avant même de vous en rendre compte.

— Je ne parierais pas là-dessus, dit-il en souriant. Je pourrais t'en dire long, Sutton. Tu ne sais pas tout, loin de là. Tu n'as aucune idée de ce que j'ai réussi.

Et l'hameçon est planté, pensa-t-elle. Vraiment, c'était trop facile.

— Par exemple, dit-elle, j'ai entendu parler de comment vous avez mis la main sur ce Luger, celui qui a été utilisé dans le braquage chez les Bisset. La commissaire Charlot voudra avoir un mot avec vous à ce sujet.

Fletcher plissa les yeux et se mordit la lèvre. Il était sur le point de parler, puis referma brusquement la bouche.

— Elle peut avoir autant de mots qu'elle veut avec moi, j'ai un alibi pour ça aussi, dit-il, mais sa voix n'était pas tout à fait aussi confiante.

— Eh bien, il y a un peu plus, j'en ai peur. Je suis désolée d'être celle qui vous l'apprend, mais votre ami est une vraie pipelette.

— Quel ami ?

— Vous en avez plusieurs ? Je parle de l'ami qui a tué Bernard Petit. L'ami qui dit que c'était entièrement votre idée, que vous l'avez forcé à le faire. Pas très loyal, je suis désolée de vous le dire.

Des as sur la table.

Fletcher gara la lourde moto sur le bord de la route et il trottina rapidement pour la rattraper. Il lui saisit brutalement le bras et, pour la première fois, la panique commença à monter en elle. Mais elle déglutit, prit une profonde inspiration et le repoussa.

— Lâchez-moi, dit Molly d'une voix calme. Me tenir le bras ne va pas vous sauver, ni votre ami. Vous êtes un homme intelligent, Fletcher, n'est-ce pas ? Vous comprenez que vous n'aviez pas besoin de tuer Bernard vous-même pour aller en prison pour son meurtre ? En fait, si votre ami dit que c'était entièrement votre idée, vous purgerez probablement une peine plus longue que lui. Il pleurnichera en disant que vous l'avez forcé à le faire.

— Alfie va payer, grogna Fletcher.

Comme prendre un bonbon à un enfant, pensa Molly. Ses doigts s'enfonçaient dans son bras.

— Il n'a pas dit comment il était entré dans la maison de Petit, cependant.

C'était une question risquée, mais importante à entendre de la bouche de Barstow.

Il éclata de rire.

— Rien de plus simple, Sutton. Nous connaissions l'existence de vos caméras de sécurité et nous nous sommes assurés de les désactiver cette nuit-là. Ensuite, Alfie a simplement escaladé le mur. C'est une brute, tu sais, fort comme un bœuf. Ce n'était rien pour lui. Il avait prévu de casser une fenêtre mais en a trouvé une ouverte. Pratiquement invité à l'intérieur, ricana Barstow.

Il resserra son emprise sur son bras. Molly marcha plus vite ; les lumières de La Baraque étaient juste derrière ce bouquet d'arbres. Elle fixait le virage de la route, espérant voir apparaître Ben.

Mais celui qui apparut fut Lawrence, à pied, dans un manteau Burberry classique et une écharpe flottante. Elle était extrêmement heureuse de le voir.

— Lâchez-la, Barstow ! cria-t-il. Ou je tire !

Lawrence semblait avoir un pistolet dans la poche de son manteau, pointé sur Barstow.

— Vous n'allez tirer sur personne, dit Fletcher.

Mais il lâcha le bras de Molly juste au moment où Ben arrivait en courant au détour du virage.

— Salut les gars ! lança Molly.

— C'était Alfie, pas moi ! hurla-t-il. Je n'ai rien à voir avec ça ! Et pourquoi t'es venue à Castillac, d'ailleurs ? Tu n'es même pas française !

— Vous non plus, Fletcher, répondit-elle.

Elle pensait que tout était terminé, mais il devint agité à mesure que les hommes s'approchaient et il reprit son bras, ses doigts s'enfonçant dans sa chair à travers son manteau.

Ben et Lawrence étaient à cinquante mètres.

— Lâchez-la ! cria Ben alors qu'il volait vers eux.

— Peut-être que les choses seront un peu plus faciles pour vous si vous nous dites où est Alfie, dit Molly d'un ton apaisant, comme si elle parlait à un petit enfant.

Fletcher laissa échapper un flot de jurons et enfouit sa tête dans ses mains. C'était une performance impressionnante, couvrant plusieurs langues, et Molly sentit la peur dans son ventre s'atténuer puis disparaître.

Lawrence envoyait frénétiquement des SMS, et juste au moment où Ben atteignait Fletcher et lui tordait un bras derrière le dos, ils entendirent la sirène pittoresque de l'unique voiture de police de Castillac qui descendait la rue des Chênes.

❧ 44 ❧

Lorsque Molly et Ben entrèrent d'un pas traînant dans le salon de La Baraque, des acclamations s'élevèrent et leurs amis se pressèrent autour d'eux pour entendre le récit de leur dernière victoire.

— C'est plutôt le moment de boire du champagne et de célébrer, pas de parler de meurtre, dit Molly en prenant un verre des mains de Nico. Je suis prête à danser !

Ben, peu sûr de ses talents de danseur, exprima un cri silencieux de panique, mais Lawrence leur tendit des flûtes de champagne et ils traversèrent la foule jusqu'au minuscule espace dégagé près de la porte d'entrée pour commencer à se trémousser.

— Castillac n'a plus été la même depuis l'arrivée de Molly, dit Anne-Marie à Lapin, alors qu'ils regardaient Molly et Ben enlacés, en train de se regarder dans les yeux avec un bonheur suprême.

— Dieu merci, dit Lapin, qui saisit la main d'Anne-Marie et l'entraîna pour danser.

Lawrence se tenait près du bar, son visage éclairé par des lumières scintillantes, très satisfait d'avoir enfin joué un rôle dans la protection de Castillac – et de Molly. Il l'aimait autant que Ben, bien que platoniquement, et il savait que ce serait un moment dont il se souviendrait toujours, lorsqu'il avait dévalé la rue des Chênes vers cet horrible Fletcher Barstow, en faisant semblant d'avoir un pistolet dans sa poche. Même si la neige avait ruiné une paire de mocassins belges vintage.

C'était pratiquement une scène de film, pensa-t-il en souriant intérieurement. Et ce sera merveilleux de voir cet homme odieux quitter le village, peut-être cette fois pour de bon. Il fit un signe à Nico et alla les rejoindre, lui et Frances, au bar à huîtres.

Nous sommes mariés, pensait Molly, encore et encore. Elle posait sa tête sur l'épaule de Ben, puis la relevait pour le regarder dans les yeux en souriant, une partie d'elle incapable de croire à sa chance même alors qu'elle le tenait dans ses bras.

—J'ai une petite idée, dit Ben.

Les yeux de Molly brillèrent.

Ils se déplacèrent dans le couloir où ils pouvaient chuchoter en privé. Les invités les observaient du coin de l'œil, mal à l'aise. Ben faisait quelque chose sur son téléphone et Molly gloussait.

Puis ils revinrent dans le salon et baissèrent la musique.

— Tout le monde ! cria Ben. Molly et moi – cela peut sembler un peu irrégulier, mais nous avons décidé de partir en lune de miel. Tout de suite.

Des sons de confusion, quelques huées.

— Non, non ; la fête continue ! Nous voulons que vous restiez jusqu'à ce que la dernière bouteille de champagne soit bue et la dernière huître avalée. S'il vous plaît, restez et profitez ! Considérez simplement ceci comme le premier plat d'une célébration élaborée, que nous continuerons à notre retour.

Il y eut quelques grognements, mais ils furent rapidement submergés par des acclamations et des cris de bon voyage.

— Ben nous a réservé un vol pour le sud de la France, dit Molly, rayonnante. Nous vous aimons tous. Au revoir !

En moins de trois heures, ils étaient dans un avion à l'aéroport de Bordeaux, Molly toujours vêtue de son tailleur en laine, les chaussures de Ben mouillées d'avoir couru dans la neige.

— Est-ce que c'était terriblement impoli de notre part ? demanda-t-elle en appuyant sa tête sur son épaule.

— Tu viens de sauver Castillac de Fletcher Barstow, dit Ben. Et nous sommes de jeunes mariés ! Je pense qu'on nous pardonnera.

Molly hocha la tête, fermant les yeux et souriant avec contentement. Ça avait été un mois froid, plein de hauts et de bas émotionnels, et elle avait hâte de marcher le long de la plage à Nice avec son nouveau mari, sa tête complètement libérée des suspects et des gens terribles.

FIN

&

Pas prêts à quitter Castillac ?

ÉGALEMENT PAR NELL GODDIN

La troisième fille (les mystères de Molly Sutton 1)

La reine de la chance (les mystères de Molly Sutton 2)

Le prisonnier de Castillac (les mystères de Molly Sutton 3)

L'amour assassin (les mystères de Molly Sutton 4)

Le meurtre du château (les mystères de Molly Sutton 5)

Vacances mortelle (les mystères de Molly Sutton 6)

Un meurtre officiel (les mystères de Molly Sutton 7)

Ténèbres fatales (les mystères de Molly Sutton 8)

Pas d'honneur chez les voleurs (les mystères de Molly Sutton 9)

Œil pour oeil (les mystères de Molly Sutton 10)

L'oubli doux-amer (les mystères de Molly Sutton 11)

Sept morts sur un rang (les mystères de Molly Sutton 12)

Madame Tessier, la femme qui savait tout (les mystères de Molly Sutton 13)

REMERCIEMENTS

Une fois de plus, l'équipe d'élite composée de Tommy Glass, Nancy Kelley et Ivy Cramer a sauvé la situation au dernier moment.

C'est un honneur et un plaisir de collaborer avec vous tous. *Bisous !*

À PROPOS DE L'AUTEURE

Nell Goddin a travaillé comme journaliste radio, tutrice pour le baccalauréat, chef d'omelettes minute et boulangère. Elle a essayé d'être serveuse mais a été licenciée deux fois.

Nell a grandi à Richmond, en Virginie, et a vécu en Nouvelle-Angleterre, à New York et en France. Elle est diplômée du Dartmouth College et de l'Université Columbia.